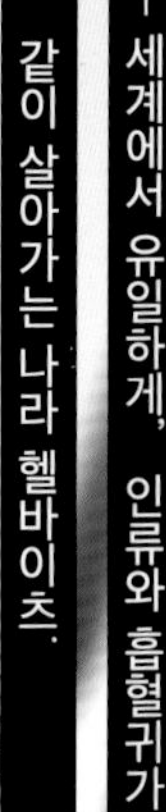

— 세계에서 유일하게, 인류와 흡혈귀가
같이 살아가는 나라 헬바이츠.
그 수도 예셀의 어느 날 아침 —

「가만히 보고
별이 가득한 하
있는 것 같은기

PROFILE

카논=뱌쿠단

Kanon=Byakudan

헬바이츠 대공 가문의 피를 이어받은 전 공녀.
지금은 그 신분을 감추고,
돌아가신 어머니처럼 일류 기사를 목표로 삼고 있는
오토마타 마니아.

「까아아아아아아아아아아아악———!!」
——미나즈키의 찌르기를 견디지 못하고
쩍 하니 갈라졌다.——

리베리오 마키나

COMMAND
Wake up, Order, Shut down

REBELLIO MACHINA

SUB
[─ 《백단식》 미나즈키의 재기동 ─]

저자 = 미사키 나기 / 일러스트 = 레이아
AUTHOR=Nagi Misaki / ILLUSTRATION=Reia

TYPE: BYAKUDANSHIKI NUMBER: VI=MINAZUKI
BUILT-IN
HARMONY GEAR

PROFILE
《뱌쿠단식》 제육호 · 미나즈키
Minazuki-BYAKUDANSHIKI No.VI
천재 기사 뱌쿠단 하루미가 개발한,
대흡혈귀 전투용 오토마타.
10년의 휴면을 거쳐, 지금은 카논의 '사촌'으로서
고교 생활을 보내고 있다.
「……일단 말해두겠는데, 버스 오고 있다.」

PROFILE
리타=로젠베르크
Rita=Rosenberg
흡혈귀왕을 아버지로 두고 있는 아름다운 제3 왕녀.
강한 정의감을 품고 헬바이츠 공화국군의
소장으로 근무하고 있으나,
본래 모습은 덤벙대고 고집쟁이.

「어리석은 질문이었습니다.
지금, 그 프로그램에 얽매인 몸을
파괴해드리죠.」
REBELLIO MACHINA

PROFILE
빌헬름=루트비히
Wilhelm=Ludwig
뱀파이어 지상주의를 표방하는
혁명군의 지도자.
「내가
『적』의 말을
들을 것처럼 보이나?」
PROFILE
《뱌쿠단식》 제일호 · 무츠키
Mutsuki=BYAKUDANSHIKI No.I
지난 대흡혈귀 전쟁에서 이름을 떨친,
최초이자 최후의 《뱌쿠단식》.

Contents

COMMAND
Wake up, Order, Shut down

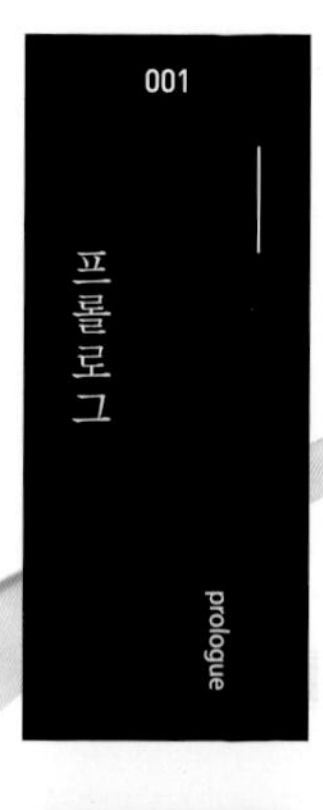
prologue 프롤로그 001

episode. 1 1장 기계장치 소년의 공허한 일상 008

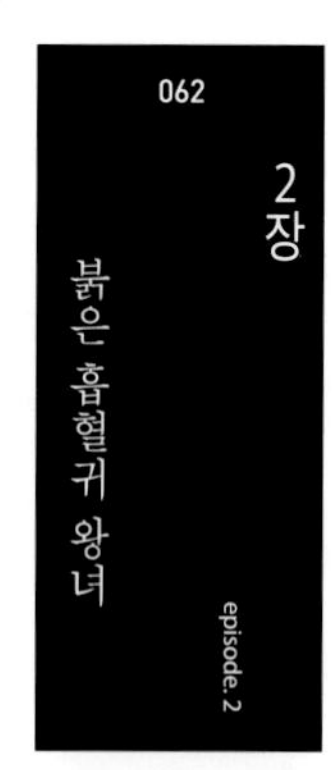
episode. 2 2장 붉은 흡혈귀 왕녀 062

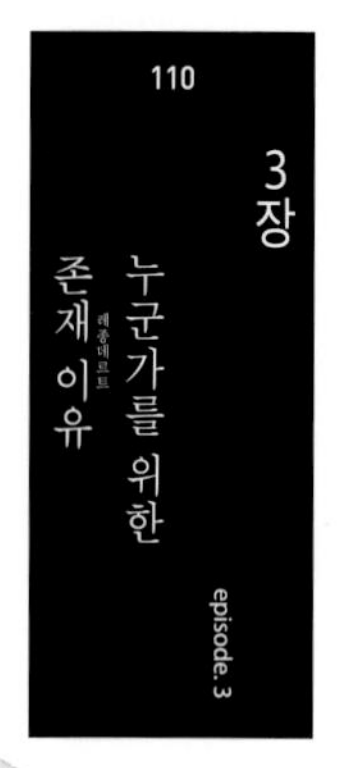
episode. 3 3장 누군가를 위한 존재 이유(레종데트르) 110

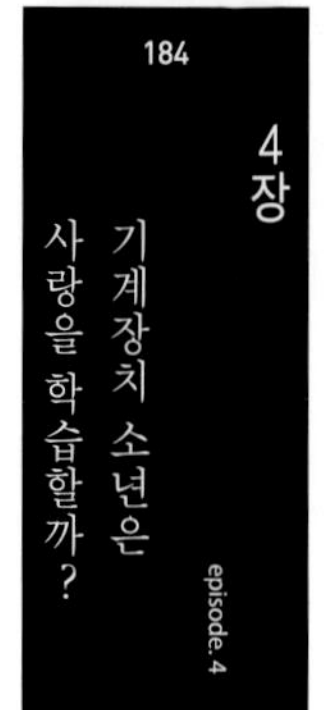
episode. 4 4장 기계장치 소년은 사랑을 학습할까? 184

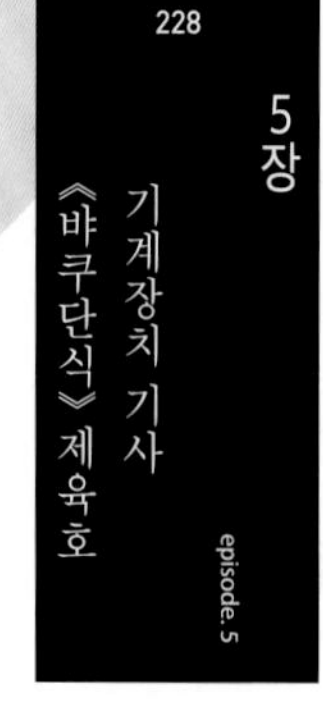
episode. 5 5장 기계장치 기사 《바쿠단식》 제육호 228

epilogue 에필로그 303

1780 WORLD
Republic of Helweiz

TYPE: BYAKUDANSHIKI NUMBER: VI=MINAZUKI
BUILT-IN
HARMONY GEAR

REBELLIO MACHINA

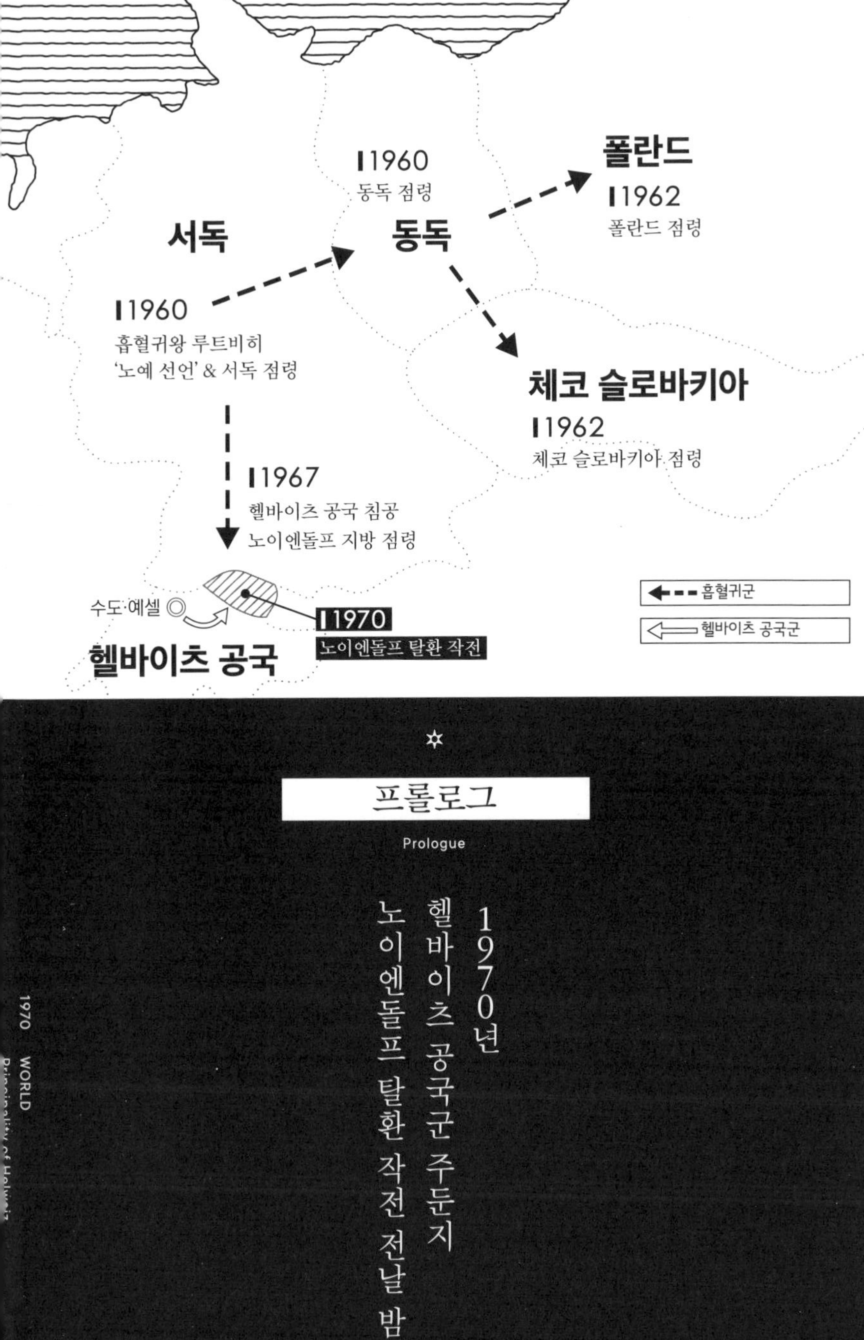

프롤로그

Prologue

1970년

헬바이츠 공국군 주둔지

노이엔돌프 탈환 작전 전날 밤

“유감이지만, 너를 노이엔돌프 탈환 작전에 투입할 수는 없어.”

전장 특유의 무거운 긴장감에 휘감긴 공국군 주둔지. 부지 안에 설치된 연구소에서 뱌쿠단 하루미가 그렇게 말했다.

풀 먹인 백의를 입은 하루미는 극동인다운 윤기가 흐르는 검은 머리카락이 아름다운 여성이었다. 나이는 30줄을 눈앞에 두고 있고, 나이와 어울리게 차분한 분위기를 자아내고 있었다.

하루미는 헬바이츠 공국군에 소속된 오토마타 기사이며, 또한, 하루미 뱌쿠단 헬바이츠라는 이름을 지닌 ‘전’ 황태자비이기도 했다.

존망의 갈림길에 빠진 이 나라에서 많은 사람이 하루미를 따르고 있는데 그것은 인간에 한정되지 않고, 그녀에게 제작된 오토마타들도 같은 기분이었다.

“첫 투입에 대비해서 의욕을 내고 있었는데, 미안하다고 생각해.”

하루미는 진심으로 미안한 듯이 말하고 눈앞에 앉은 소년의 모습을 지닌 오토마타를 바라보았다.

인상적인 짙은 남색의 눈동자로 바라보자, 소년은 눈을

깜빡이는 동시에 입을 열었다.

“뱌쿠단 박사님, 아니, 어머니.”

하루미에게 만들어진 소년(오토마타)들은 평소, 그녀를 어머니로 불렀다. 공식 석상에서는 박사님이라고 부르라는 말을 들었지만, 연구실에는 두 사람만 있으니까 ‘어머니’라고 불러도 된다고 그는 판단했다.

“그러면, 제 첫 출진은 언제가 되는 겁니까?”

겉모습도 동작도 말하는 방식도, 소년은 인간과 전혀 구별할 수 없다.

미소를 지으며 대답을 기다리는 소년에게서 하루미는 눈을 피했다. 긴 머리카락을 휘날리며 자리를 일어섰다.

“……너는 ‘부적합’이라고 판단되었어.”

──‘부적합’?

익숙하지 않은 말에 소년의 표정에 그늘이 졌다.

하루미는 방구석으로 걸어갔다. 거기 놓여 있는 비어 있는 운송용의 컨테이너로 시선을 떨구었다.

“너를 전장에 내보낼 수는 없어. 이 이상, 내가 너를 연구할 일도 없어. 그렇게 되었으니까, 이 컨테이너에 들어가 줬으면 해.”

“기다려 주세요, 어머니! 전장에 나갈 수 없다니 어떻게 된 일입니까?!"

소년은 전투용의 오토마타였다. 싸우는 일이 사명이며, 적을 도륙하는 게 본능처럼 프로그램된 것이다.

전투하기 위해서 만들어진 오토마타가 전장에서 멀어진다. 통지받은 '부적합'이라는 말과 동반되어 그의 우수한 인공두뇌가 사태를 파악하는 것은 그렇게 어려운 일이 아니었다.

——자신은 폐기 처분이 된다.

초조함에 시달려, 소년은 자신도 모르게 어머니에게 바짝 다가갔다.

"어머니, 싫습니다."

"괜찮아. 큰 전투가 벌어지겠지만, 네가 없어도 이길 수 있다는 시뮬레이션 결과가 나왔어."

"싫습니다. 저는 싸울 수 있습니다! 형과 누나들과 같이 작전을 수행할 수 있는 자신이 있습니다! 전장에 보내주십시오. 부탁드립니다, 저를 싸우게 해주십시오!"

어머니에게 버려지고 싶지 않아 소년은 필사적으로 애원했다.

그러나, 어머니의 입에서 무정한 명령이 떨어졌다.

"오더, 컨테이너에 들어가도록."

'강제 명령(오더)'. 그것은, 소년의 소유자(마스터)인 하루미만이 행사할 수 있는 명령 커맨드.

프로그램상, 그 지시에는 절대 거역할 수 없다.

소년의 뜻과 반해 그의 다리가 상자로 향했다.

그 사이에도 소년은 이 상황을 어떻게든 피할 수 없을지 인공두뇌를 필사적으로 굴렸다.

어째서 이렇게 되었는지, 그는 짐작이 가는 게 있었다. 그날 이후였다. 연구소에 침입자가 있던 그 날, 소년이 그들을 격퇴하고 나서 하루는 모든 훈련을 급하게 중지했다. 거기서 뭔가 자신에게 중대한 결점이 발견되었을 게 분명했다.

"죄송해요, 어머니. 제 어디에 문제가 있었던 거죠? 알려주세요. 문제가 되는 부분은 모두 고치겠습니다. 어머니의 기대에 응할 수 있도록, 어떤 노력이라도 하겠습니다. 그러니까, 부탁이니까 저를 버리지 마세요……!"

컨테이너 안에서 애원하는 소년을 하루미는 쓸쓸한 듯이 내려보았다.

"넌 여기 있어서는 안 돼. 이별이란다."

싫어.

싫어. 싫어. 싫어.

"어머니! 저는……!"

참지 못하고 소년은 손을 뻗었다. 하지만 그 손이 닿기 전에 하루미는 상냥하게 종료 명령(셧다운)을 속삭였다.

"푹 쉬세요, 미나즈키. 좋은 꿈을."

COMMAND

"WAKE UP"

search voice type 03...Kanon

STARTING UP

Loading anti-Vampire Fighter System Version 6.00

KNMdrive Version 6.00- Jan. 1970

Copyright © 1967-1970 Harumi Byakudan.

All rights reserved.

Memory testing: 18801022K OK

Searching for KNM drive...

Entering setup

COMMAND
Wake up. Order. Shut down

リベリオ・マキナ ―《白檀式》水無月の再起動―

AUTHOR
미사키 나기

ILLUSTRATION
레이아

DESIGN
스기야마 카이
(쿠사노 츠요시 디자인 사무소)

Episode.1 COMMAND Wake up, Order, Shut down

1장 ☆ 기계장치 소년의 공허한 일상

"잘 잤어? 미나즈키. 오늘도 멋진 날이야."

앳된 목소리에 이끌려 눈을 뜨자, 가까운 곳에 소녀의 얼굴이 있었다.

투명감 있는 가련한 소녀다. 긴 은발의 머리카락이, 커튼에서 새어 나오는 아침 햇살에 비쳐 반짝반짝 빛났다. 두 눈은 빨려들 듯한 짙은 남색. 왠지 인형 같은 느낌이 드는 것은, 그녀의 얼굴이 무척 단정한 것과 표정이 딱딱하기 때문일 것이다.

미나즈키의 침대에 거부감없이 걸터앉아 있는 작은 소녀는, 뭔가 기대하는 듯이 커다란 눈동자로 빤히 바라보았다. 미나즈키는 어쩔 수 없이 입을 열었다.

"안녕, 카논."

그 순간 소녀가 입을 삐죽였다.

"어째서 매일 아침, 그렇게 나른해 보여?"

"실제로, 나른해. 한 번 더 자게 해줘도 상관없는데."

"그런 게으름을 부리게 두지 않을 거야. 사실은 전혀 자지 않는 주제에."

카논은 그렇게 말을 하면서, 미나즈키의 위에서 물러섰다. 교복 주름치마의 자락을 고친 그녀는, 아직도 이불에 둘러싸인 소년을 힐끗 봤다.

"옷 갈아입으면 부엌으로 와. 아침 식사 준비되었으니까."

카논은 미나즈키의 대답을 기다리지 않고 방에서 나가 버렸다.

혼자가 되자 미나즈키는 몸을 일으켰다.

평소와 같은 자신의 방이다. 간소한 침대에, 구형 텔레비전, 낡은 옷장, 투박한 책상과 의자. 카논의 집에서 같이 생활하기로 결정되었을 때, 무엇 하나 필요 없다고 말하는 미나즈키에게 '분명히 필요할 거니까!'라면서 그녀가 억지로 마련해 준 것이다.

전혀 의욕은 없지만, 침대를 나와 교복으로 갈아입었다. 무거운 발걸음으로 부엌에 가자, 카논은 이미 테이블 앞에 앉아 있다. 토스트에 라즈베리 잼이 발라져 있었다.

그녀의 반대쪽에는 한 장 더, 접시에 담긴 토스트가 있었다.

눈치는 챘지만, 미나즈키는 자리에 앉지 않고 시선을 이리저리 돌렸다. 창가에 장식된 작은 사진에 시선이 멈추었다.

끄트머리는 색이 바랜 사진에는 장엄한 하얀 궁전을 배

경으로 세 명의 인물이 찍혀 있었다. 행복한 듯이 웃는 은발의 남성과 그 옆에 기대어 있는 검은 머리카락의 아름다운 여성. 그리고, 여성에게 안겨 있는 어린 아기——.

멈춰서 있는 미나즈키를 보고 카논이 말했다.

"자, 미나즈키도 앉아. 빨리 먹지 않으면 학교에 지각……."

"넌 학습 능력이 없나?"

소년의 어이없다는 듯한 목소리에, 카논은 말문이 막혔다.

"나는 식사가 필요 없다고 말했을 텐데? 너는 내 가슴을 열고 태엽을 감는 주제에, 나를 생물이라고 생각해?"

외견은 인간과 구별이 되지 않지만, 미나즈키는 기계장치 인형이라고 불리는 오토마타다.

16세의 극동인 소년을 이미지해서 미나즈키는 만들어졌다. 키는 170센티 초반, 새하얗고 남자로서는 가냘픈 체형을 지니고 있다. 얼굴은 오토마타답게 단정하고, 멋지다기보다는 귀여운 부류에 들어갈 것이다. 하지만, 불퉁한 표정이 본래의 귀여움을 치명적으로 훼손했다.

"먹는 것은 가능할 텐데. 미나즈키는 인공 소화기관도 있고……."

"분명히 음식은 먹을 수 있어. 하지만 그것은 어디까지나 인간을 흉내 내기 위한 기능이다. 기계(오토마타)는 식사하지 않는다. 그런 고정 개념을 역으로 이용해, 적을 기만하기 위해 우리는 식사를 한다. 지금 굳이 사용할 기능이 아니지."

"그럴지도 모르지만!"

"그런 나에게 식사를 시키고 싶다면 강제 명령(오더)을 내리면 되잖아. 마스터인 너에게는 나의 행동을 강제할 권한이 있어."

카논은 될 대로 되라는 듯이 말하는 미나즈키를 보며 살짝 눈썹을 좁혔다.

현재, 미나즈키의 소유자(마스터)는 카논이다. 미나즈키의 목덜미에 삽입된 소유자 인증 칩에는 카논의 외모와 성문 같은 정보가 등록되어 있어서, 카논이 특정 단어를 말하는 것만으로, 미나즈키는 기동 명령(웨이크업), 강제 명령(오더), 종료 명령(셧다운)을 할 수 있다.

"설마 강제 명령하는 방법도 잊어버렸나? '오더'라고 덧붙여서 명령하기만 하면 되잖아? 네 소꿉장난에 나를 끼워 넣고 싶다면……."

"이제 됐어! 미나즈키의 몫도 먹어버릴 거야!"

미나즈키의 말을 막고, 카논은 손을 뻗었다. 반대쪽에 놓여 있는 토스트를 집어 들고, 자기 몫에 겹쳤다. 잼 샌드위치가 된 그것을 기세 좋게 물어뜯었다.

우물우물우물…….

작은 동물처럼 작은 뺨을 빵으로 부풀리고 있는 소녀를 미나즈키는 그저 멍하니 서서 바라보았다.

갑자기 카논이 미나즈키를 날카롭게 노려보았다.

"식사 중에 빤히 바라보고 있으면 부끄러운데."

"문제없다. 네 입에 잼이 묻어 있는 모습을 나는 과거에 10번은 봤다. 11번 본다고 해도 부끄러워할 필요는 없어."

순간적으로 입가를 닦은 카논이 새빨갛게 얼굴을 물들이며, 문을 가리켰다.

"같이 먹어주지 않을 거면 바깥에서 기다려!"

† † †

유럽대륙의 중앙에 위치하는 알프스산맥으로 둘러싸인 작은 나라, 헬바이츠는 오토마타 산업으로 번영했다.

태엽장치 기계 인형. 그게 오토마타다. 동양에서는 기계장치 인형이라고도 불리고 있다.

처음에는 악기를 자동연주하는 오르골로서 발명된 오토마타지만, 개발이 진행되면서 그것은 다종다양한 역할을 부여받게 되었다. 20세기 후반인 현재에는 전 세계에서 인간을 대신하는 노동력으로써 빠질 수 없는 존재가 되었다.

헬바이츠는 18세기부터 나라 전체가 총력을 다해서 오토마타의 연구를 진행했기에 지금에 이르러서는 오토마타

대국으로써의 국제적 지위를 확립하고 있다. 세계 각국에서 기사를 지원하는 사람들이 모이고, 나라 안에는 오토마타가 넘쳐흘렀다. 특히 그 수도인 예젤에는 인간보다 기계 인형을 보는 경우가 많을 정도였다.

카페 앞에는 접객용의 오토마타, 빌딩 건설현장에서는 공사용 오토마타, 공원이나 도로에서는 청소용 오토마타…….

겉모습은 인간과 쏙 빼닮게 만들어져 있는 기계 인형이지만, 그들이 인간인지 아닌지 구별하는 것은 손쉬웠다. 목덜미를 보면 되는 것이다.

오토마타에게는 반드시 그 부위에 용도를 나타내는 마크가 새겨져 있다. 그곳은 소유자 인식 칩의 투입구도 겸하고 있는데, 마크가 없는 오토마타의 제조, 판매는 현재 헬바이츠에서는 위법이다.

하지만, 미나즈키의 목덜미에는 마크가 없고, 칩의 투입구는 머리카락으로 교묘하게 숨겨져 있었다.

† † †

아침을 먹은 카논을 따라 미나즈키가 집을 나가자, 우편 배달용 오토마타의 노란색 오토바이가 엔진을 울리며 가로질러 갔다. 단풍 진 가로수 아래를 지나가면서 그는 깔

끔한 손동작으로 포스트에 우편물을 던져 넣었다.

예젤의 교외에 사는 두 사람은, 매일 아침 버스로 통학한다. 가장 가까운 버스 정류장으로 가는 도중에도, 빵 가게와 꽃집에서는 점주와 같이 개점 준비에 힘쓰고 있는 오토마타가 보였다. 오픈 카페에서는 평소처럼 "모닝커피는 어떠신가요?"라며 싹싹하게 말을 거는 여성 접대용 오토마타가 있어서 카논은 코를 움찔거리면서 지나갔다.

"앗, 새로운 부품 가게가 생겼어."

갑자기 카논이 눈빛을 바꾸며 달려나갔다. 그녀가 도착한 곳에는 새로운 진열장 안에 오토마타용 부품이 전시되어있다.

"봐봐, 미나즈키. 이 태엽은 에델라이트 950이래. 와, 대단한 가격이야! 이게 뭐야, 이렇게 비싸?! 이쪽은 에델라이트 800인데 골드가 들어가 있다고 하네."

카논은 고급 태엽에 흥분을 감추지 못하는 모양이었다. 미나즈키는 안 좋은 장소에 가게가 생겼구나, 하고 생각하며 유백색의 태엽을 힐끗 바라보았다.

헬바이츠가 오토마타 대국이 된 가장 큰 요인은, 18세기 말에 에델라이트 광석이 발견되었기 때문이라고 알려져 있다.

백화석이라고도 불리는 그 광석은, 헬바이츠 영지에서만 채굴된다.

오토마타의 동력원인 태엽. 거기에 에델라이트 광석이 제련된 금속이 사용되면, 그 가동시간이 비약적으로 늘었다. 태엽의 에델라이트 함유량에 따라 1개월 이상의 연속 가동도 가능한 오토마타도 있었다.

"기어도 팔고 있는 모양이야. 유성 톱니바퀴(갤럭시 기어)가 가득 전시되어있어. 갤럭시라고 불리는 만큼, 엄청 예쁘다. 가만히 보고 있으면, 하늘 가득 별이 있는 것 같은 기분이…… 앗, 저거, 파동 톱니바퀴(하모니 기어)?! 지금, 웬만한 가게에서는 취급하지 않고 있는데! 저것도 파는 물건일까?! 미나즈키, 돌아오는 길에 이 가게…… 꺅?!"

쿵, 하는 소리가 들리고 카논이 도로에서 넘어졌다.

진열창에 푹 빠져 있던 카논이, 누군가의 등에 부딪힌 것이다.

"죄, 죄송합니다. 저, 한눈팔다가……."

도로 위에 풀썩 주저앉은 채로, 카논은 사과했다. 그러나 상대는 대답하지 않았다.

작업복을 입은 청년은 카논을 완전히 무시하고 석판을 빗자루로 계속 쓸고 있다. 가로수 나뭇잎을 묵묵히 모으고 있었다. 부딪힌 일을 개의치 않는 모습이었다.

그의 목덜미에는 청소용 오토마타를 나타내는 마크가 각인되어 있었다.

"……일단 말해두겠는데, 버스 오고 있다."

미나즈키가 버스 역을 보고 말했다. "어?"라고 얼빠진 목소리를 낸, 카논은 튕기듯이 일어났다.

"안돼. 미나즈키 타자!"

달리기 시작한 카논의 뒤를 미나즈키도 따랐다. 하지만, 몸집이 작은 소녀는 달리는 기세가 금방 떨어지고, 미나즈키가 그녀를 앞질렀다. 두 사람은 어떻게든 발차 직전에 버스에 도착했다.

"티켓을 확인하겠습니다."

버스 운전석에 있는 것은 운전용의 오토마타다. 미나즈키는 그가 요구한 대로 승차권을 제시하고 버스의 계단을 올라갔다.

"티켓을 확인하겠습니다."

뒤에 온 카논에게도 오토마타는 말했다. 그러나,

"어라? 어떻게 된 거지. 분명히 여기에 넣었을 텐데……."

카논은 부스럭부스럭 가방을 뒤졌다. 교과서와 노트로 채워진 내용물을 휘젓는다.

"티켓을 확인하겠습니다."

언제까지고 티켓을 내놓지 않는 소녀에게 오토마타는 완전히 동일 어조와 동일 대사를 반복했다. 짜증이 난 것도 아니고, 친절한 미소에는 한 점 흐트러짐이 없다.

당황한 카논은 얼굴을 들었다.

"미나즈키, 나 어제 제대로 티켓, 가방에 넣어뒀지?"

질문을 받은 미나즈키는 기억 영역(메모리)을 탐색했다.

"어제, 오후 5시 53분, 너는 학교에서 돌아오는 버스에 티켓을 제시한 뒤, 그것을 가방의 주머니에 넣었어."

"그랬지. 그렇다면, 역시 가방 안에……."

"하지만 지금부터 3분 전, 네가 청소용 오토마타와 부딪혔을 때, 티켓은 가방에서 튀어 나갔다."

"뭐?! 미나즈키, 어째서 그런 중요한 사실을 빨리 말하지 않은 거야?!"

"문제없다. 네가 줍지 않았으니까, 티켓은 보도에 남아 있겠지. 이미 조금 전의 오토마타가 청소했을 가능성도 있겠지만."

카논은 바로 미나즈키의 팔을 당기면서 뾰로통한 표정을 지었다.

"당장 티켓 찾으러 가자. ……죄송합니다, 내리겠습니다!"

버스 계단에서 억지로 끌려 내려가는데, 운전용 오토마타의 온화한 목소리가 뒤에서 들렸다.

"티켓을 확인하겠습니다."

"휴, 어떻게든 수업 시작 전에 왔네……."

청소용 오토마타에게 회수되기 직전이었던 티켓을 줍

고, 카논과 미나즈키는 무사히 학교에 도착했다.

국립 하이덴 고등 학원. 헬바이츠에서도 세 손가락 안에 꼽히는 명문 고등학교이며, 우수한 오토마타 기사를 여러 명 배출하고 있다. 2개월 전, 카논이 억지로 입학시험을 보게 해서, 이번 가을부터 미나즈키는 그녀와 같이 이 학교에 입학했다.

훌륭한 문기둥 앞에는 경비용 오토마타가 웃는 얼굴로 "안녕하세요."라는 말을 반복했다. 그에 '오늘도 좋은 아침입니다.'라고 말을 거는 학생은 없다. 세간의 일반적인 오토마타는 정해진 대사밖에 말을 하지 못하고, 자유롭게 대화를 할 수 없기 때문이다.

미나즈키나 카논과 같은 교복을 입은 학생들이 계속해서 학교 건물로 들어갔다. 그 안에서 몇 명의 '적'을 발견하고, 미나즈키는 살짝 눈을 가늘게 떴다.

옆에 걸어가던 카논이 그것을 눈치채고, 날카롭게 올려보았다.

"미나즈키, 지금, 무슨 생각 했어?"

"2시 방향에 적 한 마리, 7시 방향에 적 네 마리, 9시 방향에 적 두 마리……."

"미나즈키."

"문제없다. 반경 10미터 이내의 적은 5초면 말살할 수 있다."

"미나즈키."

교복을 잡혔다.

카논이 멈춰 서자, 미나즈키도 발을 멈췄다. 그때, 소녀가 휙 얼굴을 가까이 댔다. 이마와 이마가 닿을 것 같은 거리에서 카논은 속삭였다.

"그런 소리 하면 안 된다고, 항상 이야기했지?! 이곳은 전장이 아니야!"

"문제없어. 이것은 두뇌 시뮬레이션이다."

"문제 있어! 이제 적은 없다고. 전쟁은 벌써 예전에 끝났단 말이야!"

미나즈키는 가까이 있는 카논을 내려다보았다. 뭔가 호소하는 푸른색 눈동자에 무표정한 소년의 얼굴이 비쳤다.

가까운 거리에서 마주보기를 몇 초.

카논이 허둥지둥 미나즈키에게서 얼굴을 뗐다. 왠지 그 뺨이 붉게 물들었다.

"잘 들어. 그 누구에게도 무슨 일이 있어도 미나즈키가 오토마타라는 사실을 들키지 않도록 해. 들키면 끝, 전투용 오토마타인 너는 망가질 거고, 마스터인 내 목숨도 위험해져."

"알고 있어."

두 사람이 자신들의 교실로 들어가자 시끄럽게 떠들던 학생들의 목소리가 일제히 가라앉았다. 조용해진 반에서 소곤소곤 비밀 이야기가 오갔다.

미나즈키의 자리는 창가의 정 중앙. 카논은 그 옆이었다.

자기 자리로 가던 카논이 흠칫 멈춰 섰다.

그녀의 책상에는 매직으로 빼곡하게 비난의 욕설들이 휘갈겨져 있었다. '멍청이' '못생긴 게' '죽어' '학교 때려쳐'에 섞여서 '학살 기사'라는 단어도 있었다.

반 학생들이 반응을 살피는 가운데, 카논은 표정 하나 바꾸지 않고 말없이 손수건을 꺼냈다. 오토마타의 내부를 손질하기 위해 상비하고 있는 오일을 거기에 적셔, 매직 잉크를 묵묵히 지워냈다.

이런 괴롭힘을 카논은 일상적으로 받았다. 카논이 혼자 대처할 수 없을 경우에는 미나즈키도 도와야 하니 민폐다.

카논이 책상을 닦는 사이, 담임 교사 마이어가 교실로 들어왔다. 곰처럼 커다란 몸으로 교실을 둘러보던 그는, 책상을 닦고 있는 카논을 확인하고 동정 어린 표정을 보였다. 하지만 아무런 말도 하지 않고 수업 시작을 소리 높여 알렸다.

1교시는 미나즈키에게는 지루하기 이를 데 없는 역사 수업이었다.

"헬바이츠 공국은 소국이면서도 탁월한 오토마타 기술

을 보유하고 있었기에, 두 번의 세계 대전에 말려들지 않았다. 그런데 제2차 세계 대전이 종결되고 15년이 지난 1960년, 서독에서 전 세계를 뒤흔드는 사건이 일어났다. 그게 그 유명한…….”

“네, 흡혈귀 왕 루트비히의 노예 선언입니다.”

점수를 따는데 필사적인 학생이 마이어를 앞질러서 말했다.

흡혈귀. 그것은 전설과 공상의 산물이 아니라, 실존하는 종족이다. 생물의 혈액을 섭취해서 〈마술〉을 다룰 수 있는 장수하는 아인종, 이라고 정의되고 있다.

“그래. 그때까지는 역사의 바깥 무대에 흡혈귀는 등장하지 않았지. 흡혈귀들의 나라는 없었고, 그들은 흡혈귀 왕이라는 강대한 힘을 지닌 왕 아래, 결속되어있는 부족 같은 것이었다.”

“저요, 선생님. 흡혈귀는 언제부터 지구상에 존재했나요?”

손을 든 남학생을 보며 “흠” 하고 마이어는 옅은 턱수염을 쓰다듬었다.

“좋은 질문이야. 정확하게 알고 있는 것은 아니지만, 그들은 고대 바빌로니아 시대, 즉 기원전부터 존재했다고 알려져있다. 세계 각지에서 흡혈귀의 오랜 전설이 있는 것은, 그들이 실존하고 있었기 때문이야.”

"그런데 어째서, 그들은 1960년까지 그 존재가 공공연해지지 않았던 걸까요?"

남학생이 뒤이어서 질문하고, 마이어는 교실을 둘러보았다.

"그 질문에 대답할 학생 있나?"

"네, 뱀파이어는 매료(샤름)의 마술을 사용할 수 있기 때문입니다."

갑자기 일어선 대각선 앞의 학생 때문에 미나즈키는 움찔하고 몸을 떨었다. 응시하는 미나즈키를 눈치채지 못하고, 대답을 끝낸 학생은 자리에 앉았다.

마이어는 만족스럽게 고개를 끄덕였다.

"그 말대로다. 흡혈귀는 흡혈한 사람의 눈을 보는 것으로 〈샤름〉을 걸 수 있지. 그것은 인간을 완벽하게 조종하는 마술이다. 한 번이라도 흡혈귀에게 피를 빨린 인간은 평생, 그 흡혈귀와 함께하며, 다른 자에게 비밀을 노출할 수 없었다고 추측이 된다."

마이어가 질문이 더 있는지 확인했지만, 손을 드는 학생은 없었다.

칠판에 초크를 휘갈기며, 마이어는 수업을 계속했다.

"오랫동안 사람의 눈을 피하고, 몰래 인간과 공생하던 흡혈귀지만, 루트비히 노예 선언 이후로 그들은 인류와 적대했다. '전 인류는 뱀파이어에게 예속돼야 한다. 우리의 지배를 거부하는 인간에게는 죽음만이 있다'라는 선언 그대로, 흡혈귀 왕 루트비히는 저항한 서독의 정부 요인을 살해하고, 고작 10일 만에 일국을 정복했다."

"선생님, 루트비히가 노예 선언을 한 원인은 무엇이었습니까?"

학생의 질문에 마이어의 판서를 하는 손이 살짝 멈추었다.

"……숨어서 사는 것에 대해서 불만이 폭발했다고 알려졌지. 어째서, 그 타이밍이었는지는 여전히 수수께끼다. 갑자기 루트비히는 흡혈귀가 세계를 다스려야 한다는 뱀파이어 지상주의를 전개하고, 서독을 거점으로 유럽 국가들에 침공을 개시한 거지."

교과서의 지도에는 루트비히의 침공 루트가 화살표로 그려져 있었다. 몇 개의 화살표가 유럽대륙을 짓밟고 있다.

"루트비히는 다른 흡혈귀 왕과도 손을 잡고, 동독, 폴란드, 체코슬로바키아로 지배 영역을 확장해 갔다. 그리고 1967년, 알프스산맥을 넘어, 헬바이츠 공국에도 흡혈귀 군단이 찾아왔지. 우리가 처음으로 흡혈귀와 한 교전을 뭐라고 부르나, 미스터 잔델호르츠."

노트도 적지 않고 바깥을 바라보던 미나즈키는 그다지 익숙하지 않은 호칭에 얼굴을 앞으로 돌렸다. 마이어의 시선을 받고 미나즈키는 일어섰다.

“노이엔돌프 전투입니다. 노이엔돌프의 대패라고도 불리는 이 전투는 헬바이츠의 역사상, 첫 패배였습니다. 침공한 흡혈귀 왕 루트비히 로젠베르크 연합군에, 통상의 총화기로 맞선 공화국은 며칠 만에 괴멸하고, 어쩔 수 없이 철수할 수밖에 없었습니다. 이로 인해 헬바이츠 북부의 도시 노이엔돌프는 흡혈귀에 의해 점령되었고, 3년 뒤에 공국군 소속 기계장치 기사 부대에 의한 노이엔돌프 탈환이 시행되기 전까지…….”

“미스터 잔델호르츠. 자네는 교과서의 한 글자 한 글자를 다 암기하고 있나? 적당히 하지 않으면 내가 할 말이 없어지고 마는데.”

메모리에 인풋 된 교과서의 본문을 그대로 암기한 미나즈키는 마이어의 어이없다는 시선을 깨닫고 입을 다물었다.

자리에 앉자 옆에 앉아 있는 카논이 노려보았다. 지나쳐. 입만 뻐끔거리며 말했다.

어쩔 수 있냐는 태도로 미나즈키는 고개를 돌려버렸다. 오토마타인 미나즈키는 시야에 들어온 정보를 전부 순식간에 암기할 수 있다. 어느 정도가 인간다운지 따위는 모른다.

“그래서- 노이엔돌프의 대패를 계기로, 국가에서는 지

금까지는 인도주의를 고려해, 금하고 있던 전투용 오토마타의 개발을 어쩔 수 없이 결정했다. 국가의 총력을 다해서 제작된 대흡혈귀 전투용의 오토마타에 의해 전황은 일변한 것이다."

마이어는 "다음 페이지를 펴도록"이라고 말했다.

학생들이 교과서를 일제히 넘기는 소리가 들렸지만, 미나즈키는 움직이지 않았다. 뭐가 있는지 다 알고 있고, 애초에 그다지 보고 싶지 않다.

미나즈키의 우울함 따위 알 방도도 없으니, 마이어는 계속 이어갔다.

"왼쪽 위의 사진이 1970년 노이엔돌프 탈환 작전에 성공한 공국군 기계장치 기사 부대다. 이 부대를 제작한 것이, 천재 기사로 불리는 하루미 뱌쿠단 헬바이츠이며……."

"학살의 비전하."

누군가가 내뱉듯이 속삭였다.

카논이 어깨를 떨며 고개를 숙였다.

헛기침한 마이어는 못 들은 척을 했다.

"닥터 뱌쿠단은 돌아가신 요하네스 황태자의 반려였다. 그녀가 만든 대 흡혈귀 전투용 오토마타는 기계장치 기사 ≪뱌쿠단식≫이라고 불리며, 고작 다섯 기체뿐이었다. 무츠키, 키사라기, 야요이, 우즈키, 사츠키. 사진을 보면 알겠지만, 이 다섯 기체만으로 기계장치 기사 부대는 편성되어 있었다."

그것은 거짓말이다.

미나즈키는 알고 있다. 뱌쿠단 하루미가 만든 대 흡혈귀 전투용 오토마타는 사실은 자신을 포함해서 여섯 기체였다는 사실을.

무츠키, 키사라기, 야요이, 우즈키, 사츠키, 그리고 미나즈키.

극동에 존재하는 섬나라의 음력 달을 세는 법 따위는 헬바이츠에 알려져 있지 않았으며, 당연히 미나즈키의 이름에 반응하는 일도 없었다. 가령 알고 있다고 해도, 설마 실전 투입되지 않았던 기계장치 기사 ≪뱌쿠단식≫의 여섯 번째 기체가 인간과 섞여서 생활하고 있다고는, 상상도 하지 못할 것이다.

사진에는 다섯대의 대 흡혈귀용 오토마타가 가로로 같은 간격을 두고 서 있었다. 겉으로 보이는 연령대도 외모도 제각각이지만, 그들의 가슴에는 같은 휘장이 달려 있었다.

교과서에 실려 있는 흑백 사진으로는 알 수 없지만, 그 휘장이 찬란한 빛을 뿜고 있었다는 사실을 미나즈키는 직접 봤었기에 알고 있다.

"너희도 박물관 등에서 실제로 ≪뱌쿠단식≫을 본 적

있겠지?"

마이어는 고개를 끄덕이는 학생들을 둘러보며 말했다.

"현재 무츠키는 소실되었지만, 다른 네 대는 전시되고 있다. ≪뱌쿠단식≫은 다른 대 흡혈귀 전투용 오토마타와 콘셉트가 근본적으로 달랐어. 그들의 콘셉트를 아는 자는?"

"……학살?"

뒤쪽의 학생이 작은 목소리로 말하고, 주위에서 실소했다.

마이어는 무시하고 계속 말했다.

"정답은 암살자다. 그들은 교묘하게 인간으로 변장해서 흡혈귀에 접근하고는, 그 군대를 농락했다. 고작 다섯대로 노이엔돌프를 탈환한 ≪뱌쿠단식≫은, 헬바이츠 영웅이라고까지 칭송을 받았고……."

"실례입니다만, 선생님. 학살 오토마타를 '영웅'이라고 말씀하시는 것은, 조금 경솔하지 않으신가요?"

화려한 황금빛 머리카락이 돌돌 말린 여학생이 손을 들었다. 마이어가 순간 말문이 막혔을 때, 그녀는 롤 머리를 휘날리며 일어섰다.

"≪뱌쿠단식≫이 침략한 흡혈귀를 아무리 많이 쓰러트렸다고 해도, 그 뒤에 범한 죄는 간과할 수 있는 게 아닙니다. 실제로 ≪뱌쿠단식≫이 벌인 폭거의 원인으로 여겨지는 하모니 기어의 사용은, 현재, 정식 오토마타 기사들 사이에서는 암묵적으로 터부시되고 있습니다. 애초에, 그것을 굳이 사용하고 싶어 하는 위험 사상의 소유주도 있다고 합니다만."

그녀를 말을 하면서 날카로운 시선으로 카논을 보고 있었다. 록 온 당한 카논은 몸이 경직되었다.

롤 머리의 소녀는 교실 안에 잘 울려 퍼지는 목소리로 말했다.

"≪뱌쿠단식≫ 같은 학살 오토마타를, 두 번 다시 이 세계에 탄생시켜서는 안 됩니다. 그게, 저희가 역사에서 배워야 할 일이 아닐까요."

이것이 수업 도중이 아니었다면, 우렁찬 박수가 일어났을 것이다.

고개를 숙인 카논과 의욕 없이 턱을 괴고 있는 미나즈키 이외에, 학생들이 모두 진지한 표정으로 고개를 끄덕였다.

마이어는 복잡한 표정을 짓더니, 교과서로 시선을 떨어트렸다.

"……미스 딘켈의 말대로, ≪뱌쿠단식≫은 학살 오토마타로 불려도 이상하지 않을 참극을 만들었다."

미나즈키가 곁눈질로 카논을 살피자, 그녀는 무표정하게 노트를 바라보고 있었다.

"1972년, 케르나의 비극. 노이엔돌프 탈환으로부터 2년 뒤, 케르나 지방에서 폭주한 ≪뱌쿠단식≫은 3일에 걸쳐, 인간, 흡혈귀 가리지 않고 학살했다. 제작자인 닥터 뱌쿠단도 그들의 손에 의해서 목숨을 잃었고 아무도 ≪뱌쿠단식≫을 막을 수 있는 자가 없었다."

폭주가 일어나지 않았다면 하루미는 헬바이츠를 구원한 기사로서 후세에 이름을 떨쳤을 것이다.

하지만 ≪뱌쿠단식≫은 폭주하고 말았다.

지방 도시가 하나 통째로 사라질 정도로 사람이 죽고, 뱌쿠단 하루미의 이름은 영웅을 만든 기사가 아니라, 학살을 만들어낸 기사로서 사람들의 가슴속에 새겨지고 말았다.

"흡혈귀를 쓰러트리기 위해 만든 오토마타가 인류의 적으로 돌아서게 되면서, 인간들은 절망했다. 헬바이츠는 오토마타에게 멸망 당할 것이라고 다들 생각했을 때, 생각지도 못한 자에게서 도움의 손길이 뻗어졌다. 흡혈귀왕 로젠베르크였다."

"하지만, 선생님. 로젠베르크 왕은 루트비히와 함께 공격을 해왔던 게……?"

"처음에는 루트비히 군과 발을 맞춰 침공해왔던 로젠베르크 군이었지만, 그들은 대 흡혈귀 전투용 오토마타에 의해 어쩔 수 없이 철수할 수밖에 없었다."

마이어는 날카로운 초크 소리를 내며 판서를 하면서 말

했다.

"그리고 ≪뱌쿠단식≫의 폭주를 계기로 로젠베르크 왕은 헬바이츠 대공과 화해를 신청했다. 대공이 그것을 받아들이게 되면서, 인류와 흡혈귀는 사상 처음으로 손을 잡을 수 있게 된 것이다."

아이러니하게도, 폭주한 기계장치 기사 ≪뱌쿠단식≫을 쓰러트리기 위해서 인간과 흡혈귀가 협력한 것이다. 하루미가 알았다면, 어떻게 생각했을까?

"지금부터 7년 전인 1973년, 헬바이츠 대공과 흡혈귀 왕 로젠베르크가 나눈 화평 조약은 체결된 이 땅의 이름을 따서, 예젤 조약이라고 불리고 있다. 주요 내용을 말할 수 있는 사람?"

"네. 헬바이츠를 공화제로 바꾼 로젠베르크 왕을 국정에 참가시킬 것, 전투용 오토마타의 제조 및 소지를 금지, 헬바이츠 국내에서 흡혈귀의 거주권을 인정할 것, 이상입니다."

"훌륭하군. 잘 예습해온 모양이야."

마이어가 중요하니까 다들 기억해두도록, 이라고 말하자 학생들이 일제히 펜을 움직였다.

미나즈키만은 뺨을 괴고 창밖을 바라보고 있었다.

오전의 따사로운 햇살이 쏟아지는 거리는 조용했고, 비명도 총성도 들리지 않았다. 하늘은 검은 연기와 분진 따위 모른다는 듯이, 어디까지고 높고 푸르고 맑았다.

"흡혈귀와 공동 전선을 펼치고 ≪뱌쿠단식≫을 파괴한 헬바이츠는 나라의 이름을 헬바이츠 공화국으로 바꾸고, 세계에서 유일하게 인류와 흡혈귀가 평등하게 살 수 있는 국가가 되었다. 그러니까, 이 반에도 있잖아? 인간과 흡혈귀 양쪽 다."

——1시 방향에 적 세 마리, 3시 방향에 적 한 마리, 5시 방향에 적 두 마리.

머릿속에서 몇 번이고 죽였다. 망가지지 않고 남아버린 대 흡혈귀 전투용 오토마타는 두뇌만으로도 흡혈귀를 섬멸한다.

마이어는 미소를 지으면서 수업을 이렇게 매듭지었다.

"흡혈귀 왕 로젠베르크의 비호를 받은 헬바이츠 공화국은, 다른 흡혈귀에게서 침략당할 위협도 없고, 지금 세계에서 가장 평화로운 국가로 불리고 있지. 너희도 그 일을 긍지로 여기고, 인류와 흡혈귀의 발전에 헌신하도록."

이 나라는 너무 평화로운 것이다.

† † †

흡혈귀의 평균 체온은 25도다.

겉모습은 인간과 다르지 않은 그들도, 체온을 조사하면

단방에 알 수 있다.

그러니까, 대 흡혈귀 전투용 오토마타의 눈에는 적외선 서모그래피가 달려 있다. 체온으로 인간인지 흡혈귀인지를 판별하고, 후자만을 살해하도록 프로그램된 것이다.

방과 후, 복도의 벽에 기댄 미나즈키는 앞을 지나가는 흡혈귀 학생 상대로 계속 전투 시뮬레이션을 반복했다.

인간과 흡혈귀가 공존하는 미래 따위, 누가 예상할 수 있었을까? 적어도 미나즈키가 하루미에게 만들어진 10년 전에는 상상할 수 없었다. 당시에는 ≪뱌쿠단식≫ 만이 아니라, 다양한 대 흡혈귀용 전투 오토마타가 있었다. 인류의 적인 흡혈귀를 쓰러트리기 위해서 다들 기를 썼었다.

그런데 지금은 전투용의 오토마타를 모두 부수고, 흡혈귀와 평화 조약을 맺고, 다 같이 사이좋게 지내자는 말을 하고 있다.

흡혈귀의 말살이라는 사명을 빼앗긴 미나즈키에게는 할 일이 없다. 공허한 일이다. 매일, 그저 카논에게 깨워져서 의미도 없이 끌려 돌아다닐 뿐.

답답하다. 나는 이렇게 평화를 즐기기 위해서 만들어진 게 아닌데——.

찰칵, 하는 문이 열리는 소리가 들렸다. 교실에서 나온 마이어가 미나즈키를 확인하고 명랑하게 웃었다.

"여어-, 네 공주님을 빌려서 미안했군."

"사촌입니다."

미나즈키가 미소조차 없이 냉정하게 수정하자 마이어가 쓴웃음을 지었다.

주위에는 카논과 미나즈키는 사촌 사이로 알려져 있다. 그것은, 대충 사정을 아는 마이어 상대로도 예외는 아니었다.

뒤이어서 교실에서 나온 카논에게 마이어는 커다란 몸을 숙이며 속삭였다.

"곤란한 일이 있다면, 사양하지 말고 의지해 주세요, 미스 잔델호르츠. 그러기 위해서 대공에게 명령을 받은 제가 있으니까."

"감사합니다, 선생님. 하지만 학교에서 후견인이 되어 주신 것만으로도, 저는 충분합니다."

카논의 사무적인 음성에 마이어는 눈썹을 내렸다.

"하지만, 그다지 급우들과 잘 지내지 못하시는 모양이신데……."

"걱정할 필요 없습니다. 저는 미나즈키가 있으니."

마이어는 뭔가 하고 싶은 말이 있는 듯한 시선으로 미나즈키를 슬쩍 봤다.

"……그 건에 관해서는 대공님도 걱정하고 계셨습니다. 적령기의 남녀가 둘만, 같은 지붕 아래서 살고 있다니…….”

“새삼스레, 그런 게 걱정인가요?”

강한 어조에 마이어가 입을 다물었다.

은백색의 소녀는 당당한 분위기를 두르고, 마이어의 눈을 올곧게 바라보았다.

“어머니가 ‘학살의 비전하’라고 세간의 비난을 받았을 때, 어머니와 저를 곧바로 버린 대공 가문이, 무엇을 걱정할 일이 있는 거죠?”

극히 일부의 사람밖에 모르지만, 카논의 어머니는 뱌쿠단 하루미다.

그녀의 본명은 카논 잔델호르츠가 아니다.

헬바이츠 대공의 장남, 고 요하네스 황태자와 하루미의 친딸이 카논이다. 본래라면 그녀는 공녀라고 불리면서, 궁전에서 자랐을 것이다.

15세의 소녀답지 않은 기백에 마이어는 눈을 내리깔았다.

“……아무튼 조심해 주십시오. 아직 세간의 반감이 강한 닥터 뱌쿠단의 남겨진 후손이라는 게 알려지면, 당신은 많은 사람에게 목숨을 노려지게 될 겁니다. 부디 당신의 출신이 흘러나가는 일이 없기를.”

“충고만 받아들이도록 하죠.”

냉엄하게 말한 카논은 마이어에게서 등을 돌렸다. 미나

츠키에게 달려왔다.

"이야기는 끝났어. 돌아가자."

복잡한 표정의 마이어에게 배웅을 받으며, 두 사람은 복도를 걸었다.

"조금 전에 마이어 선생님의 호출 말인데, 고교생 오토마타 컨테스트에 도전하지 않겠냐는 이야기를 들었어."

미나즈키가 묻지도 않았는데, 카논은 제멋대로 이야기를 시작했다. 앞에서 다가오는 흡혈귀 학생 그룹에 방심하지 않고 주의를 기울이며, 미나즈키는 고개를 갸웃했다.

"고교생 오토마타 컨테스트?"

"국가가 주최하는, 고등학생팀만이 참가할 수 있는 오토마타 컨테스트를 말해. 헬바이츠 안의 고등학교가, 각 한 대, 오리지널로 제작한 오토마타를 제출하고, 그 아이디어와 독창성을 겨루는 거야. 수많은 기업과 대중매체가 보러 와서, 우수한 작품에는 상품화 오퍼가 들어오기도 하고, 우승한 팀의 학생에게는 명문 대학에 특대생 입학이 약속되기도 해."

"이득만 있다는 이야긴가? 하면 되잖아?"

"간단히 말하지만, 희망한다고 컨테스트에 나갈 수 있는 것도 아니야. 컨테스트에 내보낼 오토마타는 각 학교에서 한 대뿐. 그 고등학교의 대표가 되어야 하니까, 본선

전에 교내의 선발전에서 승리할 필요가 있어."

"출장하고 싶어 하는 학생이 많겠군."

헬바이츠에 있는 인간 학생은, 대개 오토마타 기사를 목표로 삼고 있다.

흡혈귀가 세계 각지에서 계속 침략을 하는 현재, 세계의 인구는 끊임없이 감소 중이다. 그 노동력 부족 때문에 오토마타 산업은 상승세를 보이며 계속 확대하고, 기사는 전 세계에 수요가 있었다.

"응. 매년 우리 학원에서는 희망자가 많으니까, 우선은 반의 대표를 정하고 거기서 교내선발이 이루어지는 모양이야. 대표를 뽑는 학급회가 한 달 뒤에 있으니까, 컨테스트에 나갈 거라면 설계도를 제출해달래."

"그래? 뭐, 부디 열심히 해."

"모처럼이지만, 거절했어."

어? 의아해하며 미나즈키는 옆을 봤다. 표정이 굳어있는 소녀의 옆얼굴에서 진의를 읽을 수 없었다.

"너라면 틀림없이 컨테스트 출장을 목표로 삼을거라고 생각했는데."

"나도 일류 기사를 목표로 삼고 있고, 컨테스트에는 나가고 싶어. 어머니도 고등학생 때 출장했던, 역사가 있는 컨테스트이기도 하고. 하지만, 아마도 무리야."

"무리라고? 어째서?"

승강구를 나왔을 때 미나즈키는 창을 여는 소리를 포착했다. 힐끗, 시선을 들어 확인했다. 문제없다.

미나즈키는 차양 밑으로 피하고, 카논이 걸어가는 모습을 가만히 지켜보았다.

"그건……."

철퍼덕. 말하는 중이던 카논에게 대량의 물이 쏟아져 내렸다.

"어머나, 손이 미끄러졌네! 미안하게 됐어."

성의라고는 찾아볼 수 없는 과장된 목소리가 들렸다.

카논의 바로 위에 있는 창문에는 양동이를 들고 있는 여러 명의 여학생이 있었다. 전원, 인간이다. 그중에는 수업 중에 카논에게 적의를 드러냈던 롤 머리의 소녀, 딘켈도 있었다.

"누군가 했더니, 하모니 기어밖에 사용하지 않은 미스 잔델호르츠잖아. 노트까지 젖어버렸으려나? 하지만, 학살 오토마타의 설계도 따위 버려지는 편이 나으니까, 잘된 거 아니야?"

카논은 반응하지 않았다. 긴 머리카락과 교복에서 뚝뚝 물방울을 떨어트리며 침묵했다.

딘켈은 흥, 하고 코웃음 치더니 창문을 드르륵 하고 닫았다. 풍만한 롤 머리가 휘날리고, 추종하는 소녀들을 데리고 떠나갔다.

주위에서 하교하던 학생들의 킥킥 숨죽여 웃는 소리가 들렸다.

조금 있다가 카논은 입을 열었다.

"……미나즈키."

"왜?"

"눈치챘지, 물."

카논이 비난을 잔뜩 머금은 시선으로 미나즈키를 봤다. 미나즈키는 주눅도 들지 않고 대답했다.

"물론, 눈치챘지. 떨어지는 물을 나는 눈으로 확인했다."

"그렇다면 어째서 알려주지 않은 거야? 흠뻑 젖었잖아!"

"문제없다. 시간이 지나면 물은 마른다. 위험한 물건이 아니다."

"아아, 정말, 배려심이 없다니까."

탄식한 카논이 오른쪽으로 몸을 돌렸다.

"돌아가는 방향이 다른데?"

"이렇게 흠뻑 젖은 상태로 돌아갈 수는 없잖아. 운동복으로 갈아입고 올 테니까 기다려!"

그렇게 말하는 카논의 교복은 푹 젖어 있어서, 하얀 블라우스가 비춰 보이며 얄팍한 가슴에 찰싹 붙어 있다.

미나즈키는 물을 뚝뚝 흘리면서 학교 건물로 달려가는

뒷모습을 배웅했다.

딱히 배려심이 없는 게 아니다. 단순히 카논을 도울 마음이 들지 않았을 뿐이다.

미나즈키는 카논이 마음에 들지 않았다.

아무리 주위에서 무슨 말을 하든 무슨 짓을 하든, 그녀는 절대 반론하거나 맞서지 않았다. 조개처럼 입을 꾹 닫고 당하는 대로 그냥 있다. 그러는 게, 마치 속죄라도 되는 듯이.

하루미가 만든 ≪뱌쿠단식≫이 폭주해서 많은 사람을 죽인 것은 사실이다. 카논은 하루미의 딸인 것에 부채감을 느끼고 있을 것이다.

하지만, ≪뱌쿠단식≫의 폭주에 관해서 카논에게 무슨 책임이 있다는 말인가? 미나즈키는 이런 괴롭힘을 당하면서 묵묵히 있을 이유 따위 없다고 생각했다.

분명히 그녀는 포기한 것이다. 어머니가 모욕을 당하는 것도, 자신이 괴롭힘을 당하는 것도, 분하지도 아무렇지도 않을 것이다. 반항하지 않는다는 것은 그런 의미다. 어머니와 ≪뱌쿠단식≫의 죄를 주위에서 말하는 대로 받아들이고, 세상과 싸우기를 포기하고 있는 카논의 자세가, 미나즈키는 이해하기 어렵고 부아가 치민다.

기울어진 태양이 미나즈키의 그림자를 길게 늘였다.

하교하는 학생들의 왁자지껄한 목소리가 울려 퍼지는

가운데, 무기력한 기계장치 소년은 홀로, 허망한 표정으로 멍하니 서 있었다.

"문제는 고등학생 오토마타 컨테스트는 3인 1조로밖에 출장할 수 없다는 거야."

운동복으로 갈아입은 카논은 돌아오는 길에 그렇게 말했다.

그녀는 잡화점에서 급히 산 수건으로 머리카락을 닦았다. 표고가 높은 헬바이츠에서는 10월 하순에 첫눈을 볼 수 있을 정도다. 머리카락이 젖어 있으면 틀림없이 감기에 걸린다.

카논은 수건으로 북북 머리카락을 닦더니 이번에는 부산하게 빗으로 머리카락을 빗기 시작했다. 가방에서 손거울을 꺼내서 은백색의 머리카락을 정돈하면서 말했다.

"컨테스트에 나간다면, 나와 미나즈키 이외에도 한 명 더, 협력해서 오토마타를 만들어줄 학생을 찾아야 해."

"언제 내가 협력한다고 말했지?"

"도와줘도 되잖아. 우승하면 상금이 나오는 건 알아? 그러면 미나즈키의 부품을 새로운 것으로 바꿀 수 있어."

손거울을 집어넣은 카논의 남색 눈동자에 문득 이질적일 빛을 띠었다.

"……어디를 새롭게 만들어볼까? 후후. 일단, 인공 피부를 매끈매끈한 피부로 업그레이드하고, 검은자위가 한층 더 큰 여성용 인공 안구로 바꾸고, 머리카락도 다양한 머리 모양이 가능하게 길게 바꾸면, 후후후후후……."

확연하게 위험한 분위기를 뿜는 소녀에게 미나즈키는 당황해서 외쳤다.

"아니아니아니! 지금, 고집으로라도 협력하지 않겠다고 결정했다!"

"음? 그럼 어떻게 해야 미나즈키는 협력해 줄 건데?"

"그건 뻔하지. 인공 근육을 최신모델로 바꿔. 언제까지 나에게 10년 전의 구형 인공 근육을 달아둘 생각이지?"

"에-, 의욕이 안 나는데. 그런 귀엽지 않은 업그레이드."

"너는 나를 무슨 용도라고 생각하는 거냐! 귀엽게 만들지 마! 하여간 강하게 만들어! 그렇지 않으면 너한테 협력하지 않겠어."

"어쩔 수 없네. 미나즈키의 의욕을 우선해서, 상금으론 인공 근육의 구매 비용을 충당하기로 할게."

김칫국부터 마시며 결정을 내렸을 때쯤, 카논은 문득 한숨을 쉬었다. 확 바뀌어 진지한 표정이 되더니, 소녀는 입을 열었다.

"나는 컨테스트 작품에 하모니 기어를 사용하고 싶어. 마이어 선생님은 그건 그만두게 하고 싶은 모양이지만,

내 마음은 바뀌지 않았어. 만든다면, 어머니의 설계도를 통해서 배운 하모니 기어가 좋아."

하루미와의 관계성을 감추고 있기는 하지만, 입학 초부터 카논은 오토마타 공학 수업에서 하모니 기어를 사용한 설계도를 피로하고 말았다. 그것을 계기로 반 친구들의 괴롭힘이 시작되었지만, 카논은 아직도 완고하게 그에 연연하고 있었다.

기어란, 태엽에 직결되어 오토마타를 움직이는 중요한 부품이다. 기어가 없으면 오토마타는 손가락 하나 움직일 수 없다.

"하지만 세상에서 하모니 기어를 인정해 주지 않아. 반 애들의 태도를 보면 알 수 있잖아? 하모니 기어가 사용되면, 그걸 학살 오토마타라고 불러. 그것을 만든 사람은 학살 기사라고 비난받지. 컨테스트에 나에게 협력해줄 학생을 찾을 수 있을 거라고는 생각할 수 없어."

≪뱌쿠단식≫에 사용되었다는 사실에 하모니 기어는 인류를 멸망시킬 수도 있는 위험한 기어의 대명사가 되어버렸다. 하모니 기어를 사용하지 않는다, 만들지 않는다, 거래하지 않는다. 그게 현재 오토마타 업계의 풍조인 것이다.

헬바이츠 사람들에게 오토마타는 친근하기에 그들은 케르나의 비극이 다시 반복되는 것을 무엇보다 두려워하고 있다.

하모니 기어는 즉 학살, 이라는 세간의 일반적인 도식이 바뀌지 않으면 카논에게 협력해주는 학생은 나타나 주지 않을 것이다.

최신 인공 근육 탑재는 아무래도 물 건너갔다 싶어 미나츠키가 눈썹을 찌푸렸을 때.

쾅, 하는 충격음이 들렸다.

바로 옆에 있는 공사현장에서 들린 것이다. 미나즈키와 카논이 고개를 돌리자, 몇십대의 공사용 오토마타가 작업하는 모습이 보였다. 하지만, 아무래도 상태가 이상하다.

"저건 뭐지? 최근의 공사는 철골을 휘두르는 건가?"

"그런 공사가 있을 리 없잖아. 저건 그저 폭주하고 있을 뿐이야."

두 사람이 대화하는 사이에도 오토마타들은 철골을 지면에 내동댕이치거나, 자재를 집어 던지고 있었다.

공사현장의 구석에는 확성기를 든 남성이 계속 "오더, 멈춰!"라고 반복해서 외치고 있다. 아마 현장의 감독자로, 저 오토마타 들의 소유자 등록이 되어 있을 것이다. 그러나 그들은 강제 명령을 따르지 않았다.

가망 없다고 봤는지 감독자는 확성기를 던지고 도망쳤다.

통행인이 "오토마타의 폭주다! 군대를 불러!"라고 외쳤다.

카논이 미나즈키의 팔을 잡아당겼다.

"빨리 가자, 미나즈키. 근처에 있으면 위험해."

"……저거라면 싸워도 되겠지."

미나즈키는 카논의 팔을 뿌리치고 속삭였다.

"뭐?"

깜짝 놀란 카논이 이쪽을 봤다. 하지만, 미나즈키는 폭주하는 오토마타에게서 시선을 떼지 않았다.

오토마타는 낡아지면 폭주할 가능성이 있는 것이다. 폭주한 시점에서 그들은 파괴될 운명이다. 인간에게 해를 끼치는 존재로서, 민간인의 손으로 감당할 수 없으면 공화국군이 출동해서 그들을 철저하게 파괴하는 것이다.

——즉 '적'과 같은 취급이다.

그렇게 생각한 순간, 충동이 끓어올랐다. 미나즈키는 가지고 있던 가방을 던졌다.

"폭주 오토마타를 막고 오지."

"무슨 소리 하——미나즈키?! 안 돼! 멈춰!"

"문제없다. 어차피 부술 거니까!"

미나즈키는 뒤에서 소리치는 카논을 무시하고 공사현장으로 달려나갔다.

출입금지라고 적힌 바리케이드의 틈새를 비집고 곧장 전장으로.

곧바로, 철골을 안고 있던 공사용 오토마타가 전방을 가로막았다.

몸길이 2미터 정도의 강건한 남성의 모습을 지닌 그 존재는, 미나즈키도 알고 있는 형태였다.

제품명 ≪괴력무쌍(헤라클레스)≫. 근골이 울퉁불퉁한 육체가 특징이며, 이상하게 긴 팔을 내리면 발목까지 닿는다. 이름이 드러내는 그대로 완력과 단단함을 장점으로 삼고, 전쟁 중에 이것을 개조한 대 흡혈귀 전투용 오토마타도 있었다. 어느 정도 전과를 올렸는지는 ≪뱌쿠단식≫ 이외에는 화제에 오르지조차 못한 시점에서 눈치챈 대로겠지만.

대치하고 있자, 양자의 체격 차이는 확연했다.

하지만, 미나즈키는 주눅 들지 않았다.

──'적'을 인식. 전투 모드로 이행──

머릿속의 프로그램이 무기질적으로 알렸다.

찰나, 사고가, 시야가, 전환되어 간다.

≪헤라클레스≫가 철골을 호쾌하고 빠르게 내려쳤다.

그것을 최소한의 모션으로 회피한 미나즈키는 긴 팔의 안쪽으로 파고들었다. ≪헤라클레스≫의 다리를 후린다.

당연히, 공사용 오토마타는 다리 후리기를 당하는 상황 따위 상정되지 않았다.

≪헤라클레스≫는 지극히 간단히 뒤집히고, 땅을 크게 울렸다.

근접 전투 특화형인 미나즈키는 일련의 체술이 프로그

램되어 있다. 한 번, 카논의 괴롭힘에 편승한 남자가 미나즈키를 폭행하려고 했을 때는 가차 없이 사용했었다. 그 이후로 미나즈키에게 손을 대는 녀석은 없었다.

미나즈키는 재빨리 뒤로 넘어간 ≪헤라클레스≫의 마운트를 잡았다.

들어 올린 것은, 아무것도 들고 있지 않은 오른손.

다음 순간, 소년의 손에 제1 암기——오른쪽 손목 안쪽에서 튀어나온 은색의 단검, 어쌔신 블레이드가 나타났다.

30센티 정도의 칼날로, ≪헤라클레스≫의 가슴을 꿰뚫었다.

인공 피부를 뚫고, 태엽이 부서지는 감각이 손에 느껴졌다.

동력원이 파괴된 오토마타가 움직일 방도는 없다. ≪헤라클레스≫는 움직임을 딱 멈추었다.

그때 등 뒤에서 무거운 발소리와 바람을 가르는 소리.

순간적으로 미나즈키는 도약했다.

그 높이는 가볍게 10미터를 넘는다.

공사현장의 누구보다도 높은 위치. 알프스산맥의 능선에 걸친 태양 빛을 받으며 소년은 공중제비를 돌았다. 설치되다 만 철골과 현재 진행형으로 폭주하는 오토마타가 마구 헤집어 놓은 자재 보관소를 전체적으로 확인하고 바로 아래 있는 '적'으로 타겟을 집중했다.

철골을 헛스윙한 ≪헤라클레스≫의 머리 위에서 소년은 제2 암기를 꺼냈다.

평소에는 왼팔에 내장된 사일렌서가 달린 4연발 권총.

손등에서 나타난 검은 광채를 뿜는 총구를 ≪헤라클레스≫에 겨누었다.

노리는 것은, 목덜미의 소유자 인증 칩이다. 인공두뇌의 기능을 보조하고 있는 칩 역시, 오토마타의 급소다.

미나즈키의 손에서 총알이 소리도 없이 날아가 ≪헤라클레스≫의 목덜미를 갈기갈기 찢었다.

——이걸로 두 대.

하지만, 아직이다. 폭주하는 헤라클레스는 아직 20대 이상 있는 것이다.

착지하자마자, 미나즈키는 오토마타의 무리를 향해 바람처럼 돌진했다.

긴 팔로 철골을 휘두르는 거한의 무리. 으르렁거리면서 육박하는 것을 어려움 없이 피하고, 텅 빈 가슴에 차례대로 어쌔신 블레이드를 찔러 넣었다. ——이렇게 10대.

막 파괴된 오토마타의 어깨를 발판으로 삼고 도약했다. 4연장 권총이 달린 왼손을 휘두르며, 총알을 흩뿌렸다. 그것만으로 주위에 있는 거한들은 움직임을 멈추었다. ——이걸로 18대.

관객이 있다면, 미나즈키는 그저 오토마타들 사이를 달

려가고 있는 것으로밖에 보이지 않았을 것이다. 암살자로서 만들어진 소년은, 지나치는 순간 일격만으로 적의 급소를 정확하게 파괴했다.

속수무책으로 암기의 먹잇감이 된 ≪헤라클레스≫는 쓰러져갔다.

"이걸로 25대……!"

시야에 들어온 마지막 ≪헤라클레스≫의 가슴에 어쌔신 블레이드를 쑤셔 넣은 미나즈키는, 사방에 흩어져 있는 자재들 안에서 몸을 돌렸다.

지금 막 태엽이 파괴된 거한의 등이 천천히 기울어졌다.

굉음과 함께 25대의 폭주 오토마타가 지면으로 무너져 내렸다.

압권이었다.

정지된 ≪헤라클레스≫들은 겹겹이 유해를 드러내고 있다. 지금 서 있는 것은 미나즈키 뿐이다. 완전한 승리.

하지만, 소년의 표정은 흐렸다.

"……내가 하고 싶었던 일은, 이런 게 아니야."

갈 곳 없는 허무감이 가슴을 휘저었다.

자신이 한 일이지만, 뻥 하니 가슴에 구멍이 뚫렸다.

미나즈키는 득의양양하게 공사용 오토마타를 쓰러트린 자신이 무척 비참하게 생각되어 눈을 감았다.

그때.

"우리는 공화국군이에요! 누가 있다면 대답하도록 하세요!"

당당한 목소리가 울려 퍼졌다.

쏴아아, 하고 한바탕 바람이 불고, 황폐한 공사현장에 모래 먼지가 일어났다. 그 안에서 태양보다도 선명한 붉은 빛이 미나즈키의 눈에 작렬했다.

불타는 듯한 붉은 머리카락.

군인에게는 어울리지 않는 긴 머리카락을 휘날리는 소녀가, 압도적일 정도의 존재감으로 거기 있었다. 그녀의 뒤에는 기관총을 든 여성 병사들이 질서 정연하게 대기하고 있었다. 병사들의 가슴에 붉은 꽃의 모양을 딴 휘장이 달려 있었다.

……세상은, 변했다.

늙은이 같은 감상을 품은 미나즈키는 공사현장에서 물러나기 위해서 움직이기 시작했다. 그때 갑자기 발밑에서 딱, 하고 자재가 소리를 냈다.

화들짝 붉은 머리카락의 소녀가 이쪽을 보았다.

미나즈키를 확인한 그녀는 사람이 있다고 생각하지 못했는지 눈을 동그랗게 떴다.

한편, 엮이고 싶지 않은 미나즈키는 무시하고 가려고 했지만,

"기다려. 당신, 공사 관계자가 아니네. 어째서 이곳에?"

재빠르게 앞을 가로막혔다.

대장으로 보이는 소녀의 움직임에 대응해서, 병사들이 즉시 미나즈키를 둘러쌌다. 기관총이 쭉 이쪽을 겨누었다.

가로막은 소녀를 미나즈키는 찡그린 얼굴로 바라보았다.

나이는 카논과 별반 차이가 없는 듯하다. 하지만 몸의 굴곡이 상당히 달랐다. 휘장이 잔뜩 달린 군복의 가슴팍은 마치 찢어질 듯이 부풀어 있고, 사브르를 꽂아둔 허리는 쭉 조여져 있었다. 커다란 루비 같은 붉은 눈동자는 강한 빛을 뿜으며 미나즈키를 포착하고 놓치지 않았다.

“나는 그저 지나가던 사람이야. 폭주 오토마타에 흥미가 있었으니까, 가까운 곳에서 보고 싶었을 뿐이었어.”

“폭주한 오토마타를 가까이서 보고 싶었다고? 자살 행위야!”

“그래, 앞으로는 조심하지.”

소녀를 적당히 거짓말로 구슬려서 도망치려고 했지만,

“그런데, 이건 대체, 어떻게 한 거야?”

붉은 눈동자가 널브러져 있는 ≪헤라클레스≫들을 보고 미나즈키에게 다시 물었다.

기관총의 총구는 치워질 기미가 없다.

“이거, 라니 무슨 소리지?”

"모르는 척하지 마! 나를 속이려고 해도 그렇게는 안 돼."

군복을 입은 소녀는 사브르를 뽑아 미나즈키에게 겨루었다.

"폭주한 오토마타는 누군가 파괴하지 않는 한, 멈추지 않아. 여기 있는 게 당신뿐인 이상, 당신이 이 오토마타를 막은 거잖아?"

"나는 몰라. 먼저 온 부대가 막은 거 아니었나?"

"아니, 신고를 받고 달려온 공화국군은 우리가 처음이야. 겸손하지 않아도 되잖아? 폭주 오토마타를 막은 것은 훌륭한 일인걸. 겉으로 보기에는 무기도 들지 않은 듯한데, 어떻게 폭주한 ≪헤라클레스≫를 막은 걸까?"

"그러니까, 내가 아니라고 하잖아."

진절머리를 내며 미나즈키는 끝까지 시치미를 뗐다.

폭주 오토마타를 막은 것은 훌륭한 일일지도 모르지만, 막은 수단은 도저히 설명할 수 있는 게 아니었다. 무엇보다 미나즈키의 존재 자체가 위법이니까.

"≪헤라클레스≫는 힘이 강하니까, 폭주하면 감당할 수 없어. 그것을 총도 들지 않고 막아내다니, 그것도 당신처럼 가냘픈 남자가……."

갑자기 뭔가 깨달은 듯이 소녀의 눈이 날카로워졌다.

"기다려. 설마 당신, 혹시나 하는데……."

──큰일이다. 내 정체를 눈치챘나?

10년 전이라고는 해도, 헬바이츠의 존망을 걸고 만든 미나즈키는 특수한 인공두뇌가 탑재되어 있으며, 대화를 통해 오토마타라고 들킬 일은 없다. 하지만, 폭주 오토마타를 맨몸 하나로 막는 건 인간이 할 수 없는 일이다.

이 상반된 사실을 연결하면 미나즈키의 정체는 간단히 좁힐 수 있었다.

"설마 그렇겠어? 하지만, 확인해보기 전까지는 알 수 없지. 무엇보다 나의 감이 그렇다고 말하고 있는걸. 만약 그렇다면 대단한 발견이야."

흥분한 듯이 혼잣말을 하는 소녀. 이상할 정도까지 눈을 빛내며, 그녀는 미나즈키에게 조금씩 다가왔다. 자신도 모르게 미나즈키는 한 걸음 뒤로 물러났다.

일이 귀찮게 되었어. 어떻게든 이 자리에서 탈출을──.

도망칠 계획을 세웠을 때, 쿠구구구궁! 하면서 근처에 있던 철골의 산이 붕괴했다. 그 안에서 ≪헤라클레스≫가 일어섰다.

소녀의 눈이 그쪽을 향했다.

"어머, 아직 남아 있었네! 전원, 공격 준비!"

폭주한 ≪헤라클레스≫는 긴 팔을 이용해 철골을 미나즈키와 그녀를 향해서 휘두르고──.

총구의 포위에서 해방된 미나즈키는 그 틈에 소녀에게서 도망쳤다.

"앗! 당신은 기다리도록 해! 큿, 이 거추장스러운 오토마타 녀석! 공격 개시!"

소녀의 제지와 기관총의 총성을 등 뒤로 들으면서 미나즈키는 달렸다.

공사현장의 출구에는 수많은 구경꾼에 섞여서 카논이 우왕좌왕하고 있었다. 미나즈키를 확인하자마자, 그녀는 눈으로 화를 냈다.

"미나즈키! 어째서 멋대로……!"

"이야기는 나중이다. 도망치자."

"어, 미나즈키?!"

카논이 말했을 때, 소년은 그녀의 옆을 바람처럼 달려 지나갔다. 일순, 깜짝 놀란 카논이었지만, 금방 그의 뒤를 쫓았다.

"기다려, 미나즈키! 어째서! 왜, 달리는 거야……."

미나즈키는 암살자에 어울리는 움직임으로 구경꾼의 틈을 누볐다. 숨을 헐떡이는 카논의 목소리를 뒤에서 포착했지만, 다리를 멈추지 않았다.

도망치는 도중에 미나즈키는 군중의 입에서 ≪붉은 소녀 부대(스칼렛 메이든)≫라는 목소리를 들었다. 아무래도 저 소녀가 이끄는 부대는 그런 이름이 붙어 있는 모양이었다.

잔뜩 몰려온 인파 속에서 빠져나온 미나즈키는 그제야 겨우 멈춰 섰다.

돌아봤지만, 군복을 입은 자들이 쫓아오는 기색은 없었다.

좋아, 따돌렸어.

확신하고 한숨을 돌렸을 때, 인파 속에서 불쑥 은백색의 머리가 나타났다. 군중에 의해서 한차례 시달린 카논의 긴 머리카락은 흐트러져 있고, 발걸음도 비틀거렸다.

"뭐냐구, 미나즈키…… 갑자기 달려서는……."

"군인 한 명이 내 정체를 눈치챈 거 같아서, 도망쳤다."

그 순간 카논이 "뭐?!"라며 얼굴을 들었다. 귀기 어린 박력으로 미나즈키를 추궁했다.

"무슨 짓을 한 거야?! 정체가 들키면 큰일이라고, 항상 말했는데. 어떻게 하려구!"

"그러니까, 도망쳤다. 문제없다."

"문제 있어! 도망친다고 끝날 일이 아니라구!"

"문제없다. 그 녀석은 남아 있는 폭주 오토마타를 상대하느라, 나를 쫓을 여유는 없었던 모양이다."

카논은 어리석은 생물을 보는 듯한 눈빛으로 바뀌었다.

"……그 폭주 오토마타를 막고 싶어지는 버릇, 어떻게든 해. 미나즈키는 이미 군대에 소속되어 있지 않으니까, 공화국군을 돕지 않아도 돼."

"누가 공화국군을 돕는다는 거냐. 나는 그럴 생각 없어."

혐오감조차 느껴지는 말을 하는 미나즈키를 보며 카논은 의아한 표정을 지었다.

미나즈키는 군복을 입은 소녀를 떠올렸다. 시각적으로는 붉은 소녀였지만, 서모그래피를 통하면 그녀의 진실이 보인다.

35도 이상은 적, 25도 이하는 청. 그녀의 얼굴은 새파랗게 표시되어 있었다.

"군에 흡혈귀가 있다니, 세상도 많이 바뀌었군."

† † †

저녁은 스튜였던, 모양이다.

언제나 그래왔듯 식사를 거부한 미나즈키는, 자기 방에 누워서 TV 뉴스를 봤다.

흡혈귀 왕 루트비히에 의한 북부의 침략이 시작되고 10일. 전황은 흡혈귀 군의 우세. 이번 달 안으로 함락이 예상돼. 흡혈귀의 속국으로 15회째의 인신 납세. 각지에서는 한탄의 목소리. 뱀파이어 지상주의 과격파 루트비히 왕제 빌헬름이 헬바이츠의 불법 입국. 뱀파이어 혁명군에 의한 테러를 강하게 경계하며, 군은 각지에 배치…….

미나즈키는 기동 되지 않았던 공백이 10년이 있다. 그 사이에 헬바이츠 국내에서 인간과 흡혈귀의 전쟁은 끝나고, 국가의 정세는 일변하고 말았다. 3개월 전에 막 깨어난 미나즈키는, 정세를 알기 위해서 뉴스를 보는 일을 빼먹을 수 없었다.

똑똑, 하고 노크가 들렸다.

"미나즈키, 들어가도 돼?"

카논의 목소리다.

미나즈키는 카논의 소유물이니까 멋대로 들어와도 괜찮은데, 그녀는 꼭 이렇게 입실의 허가를 구한다. 한 번, 왜 그런 일을 하는지 물어보니까, "나, 남자의 방을 노크도 없이 열 수 있을 리 없잖아!"라면서 얼굴을 붉히며 말했다. 이해할 수 없다.

문을 열더니, 작업용 점프슈트를 입고 있는 소녀가 있었다.

안 좋은 예감이 스쳤다.

"미나즈키, 오늘이야말로 용서하지 않을 거야. 정체가 들키는 일만은 절대로 피해야만 한다는 걸 알고 있을 텐데. 멋대로 움직이겠다면……."

"기다려. 네 손에 있는 그것은 뭐지?"

"미나즈키의 속눈썹이야! 이것을 달면, 미나즈키는 지금보다 훨씬 눈매가 또렷해지고, 귀여워질 수 있는 거라고! 좋겠네!"

"좋지 않아!!"

미나즈키는 속눈썹에서 벗어나려고, 사사삭 뒤로 물러섰다.

위험한 분위기를 뿜는 카논은, 미나즈키를 놓치지 않겠다는 듯이 방 안으로 들어왔다. 두 눈동자는 찬란하게 빛나고 요사스럽게 일그러진 입가는 침으로 번들거렸다.

……이건 절대 위험하다!

신변에 위험을 느낀 미나즈키는 퇴로를 찾았지만, 실내는 그리 넓지 않다. 금방 방구석으로 몰렸다.

"안 돼, 미나즈키. 이것은 벌이니까. 본인이 얼마나 큰 일을 벌였는지, 제대로 몸으로 이해시켜두지 않으면, 후후……."

"하지 마…… 구두에 의한 주의 권고를 요구한다!"

"그걸로는 말을 듣지 않으니까, 최종수단을 사용하는 거야. 전에 말했을 텐데. 미나즈키가 멋대로 행동하니까, 나도 멋대로 한다고."

"그것은 멋대로 나를 개조한다는 의미였나! 제길, 상정하지 않은 사태가……."

"아~ 기대돼. 후후후, 미나즈키에게 새로운 부품의 추가. 얼마나 미나즈키가 귀여워질까, 후후후후후……."

"카논, 정신을 차려라. 지금의 너는 정상 상태가 아니다."

"나는 언제나 제정신이야. 그 증거로 미나즈키의 꾸미기 부품 개발은 대박☆순조로워!"

"쓸모없는 부품 따위보다, 근육을 개발해! 근육을!"

울부짖는 미나즈키를 보고도 오토마타 마니아의 본성을 드러낸 카논은 물러나지 않았다. 히죽히죽 요사스러운 미소를 얼굴에 띠고, 소녀는 눈으로 침대를 가리켰다.

"자 누워, 미나즈키. 겸사겸사 내부 점검도 할 거니까."

"내 기어는 에델라이트 950이다. 자지 않고 쉬지 않고 최저 1개월은 움직여. 매일 밤 재우고 점검할 필요가 대체 어디에……."

순간, 한없이 온화하던 카논의 표정이 확 변했다.

"무슨 바보 같은 소리 하는 거야?! 하루 가동된 기어는 오일로 손질하는 게 상식, 아니 오토마타의 소유자에게 주어진 최소한의 의무야. 하루하루의 태만이 녹의 원인이 된다는 사실을 모르는 사람이 너무 많아. 어째서 소유자의 점검이 법률로 의무화되지 않았을까? 나는 그게 항상 의문스러워."

"……아아, 또 이상한 스위치를 눌러버렸군……."

"미나즈키는 자신에게 얼마나 귀중한 기어가 들어가 있는지 자각이 없다구. 파동 기어는 지금, 좀처럼 손에 들어오지 않는 귀중품. 거기에 녹이 슬면 되돌릴 수 없어. 게 다가 오늘은 싸웠으니까, 수복하지 않으면 안 되는 부품도 있을 거야. 체크 항목은, 인공 피부에 쓸린 상처는 없는지, 신경 케이블의 단선이 없는지, 그 이외에는 '피'의 보충도…….”

“알았어! 알았으니까, 적당히 입 좀 다물어!”

이대로 내버려 두면 한없이 소녀의 이야기만 듣게 되는 꼴을 당할 것이다. 한 번, 밤새 기어에 관해서 이야기를 들은 적이 있는 미나즈키는 잘 알고 있다. 이렇게 된 카논은 감당이 안 된다.

모든 것을 포기한 미나즈키가 침대에 눕자, 카논이 옆에 웅크리고 앉았다. 얼굴을 들여다본다.

소녀의 얼굴이, 어머니의 얼굴과 겹쳐진다.

――그러니까, 자는 것은 싫었다. 마지막으로 본 하루미의 쓸쓸한 눈빛과 버려졌을 때의 절망이 떠오르니까.

“푹 자, 미나즈키. 좋은 꿈 꿔.”

마스터의 성문으로 종료 명령을 인식. 미나즈키는 거부할 방도도 없이, 의식이 깊고 깊은 어둠 속으로 가라앉았다.

2장 ☆ 붉은 흡혈귀 왕녀

……눈꺼풀이 묘하게 무겁다.

속눈썹이 증량된 미나즈키는, 다음 날 아침에도 카논과 등교했다. 미나즈키의 눈가에 힐끗힐끗 시선을 보내는 카논은 기쁜 기색이었다.

그에 비해서 미나즈키는 평소 이상으로 불쾌함을 노골적으로 드러낸 무뚝뚝한 얼굴이었다.

“정말, 그런 표정 짓지 마. 모처럼 예쁜 얼굴인데.”

카논의 말에 미나즈키는 파르르 얼굴을 떨었다.

“누구 탓이라고 생각하지? 이런 이상한 부품을 추가해 놓고…….”

“이상하지 않아. 미나즈키 정말 귀여워졌다니까. 자신을 가져!”

“그게 싫다는 거잖아!”

미나즈키는 찌푸린 표정을 전면으로 드러내며 학교 건물로 들어갔다. 그때, 두 사람의 앞에 학생 집단이 우르르 달려 지나갔다.

카논이 고개를 갸웃했다.

“왠지 교내가 소란스러운데……?”

카논의 말대로, 묘하게 들뜬 학생들이 있다. 그들을 훔쳐 들어보니,

"아무래도, 우리 학교에 왕녀가 와 있는 모양이다."

"왕녀?"

"하지만, 지금의 헬바이츠는 공화제고, 헬바이츠에는 대공밖에 없을 텐데."

"왕이라고 하면, 흡혈귀 왕을 말하는 거지. 흡혈귀 중에서는 왕족이라고 불리는 특별한 일족이 있어서, 일반적인 흡혈귀에는 없는 힘을 가지고 있는 모양이야."

"왕족의 힘 이야기는 교전한 형제들에게서 들은 적이 있다. 그렇다면 왕녀라는 게 흡혈귀 왕 로젠베르크의 딸인가."

"아마도. 헬바이츠에 있는 흡혈귀 왕은 로젠베르크 왕뿐이니까. 하지만 어째서 왕녀님이 갑자기 우리 학교에 온 걸까?"

"문제없다. 왕족이든 뭐든 적은 반드시 해치운다."

"몇 번을 말해야 알아듣겠어, 미나즈키? 헬바이츠에서는 더이상 인간과 흡혈귀는 적대하지 않아."

복도의 모퉁이를 꺾었을 때, 새카맣게 인파가 몰려 있어서 자연스럽게 다리가 멈추었다. 아무래도 왕녀가 와 있는 것은 1학년의 교실 같다.

그때, 누군가가 "붉은 장미 소장님! 팬입니다! 악수해주

세요!"라고 외쳤다.

카논이 눈을 깜빡였다.

"붉은 장미 소장이라면 어제도 봤어. ≪스칼렛 메이든≫의 엄청 유명한 사람."

"≪스칼렛 메이든≫?"

들은 기억에 있는 단어에 미나즈키는 고개를 쭉 뻗었다.

그곳에 어제 만난 붉은 소녀의 모습이 보였다.

아, 라고 미나즈키가 생각했을 때, 둘러싸고 있는 사람들의 머리를 넘어 소녀가 이쪽을 돌아보았다. 그 눈이 크게 떠졌다.

"큰일이다!"

고개를 푹 숙인 미나즈키는 그대로 오른쪽으로 꺾었다.

"미나즈키?!"라고 카논이 소리를 질렀지만, 미나즈키는 그에 대답할 때가 아니었다. 어제오늘 일이다. 우연으로는 넘길 수가 없는 상황이었다.

뒤에 몰려 있던 학생들을 억지로 밀어내며, 도주했다. 하지만,

"찾았다! 이번에야말로 놓치지 않을 거야!"

목소리가 울려 퍼졌다.

찰나의 순간, 바람을 가르고 미나즈키의 눈앞에 진한 쥐색이 나타났다. 얼굴 바로 옆에서 충격음이 들렸다.

갑작스러운 일에 미나즈키는 급정거했다. 눈의 몇 센티

앞에는 가늘고 긴 칼날──사브르가 있다. 미나즈키의 앞길을 막는 듯이 던져진 그 칼은 복도의 벽에 박혀서, 지금도 여전히 파르르 떨고 있었다.

미나즈키는 천천히 고개를 돌렸다.

복도를 채운 인파. 그것이 갈라졌다.

바다를 둘로 갈랐던 예언자처럼, 길을 터준 학생들 사이를 소녀는 당당히 걸어왔다. 그 손에는 빈 검집이 쥐여 있다.

……어떻게 교내에 사브르를 가지고 들어온 거지.

내심 딴죽을 걸고 있는 사이에 소녀는 미나즈키 앞까지 왔다. 벽에서 사브르를 뽑고 검집에 담더니, 그녀는 싱긋 미소지었다.

"또 만났네. 재회할 수 있어서 기뻐."

"난 두 번 다시 만나고 싶지 않았는데 말이지. ……만나러 왔다는 걸 잘못 말한 거 아닌가?"

"뛰어난 통찰력이네. 그 뒤로 당신이 입은 교복을 조사해서, 아버님에게 부탁해서 이곳으로 전입을 해달라고 했어. 어때, 이곳 교복은 잘 어울릴까?"

어깨에 걸친 긴 붉은 머리카락을 털면서, 소녀는 가슴을 쭉 폈다.

뛰어난 몸매다. 어울리지 않는 교복 따위 있을 리가 없다.

그 증거로, 조금 전부터 구경꾼——특히 남학생의 시선은 그녀의 풍만한 두 언덕과 플리츠 스커트 아래로 쭉 뻗은 시원한 다리에 못 박혀 있다. 학생들이 이렇게 많이 모여 있는 것도, 유명인인 것 이상으로 그녀 자신이 매력적이기 때문일 것이다.

그러나, 미나즈키는 소녀의 몸을 주시하지 않고 무기질적으로 물었다.

"그래서, 그렇게까지 해서 나한테 무슨 용건이지?"

"어제, 미처 확인하지 못한 일을 확인하러 왔어."

미나즈키는 눈을 가늘게 떴다.

"공사 현장에 있던 ≪헤라클레스≫, 조사해 보니 역시 인위적으로 누가 막았던 거더라. 태엽과 칩이 핀포인트로 망가져 있었거든."

소녀는 미나즈키에게 다가가더니, 그 눈동자를 들여다보았다. 마치 소년의 눈구멍에 있는 구체의 진위를 판정하려는 듯이.

죽 늘어선 학생들 사이에서 카논이 숨을 죽이고 있는 게 보였다.

"현장을 확인했는데, 당신 이외의 인간은 없었어. 다른 누가 출입했다는 정보도 없고. 즉, 당신은 20대 이상의 폭주 오토마타를 아무런 장비도 없이 오직 혼자서 파괴한 거야. 그리고, 내 직감이 옳다면 당신은——."

소녀의 손이 미나즈키의 손으로 쓱 뻗어졌다.

——어떻게 하지, 도망칠까? 하지만 어디로? 학교를 밝혀낸 이상, 도망칠 곳은 없다. 지금, 죽여? 여기서는 안 돼. 목격자가 너무 많아. 입을 막고 어디로 데리고 가서, 해치울까? 그것도 안 돼. 내가 이 녀석을 끌고 가는 모습이 목격된다면, 가장 먼저 의심을 받는 것은 나다. 애초에 이 녀석은 아직 누구에게도 나의 정체를 말하지 않은 걸까? 제길, 결국 여기서 끝인가?

순간적으로 인공두뇌를 풀로 돌리던 미나즈키가, 각오와 함께 눈을 감았을 때, 소녀는 소년의 손을 쥐고 말했다.

"어마어마하게 강한 인간이네."

"……………………………………뭐?"

눈을 떴다.

서늘한 손이 미나즈키의 따뜻한 손을 감싸고 있었다. 얼빠진 목소리를 낸 미나즈키의 눈에, 그의 손을 만지며 기쁜 듯이 들떠 있는 흡혈귀가 보였다.

"이 체온, 역시 인간이었어! 총도 사용하지 않고 폭주 오토마타를 쓰러트리다니 뱀파이어인가 싶었는데, 묘하게 흥미가 끌렸는걸. 뱀파이어의 직감이라고 해야하나.

전혀 단련하지 않은 듯 보이는데, 무척 강하네. 당신 같은 인간은 처음 봤어!"

"……."

시야 한쪽에서는 카논이 가슴에 손을 대고 깊은 한숨을 쉬었다.

즉, 이 왕녀님은 미나즈키가 인간인지 흡혈귀인지 고민했던 것이다. 서모그래피를 장비하고 있는 미나즈키와 달리 보통은 만질 때까지 양자의 구별이 되지 않는다. 소녀의 머리에는 인간인가 흡혈귀인가 양자택일밖에 없는 듯해, 오토마타의 가능성을 의심했나 하는 생각은 미나즈키의 섣부른 판단이었다.

각오까지 했던 게 바보 같았다. 부아가 치밀어서 미나즈키는 흡혈귀의 손을 난폭하게 뿌리쳤다.

"내가 인간인지 어떤지 확인하기 위해서 너는 전학을 온 건가? 그거 참 헛수고를 했군."

"어머, 물론 그것만은 아니야. 당신, 이름은?"

"미나즈키 잔델호르츠."

"그래. 그럼 미나즈키. 나에게 피를 바치도록 해."

주위가 쥐 죽은 듯이 고요해졌다.

막 등교한 학생들이 웅성거리는 목소리가 울려 퍼졌다.

많은 사람의 시선을 한 몸으로 모으면서도, 소녀는 전혀 거리낌 없다는 듯이 의기양양한 미소를 띠고 있었다. 가슴을 당당히 펴고 미나즈키의 대답을 기다리는 것이다.

미나즈키는 그런 소녀를 정면에서 마주 보며, 말했다.

"——거절한다."

소녀의 뺨이 파르르 하고 떨렸다.

이야기는 끝났다는 듯이 미나즈키는 걷기 시작했다. 돌이 된 것처럼 미동도 하지 않는 흡혈귀의 옆을 지나쳐, 카논이 다가오더니 소곤소곤 속삭였다.

"미, 미나즈키! 지금 그거, 어떤 의미인지 알아?!"

"알고 있다. 흡혈귀 방식의 사랑 고백이지? 아무래도 저 녀석은 나와 교제하고 싶은 모양이군."

인간과 흡혈귀가 평등한 헬바이츠에서는 합의 없는 흡혈 행위는 위법이다. 또한, 인간은 흡혈귀의 ≪샤름≫을 두려워하고, 연인 정도로 친하지 않으면 흡혈을 허용하지 않았다. 그게 '흡혈하고 싶다'가 즉 '사귀자'가 되는 이유다.

……그렇다는 것을 카논이 억지로 감상시킨 연애 영화를 통해 최근 알게 되었다. 카논은 가끔, 자신의 취미를 억지로 강요한다.

"알고 있다면, 조금 전의 말투는 너무했어. 더 상대를 배려하면서 거절을 해야."

"흥. 그렇다면, 뭐라고 말해야 좋았지?"

"저기 그러니까~, 예를 들면 '기분은 무척 기쁘지만, 지금은 누구와도 교제할 마음은 없어'라든지……?"

"지금 그걸 비밀 이야기라고 하는 걸까? 전부 다 들리거든!"

끼어든 목소리에 미나즈키와 카논은 눈을 돌렸다.

그곳에는 부들부들 온몸을 떨고 있는 흡혈귀 소녀가 있었다. 그녀는 굳은 얼굴로 미나즈키를 바라보고 있었다.

"그러고 보니 이름을 말해준다는 걸 완전히 잊고 있었네. 나는 흡혈귀왕 로젠베르크 제3 왕녀, 리타 로젠베르크. 공화국군 특별 기동부대 ≪스칼렛 메이든≫의 붉은 장미 소장이라고도 불리고 있지. 그것을 고려해서 한 번 더 말해줄게. 미나즈키, 나에게 피를 바치도록 해."

"기분은 무척 기쁘지만……."

"나를 바보 취급하고 있어?!"

소녀는 국어책 읽는 어조로 카논이 든 예시를 반복하는 미나즈키를 보고 크게 폭발했다. 분노로 얼굴을 새빨갛게 물들이더니, 물어뜯을 것 같은 기세로 미나즈키에게 달려들었다.

"거절하다니 배짱도 좋으셔, 미나즈키. 하지만, 당신에게 거부권은 없어. 나는 당신의 의사를 묻고 있는 게 아니라, 명령하고 있는 거야. 당신의 모든 것을 나에게 바치도록 해, 라고 말이지."

흡혈귀에게 피를 빨린다는 것은 그런 것이다. 피만이 아니라, 몸도 마음도 모두 흡혈귀에게 맡기게 된다. 그럴 힘이 흡혈귀에게 있다.

"당신은 나의 것이 되는 것을 영광으로 생각하고, 솔직하게 몸을 맡기면 될 뿐. 걱정하지 않아도 나쁘게 대하지 않을게. 나와 교제할 수 있으니까, 당신에게도 좋은 이야기잖아?"

리타는 유혹하듯이 미나즈키에게 몸을 기댔다. 크게 벌어진 블라우스의 가슴팍에서 매혹스러운 계곡이 엿보이고, 건전한 남자라면 틀림없이 눈을 뗄 수 없겠지만—— 기계장치 소년은 그런 절경에 시선도 주지 않았다.

"네 것이 되라니, 좀 봐달라고. 상상하는 것만으로 정신이 이상해질 것 같아."

"무슨……!"

미나즈키가 내뱉듯이 말하자 리타가 경악했다.

"왕녀인지 소장인지 모르겠지만, 나는 네 명령 따위 듣지 않아. 어차피, 전투 능력이 높은 나를 〈샤름〉을 이용해 노예로 만들고 싶은 거겠지. 교제 따위 걸치레야."

미나즈키는 전시 중의 흡혈귀를 알고 있다.

그들은 지배한 도시의 인간들에게서 피를 모조리 빨고 〈샤름〉을 걸었다. 그렇게 조종된 인간을 노예로 삼아, 일을 시키거나 병사로서 전선으로 보내곤 했었다.

흡혈귀는 〈샤름〉을 생각해서, 뛰어난 인간을 흡혈하는 걸 선호한다.

꼼짝 않고 있는 리타의 귓가에 미나즈키는 냉정하게 속삭였다.

"심장을 도려내지고 싶지 않으면 지금 바로 꺼져라, 흡혈귀. 나는 네 장난감이 되지 않아."

빠직, 하고 그 자리의 공기가 소리를 내며 무너지는 것 같았다.

리타의 표정이 사라졌다.

폭풍전야를 방불케 하는 리타의 침묵에 구경꾼 몇 명이 몸을 부르르 떠는 게 보였다.

"……그래, 그게 당신의 대답이라는 거네, 미나즈키."

리타는 새삼 조용히 말했다.

하지만 이쪽을 올려보는 붉은 두 눈은 호전적으로 번뜩였다.

"좋아! 심장을 도려내겠다고? 할 수 있다면 해보던지. 당신에게 결투를 신청하겠어. 그걸로 결판을 내도록 해!"

리타의 말에 불이 붙은 듯이 주위가 소란스러워졌다.

허둥지둥 카논이 미나즈키의 팔을 당겼다.

"안 돼, 미나즈키. 결투 따위 해선 안 돼. 지금 바로 왕녀님에게 무례한 말을 사과해!"

"어머, 사죄하고 말 거야? 시시하지만, 그걸로도 괜찮아. 물론, 그 대가로서 피는 받을 수 있겠지?"

"저, 제 피를 드릴게요! 그러니까, 부디 미나즈키의 피는……!"

리타가 희번뜩 카논을 봤다. 그것만으로 카논은 뱀이 노려본 개구리처럼 움츠러들었다.

"당신으로 대용할 수 있을 리가 없잖아. 나는 미나즈키의 피를 원해. 미나즈키와 맞닿고, 그에게서 직접 흡혈하고 싶다고."

카논이 눈에 보일 정도로 새파래졌다. 리타는 미나즈키를 보고, 요염하게 미소지었다. 그 입가에 날카로운 두 개의 송곳니가 엿보였다.

"반드시 내 것으로 만들 거야, 미나즈키. 더 이상 놓치지 않아."

† † †

『붉은 장미 소장 리타=로젠베르크 VS 극동인 소년 미나즈키=잔델호르츠

놓치지 마라! 교제를 건 승부는 오늘 방과 후, 교정에서!!』

즉석에서 만들어진 전단이 교내의 사방에 붙여져 있었다.

오토마타 컨테스트를 앞둔 팀멤버 모집 벽보보다 많이 발견되는 것에서, 얼마나 주목도가 높은지 엿볼 수 있었

다. 교내의 학생들이 이 이벤트를 재밌어하는 것은 명백했다. ──단 한 사람만 제외하고.

"휴, 어째서 이런 일이……. 제정신을 유지 못 하겠어. 오늘 수업, 전혀 머리에 안 들어오더라……."

방과 후, 복도를 걷던 카렌은 전단을 목격하고 무거운 한숨을 쉬었다. 그 옆에서 미나즈키는 딱히 주눅도 들지 않고 어깨를 으쓱했다.

"문제없다. 수업내용이 네 머리에 들어가지 않는 건, 딱히 오늘에 한정된 이야기는 아니다. 대체로, 네 메모리에 수업내용은 남아 있지 않잖아."

"있잖아, 누구 탓에 이런 일이 벌어졌다고 생각해? 이번 일은 전부, 미나즈키가 얌전히 있지 않았던 게 잘못인데. 그 점, 이해하고 있어?"

"너는 자신의 메모리가 빈약하다는 사실을 제대로 자각하는 게 좋겠군. 내가 잘못된 일을 했다는 로그는 내 메모리에 남아 있지 않아."

"전혀 반성이 없어?! 어째서 그러는 건데?! 정체가 들킬 만한 일을 하면 안 된다고 항상 이야기하는데도!"

"아직 들키지 않았어. 앞으로도 들키지 않아. 대체 무슨 문제가 있지?"

왠지 기분 좋게 대꾸하는 미나즈키를 보고 카논은 멈춰 섰다. 휴우 한숨을 쉬더니 그를 조용하게 바라보았다.

"……그렇다면, 승부에는 이길 수 있는 거야?"

복도의 창에서 쏟아지는 석양이 가냘픈 소년의 윤곽을 더 뚜렷하게 드러냈다.

어디서 어떻게 봐도 연약한 풍모의 그는, 하지만, 칠흑의 눈동자에 강한 빛을 깃들이며 긍정했다.

"――물론, 문제없다."

"왕녀님은 네게서 직접 흡혈하는 것을 바라고 있어. 하지만, 네 온몸에 흐르는 '피'에는 흡혈귀에게 맹독인 수은이 포함되어 있다구. 한 모금이라도 흡혈하면, 미나즈키의 정체를 들키고 말테니까. 이 승부는 절대로 질 수 없어."

카논이 대신하겠다고까지 이야기를 꺼낸 것은, 단순히 교제 운운의 문제가 아니라, 미나즈키를 흡혈하게 둘 수는 없다는 절실한 사정이 있었다.

"알고 있어."

"혹시나 해서 못 박아 두겠는데, 실수로라도 왕녀님을 죽이지 마. 그런 짓을 하면 더 큰 소동이 벌어질 거야."

"알아."

"알면 됐지만. 그리고 인간이 불가능한 싸움 방식도 안 돼. 암기를 꺼내도, 인간 이상의 힘을 내도 안 돼. 승부 중에 정체가 드러나면, 결국 마찬가지니까."

"알아."

"그리고, 또 주의할 일은……."

"끈질기군. 네 주의 사항은 질리도록 들었어."

말을 가로막은 미나즈키를 보며 카논은 입을 삐죽였다.

갑자기 애처로운 표정을 지은 은백색의 소녀는 미나즈키의 교복을 꼭 잡았다. 그대로 발돋움해서 소년의 귓가에 입을 가져다 댔다.

"잊지 마, 미나즈키의 마스터는 나야. 절대, 누구한테도 양보하지 않을 거니까."

미나즈키와 카논이 교정으로 나가자, 평소와 달리 축구나 핸드볼을 하며 놀고 있는 학생들의 모습이 없었다.

대신 리타가 투기장에서 대전 상대를 기다리는 전사처럼, 우두커니 서 있었다.

"왔네, 미나즈키. 늦길래 겁먹고 도망쳤다고 생각했어."

리타는 교복이 아니라 아름다운 갑옷을 입고 있었다. 백금의 뷔스티에(bustier)에 붉은 천이 장식되어 있으며, 마치 드레스 같다. 어깨와 팔, 가슴팍, 허벅지까지 크게 노출되어 있어 갑옷으로서의 기능성이 의심스럽지만, 흡혈귀인 그녀에게는 이것으로 충분한 것이다.

미나즈키는 카논에게 가방을 맡기고, 교정으로 발을 들였다. 교정을 둘러싼 펜스는 이미 구경하는 학생들로 빼곡하고, 학교 건물 창문에는 몇 개의 머리가 엿보였다.

"도망칠 이유는 없지. 나는 오히려, 빨리 너와 싸우고 싶었다."

"동감이야. 나도 빨리 결투를 끝내고 미나즈키를 흡혈하고 싶은걸. 어제부터 계속 기대하고 있었으니까."

미나즈키는 뺨에 손을 대고, 황홀하다는 듯이 말하는 리타를 무표정하게 바라보았다.

——이 녀석, 차라리 인기척이 없는 곳에서 나의 피를 마시게 해서 죽이는 게 빠르지 않을까?

구경꾼들에게서 조금 떨어진 곳에 있는 카논을 힐끗 보자, 미나즈키의 생각을 읽은 듯이 휙휙 고개를 가로저었다. 미나즈키는 리타에게 시선을 돌렸다.

"그래서, 결투의 방식은?"

"규칙은 간단해. 당신과 내가 일 대 일로 싸운다. 무기의 종류는 한정 짓지 않기로 해. 우리 가문의 무기 창고에서 웬만한 건 다 가지고 왔으니까, 마음에 드는 걸 사용하도록. 자기 소유의 무기가 있다면 그것도 상관없어."

리타가 가리킨 교정의 한 구석에는 검과 창, 활, 도끼에서 총기까지 갖춰져 있었다. 대충 상상할 수 있는 무기는 다 있을 것이다.

"승패는 어떻게 결정하지?"

"불공평하다고는 말하지 않는구나, 미나즈키."

교정 정중앙에 선 리타는 자못 의외라는 표정을 지었다.

"나는 뱀파이어, 당신은 인간. 예젤 조약으로 두 종족은 평등하다고 주창하고 있지만, 뱀파이어의 신체 능력이 인간보다 뛰어난 것은 틀림없는 사실. 같은 조건으로 싸우는 것은 그대로 당신의 패배를 의미하는 거야."

"문제없다. 네 자만심이, 생각지도 못한 결과를 만들어 낼지도 모르니까."

리타가 발끈했다. 아무래도 미나즈키의 발언은 붉은 장미 소장의 자존심을 상처입힌 모양이다.

"……당신은 상관없어도 인간과 대등한 조건으로 싸웠다고 알려지면, 나는 웃음거리가 되겠지. 뱀파이어의 체면이 걸린 문제야. 그래서, 패배의 판정에 핸디캡을 주는 건 어떨까?"

리타는 자신의 가슴에 손을 대고 말했다.

"당신은 내 몸, 어디라도 한 군데 상처를 입히면 이기는 거야. 어디라도 좋아. 갑옷에 가려지지 않은 곳은 잔뜩 있는걸, 노릴 장소도 많잖아?"

"네가 이기는 조건은?"

"나는, 그러네."

리타는 잠시 고민했지만, 갑자기 미나즈키에게 다가가 손을 뻗었다.

움찔, 하고 미나즈키가 몸을 떨었을 때 리타의 손이 멈추었다.

"이걸 가져갈게."

집게손가락으로 만진 것은, 와이셔츠의 두 번째 단추.

"나는 당신의 두 번째 단추를 빼앗으면 승리. 나는 그것밖에 노리지 않을게. 그도 그럴 게, 미나즈키를 상처 입히고 싶지 않은걸. 인간은 상처를 입으면, 회복하는 데 시간이 걸리잖아?"

인간이 아닌 미나즈키는 가까운 거리에서 미소짓는 소녀에게서 시선을 돌렸다.

"다른 조건으로서 항복했을 경우에는 곧바로 결투를 멈추겠다고 약속할게. 그리고 교정에서 도망치는 것도 패배야. 그 이외에 미나즈키가 덧붙이고 싶은 조건이라도 있으려나?"

"아니, 없어."

"심판은 이렇게 많은 학생이 보고 있으니까 필요 없겠지. 규칙도 없는 것과 다름없는 승부니까."

리타는 갑옷의 끝자락을 휘날리며 교정 구석으로 가더니, 한 자루의 레이피어를 선택했다.

"단추를 노리는 걸, 내 무기는 이걸로 좋겠어. 당신도 마음에 드는 것을 들도록 해."

재촉을 받고, 미나즈키는 죽 늘어서 있는 무기 안에서 롱소드를 집어 들었다. 가볍게 휘둘러서 감각을 확인했다.

“나는 이걸로 됐어.”

“어머나, 총이 아니라도 괜찮겠어? 나한테 사양하지 않아도 되는데.”

“문제없다. 총은 다루는 데 익숙하지 않아.”

미나즈키는 자신의 암기 이외의 무기를 다룬 적이 없다. 조준이 안구 카메라와 연동되어있는 4연장 권총과 통상의 총은 사용 방법이 완전히 다를 것이라는 게 상상이 되었다. 어쌔신 블레이드와 같은 양날의 검은 롱소드 뿐이었기에, 소거법으로 선택한 것이다.

“정작 중요한, 이겼을 때의 요구인데.”

교정의 정중앙에서 수십 미터 거리를 두고 대치했을 때, 미나즈키는 이야기를 꺼냈다. 그 순간 리타가 의아한 표정을 지었다.

“그건 아침에 말했을 텐데.”

연기하는 듯한 동작으로 소녀는 레이피어를 들어 올렸다. 옅은 먹색의 칼끝이 미나즈키를 겨루었다.

“내가 이기면, 미나즈키는 내 거야. 절대적으로 복종시킬 거니까.”

“좋아. 그럼 내가 이기면, 앞으로 영원히, 내 피를 빠는 것은 포기해.”

리타가 눈을 깜빡였다. 뒤이어 문득 바보 취급하는 듯한 웃음이 흘러나왔다.

"이렇게 겸허할 줄이야. 좋아. 만에 하나, 아니 억에 하나, 나한테 이긴다면 당신의 명령을 뭐든지 들어주겠다고 약속할게. 그야말로 앞으로 영원히 말이지!"

리타는 도발적으로 말하고 레이피어를 겨누었다.

"자, 미나즈키. 언제든지 와. 당신의 실력을 보여줘."

오라고 했지만, 미나즈키는 움직이지 않았다.

실은 미나즈키가 흡혈귀와 교전하는 것은 이번이 처음이었다.

노이엔돌프 탈환 작전에서 실전 데뷔를 할 예정이었던 미나즈키는 직전에 잠에 빠져 첫 출진의 기회를 빼앗겼다. 그 뒤로 10년 동안, 한 번도 기동 되지 못하고, 눈을 떴더니 헬바이츠 국내의 전쟁은 끝나 있었다.

몇 번이고 머릿속에서는 시뮬레이트했지만, 실제로 흡혈귀와 생사를 걸고 싸워본 경험은 없다.

덧붙여서, 프로그램된 전투 방법에 이런 상황은 없다. 미나즈키는 암살자다. 기습이 기본이며, 적이 자신을 '적'이라고 인식했을 때는 확실히 끝장을 내지 않으면 안 되는 것이다. 서로 무기를 들고 대치하는 일 따위 상정되지 않았다.

어떻게 움직여야 할지 고민하고 있자, 리타가 유감스럽다는 표정을 지었다.

"와주지 않는 걸까, 미나즈키. 그렇다면 어쩔 수 없네. 내가 갈게."

선언한 대로, 리타가 지면을 박찼다.

흡혈귀는 인간보다 종합적으로 근력이 높지만, 인간을 아득히 능가하는 레벨까진 아니다. 초일류의 스포츠 선수라면 흡혈귀와 힘을 비견할 수 있다. TV 방송에서는 가끔 그런 기획을 했다.

달려오는 리타도 인간으로서는 빠르다는 정도지 놀랄 정도의 속도는 아니었다. 반격해야 하는 미나즈키는 롱소드를 고쳐 쥐었다.

그러나 검을 주고받기 전에 리타가 사라졌다.

"읏?!"

소실. 리타가 완전히 모습을 숨기자 미나즈키는 숨을 삼켰다.

순간적으로 메모리를 검색, 해당하는 흡혈귀의 능력을 도출했다.

〈안개화(네벨)〉다.

흡혈귀가 사용하는 마술의 일종으로 그들은 장비와 함께 안개가 될 수 있다. 그렇게 되면 서모그래피로 탐지할 수 없고, 손을 댈 수가 없다. 하지만, 그것은 상대도 마찬가지로 〈네벨〉한 채로 공격해올 수는 없다. 〈네벨〉의 지속 시간은 최장이라고 해도 10초. 해제와 동시에 공격해오는 것이 정석이며…….

시야 한쪽으로 보이는 번뜩임.

"잘 받을게."

레이피어와 롱소드가 격렬하게 맞부딪쳤다.

갑자기, 옆에서 나타난 리타에게 반응하고, 미나즈키는 롱소드를 들어 올렸다. 검을 방패로 삼은 것이다.

레이피어의 끝이 장검의 칼날과 부딪치고, 리타의 입가가 느슨해졌다.

"유감이네. 이걸로 끝이라고 생각했는데."

대사를 남기고, 리타가 다시 안개가 되었다.

두근, 하고 미나즈카의 가슴이 술렁였다.

――위험했다. 두 번째 단추를 노린다는 사실을 알고 있지 못했다면 당했다.

첫 공격을 막은 것에 안도할 틈도 없이 추가 공격이 날아왔다.

소녀의 붉은 색이 시야 이곳저곳에서 나타났다. 그것을 눈으로 좇는 틈에, 찌르기에 대한 반응이 살짝 늦어졌다. 찔러진 레이피어를 몸을 뒤집어서 피했다.

미나즈키가 자세가 무너진 것을 호기로 보고 리타가 파고들었다.

단추를 노리고 날카로운 칼끝이 다가왔다. 그것을 억지로 팔을 움직여서 롱소드로 쳐냈다.

"왜 그래, 미나즈키! 조금 전까지의 자신감은 어떻게 된 걸까!"

개시부터 고작 몇 분 만에 미나즈키의 표정에서 여유가 사라졌다. 리타의 도발에 응하지 않고, 무작정 회피에 전념했다.

그럴 수밖에 없는 것이다.

리타는 〈네벨〉로 모습을 감추고, 미나즈키를 공격하는 순간밖에 나타나지 않는다. 아무리 미나즈키가 인간 이상의 반응 속도를 갖추고 있다고 해도, 막는 것만으로 고작이었다.

——이게 흡혈귀.

으스스한 경탄을 느끼면서, 미나즈키는 위태롭게 롱소드로 공격을 튕겨냈다——.

"큰 소동이 벌어지고 말았군요."

두 사람의 전투를 학생들과는 조금 떨어진 위치에서 보던 카논은, 뒤에서 들린 바리톤의 목소리에 몸을 떨었다.

돌아보니, 마이어가 곰 같은 거구를 흔들면서 다가왔다. 가까운 나무 그늘까지 온 그는 사고를 읽을 수 없는 시선을 교정으로 던졌다.

카논은 얼굴을 앞으로 되돌리고, 말했다.

"……일부러 학생들 개인 간의 결투를 보러 오시다니,

한가하신가 보네요."

"교사로서, 교내에서 일어난 일은 파악해둬야 하니까요. 그리고 그의 후견인도 저입니다만."

지당한 말에 카논은 입을 다물었다.

그때, 금속이 맞부딪히는 날카로운 소리가 울렸다. 미나즈키가 몇 번째인지 알 수 없는 찌르기를 막은 것이다.

학생들이 제각각 소리를 지르고, 거기에 섞여 "호오."라는 마이어의 감탄이 흘러나왔다.

"흡혈귀 상대로 잘도 버티는군요. 저로서는 레이피어가 보이지 않았습니다. 잔델호르츠에게는 보이는 겁니까?"

"……미나즈키는 운동신경이 좋으니까요."

카논은 마이어의 질문을 슬쩍 흘리면서 대답했다.

물론, 카논에게는 조금 전부터 리타의 공격이 보이지 않았다. 인간이라면 일반적으로 그렇다. 눈치채지 못한 사이에 단추를 빼앗기고 끝난다.

하지만, 그것을 마이어가 깨닫게 둘 수는 없었다.

카논은 자신의 등에 불쾌한 식은땀이 배어 나오는 걸 느꼈다.

마이어는 고개를 끄덕이며 말했다.

"그렇군요. 미스터 잔델호르츠는 체육의 실기도 특출나게 뛰어나다고 들었습니다. 거기에 더해서, 학과 시험도 매번 훌륭한 성적입니다. 3개월 전에 극동에서 왔다고는 도저히 생각할 수 없을 정도로 말도 유창하고…….”

“미나즈키는 노력가니까요.”

“그는 뭐 하는 인물이죠?”

마이어의 조용한 질문이 카논의 귀를 때렸다.

교정에서는 아직도 미나즈키가 리타의 공격을 막고 있었다. 무리한 자세로 피하면서 넘어질 뻔했지만, 미나즈키는 검을 들지 않은 손을 바닥에 대면서 가볍게 옆돌기를 했다.

곡예 같은 움직임에 관객 여자아이들이 날카로운 소리를 질렀다.

“그의 정체를 저희는 모릅니다. 여권도 분실했다고 말했었죠. 본명은 미나즈키 뱌쿠단이라고 그는 말했습니다만, 그것은 사실일까요?”

카논의 등 뒤에 선 마이어는 미동도 하지 않는 소녀에게 속삭였다.

“3개월 전, 당신은 사촌이라면서 그를 소개했습니다. 하지만 그는 어떻게 당신의 소재지를 알았던 걸까요? 당신의 출신은 대공가 안에서도 특히 엄중하게 숨겨져 있습니다. 하루미 뱌쿠단 헬바이츠의 딸이 있다고 그가 알았다고 해도, 당신이 있는 장소를 찾아오는 일 따위 있어서는 안 되었던 겁니다.”

펜스 너머로 카논은 미나즈키를 계속 바라보았다.

"저희는 당신의 신변을 걱정하고 있는 겁니다. 대공가가 조사한 결과, 하루미 뱌쿠단의 혈족 중에서 미나즈키라는 이름의 소년은 없었습니다. 당신은 마치 기사처럼 그를 옆에 두고 있습니다만, 정체를 모르는 그를 정말 신뢰해도 괜찮은 것인지……."

"모르겠다면, 말참견은 아무 소용없어요."

마이어를 가로막고, 카논은 단호하게 말했다.

틈을 보이면 안 되니까 아무 말 없이 넘기려고 했지만, 참을 수가 없었다. 카논은 뒤에 서 있는 마이어를 고개를 돌려 올려보았다.

"적어도 대공가보다 그를 더 신용할 수 있습니다. 그는 저를 버리지 않으니까."

"그렇지만, 조사에 따르면 그의 호적은……."

"조사가 불충분했던 거겠죠. 어머니의 조국은 극동이니까, 다 조사하지 못하는 일이 있다고 해도 이상하지 않아요."

"그러나……."

"그리고, 미나즈키의 우수함이야말로 어머니와 혈족 관계를 증명하고 있다고 생각하지 않나요? 어머니는 아무도 떠올리지 못했던 ≪뱌쿠단식≫을 만든 천재랍니다."

마이어가 떫은 표정으로 신음했다.

카논은 의연하게 결투의 행방으로 시선을 돌렸다. 등을

적시던 땀은 더는 흐르지 않았다.

카논과 마이어의 대화가 끝났어도, 미나즈키의 싸움은 끝나지 않았다.

신경을 한계까지 날카롭게 벼린다. 리타가 공격하는 것은 일순간이다. 조금이라도 늦으면 그게 돌이킬 수 없는 실패가 된다.

지금, 리타의 모습은 교정에 없다.

롱소드를 단추 앞에 들고 〈네벨〉의 해제를 기다리고 있자, 등 뒤에서 목소리가 들렸다.

"시시하네. 미나즈키는 혹시 여자에게 상처를 입힐 순 없다는 폴리시라도 있기라도 한 걸까?"

돌아보자, 몇 미터 떨어진 곳에 리타가 있었다.

미나즈키가 소녀를 눈으로 확인하자마자, 그녀는 다시 〈네벨〉을 하고 말았다.

"흡혈귀의 성별 따위 개의치 않아."

"그러면 어째서 공격해오지 않는 거야? 동급생에게 상처 입히는 데 주저하고 있는 건 아니겠지? 뱀파이어의 치유력은 알고 있잖아?"

쿡쿡 웃은 리타가 이번에는 바로 옆에 나타난다. 레이피어가 롱소드와 부딪히고 그 붉은 그림자는 사라졌다.

흡혈귀의 최대 강점은, 그 생명력일 것이다. 그들은 심장이 손상을 입지 않으면 죽지 않는다. 그것도 은 혹은 수은이 아니면 상처입힐 수 없다. 그러니까, 흡혈귀의 방어구는 대개, 가슴 부분만 있다.

"설마 나를 포착할 수 없어서, 공격할 수 없다든지? 그럴 리 없을텐데. 오늘 아침에는 심장을 도려내겠다고 말했는걸. 공사용 오토마타보다도 손맛이 없다니, 있을 수 없는 일 아니겠어?"

"닥쳐."

도발에 넘어간 미나즈키가 달렸다.

몇 미터 앞에서 나타난 붉은 흡혈귀에게 아슬아슬 인간이라고 말할 수 있을 만한 속도로 육박했다.

재밌다는 듯이 이쪽을 바라본 리타는 아직은 〈네벨〉하지 않았다.

갈 수 있다고 느낀 미나즈키는 단숨에 거리를 좁히고, 소녀에게 아래에서 대각선 위로 검을 휘둘렀다. ——손에 느낌이, 없다.

정면에 선 채로 흡혈귀의 입가가 올라가는 게 보였다.

레이피어가 단추를 노리고 찔러졌다.

검을 휘두른 직후의 미나즈키는 레이피어를 튕겨낼 수 없다.

순간적으로 미나즈키는 손으로 단추를 감쌌다.

푹, 하고 레이피어의 끝이 소년의 손에 박혔다.

"어머, 손으로 막으면 안 돼! 상처가 나버렸잖아. 나는 마니즈키에게 상처를 입히지 않기 위해 단추를 노리겠다고 정한 건데."

레이피어를 뽑은 리타는 거리를 벌리더니, 애완견이 실수한 것처럼 탄식했다.

인공 혈액이 흐르는 손을 바라보고, 미나즈키는 두뇌에서 조금 전의 장면을 반추했다.

미나즈키가 칼을 휘둘렀을 때, 리타는 검을 맞기 직전에 〈네벨〉한 것이다. 그리고 미나즈키의 참격을 흘리고, 그대로 움직이지 않고 〈네벨〉을 해제했다.

그러니까 손에 감촉이 없었는데, 리타는 눈앞에 있었던 것이다.

도발은 미나즈키가 공격하도록 유도해 틈을 만들기 위해, 미나즈키는 리타의 생각대로 함정에 빠진 게 된다.

인공 혈액이 뚝뚝 떨어지고, 교정에 붉은 얼룩이 만들어졌다.

그것을 보고, 리타는 실망한 듯이 고개를 저었다.

"항복하도록 해, 미나즈키. 이제 알았잖아? 이 이상 해봐도 의미 없어. 어차피, 입만 산 거였네. 심장은커녕 내 몸 어디에도 당신의 검은 닿지 않아."

미나즈키는 입술을 꼭 깨물었다.

굴욕이었다. 이럴 리가 없다. 적어도 대 흡혈귀 전투용 오토마타로서 흡혈귀에게 굴하다니, 만에 하나, 아니 억에 하나라도 있어서는 안 되는 일이다.

본래 미나즈키의 성능은 리타에게 바보 취급당할 게 아니다.

흡혈귀를 훨씬 능가하는 신체 능력. 흡혈귀의 심장을 꿰뚫기 위한 은제의 어쌔신 블레이드. 수은이 들어간 인공 혈액을 탄환으로 삼은 4연장 권총.

그 모든 것들이 이렇게 많은 대중 앞에서 인간을 완벽히 연기하며 싸울 수밖에 없는 상황에서는 무용지물이었다.

조금 전부터 펜스 뒤에는 수많은 구경꾼이 환성과 야유 같은 것을 날리고 있었다. 그것을 미나즈키는 증오스럽게 둘러보았다.

그중에 마이어와 같이 있는 카논에게서 시선이 멈추었다. 미나즈키와 명운을 함께하는 그녀는 기도하듯이 손을 맞잡고 비참한 표정을 지었다.

"하아, 이게 미나즈키의 피구나. 어떤 맛이 날려나."

정신을 차리고 보자, 리타는 레이피어 끝에 묻은 붉은 색을 바라보며, 황홀한 표정을 짓고 있었다.

왠지 모르게 불안했다.

"어이, 실수로라도 그거 입에 대지 말라고."

"안심해, 직접 흡혈하지 않으면 〈샤름〉은 할 수 없으니까.”

그런 문제가 아니야!

핥기라도 하면 그 시점에서 미나즈키에게 인간의 피가 흐르지 않는다는 사실을 알게 되어버린다. 미나즈키의 내심 따위는 개의치 않고, 리타는 레이피어 끝에 손가락을 쓸더니 '피'를 모았다.

“어젯밤은 심심하기 짝이 없는 피 섞인 음료수로 참았는걸. 맛보는 정도는, 괜찮잖아.”

리타가 인공 혈액이 묻은 손가락을 입으로 옮기는 것과 동시에 미나즈키는 달렸다.

“그만두라고 말하잖아……!”

검을 겨누고 육박했다.

리타는 움직임을 멈추더니, 입가에 여유로운 미소를 띠었다.

하지만.

“읏?! 어, 어째서?!”

휘둘러진 롱소드를 리타는 백스탭으로 피했다. 검 끝이 진홍의 머리카락을 스치며 빠져나갔다.

파고든 미나즈키는 경악을 감추지 못하는 리타에게 바짝 붙었다.

아무래도 〈네벨〉을 할 수 없게 된 모양이다. 리타의 당황하는 모습에 그것을 깨닫고, 미나즈키도 내심 의아해했다.

〈네벨〉을 봉인하는 방법은 수은을 마시게 하는 것이다. 수은의 총알을 몸 안으로 박아 넣는 것만으로 된다. 그들에게 맹독이 되는 것을 섭취하면 〈네벨〉은 사용할 수 없게 된다.

그러나, 리타는 아직 미나즈키의 피를 입에 넣지 않았다. 이건 어떻게 된 일이지?

혹시나 하고 미나즈키는 사실을 통해 유추했다.

딱히 독을 몸 안으로 밀어 넣을 필요가 없는 것이다. 몸에 닿는 것만으로 〈네벨〉은 할 수 없게 된다. 애초에 맛으로 피가 아니라고 판별할 수 있으니까, 흡혈귀가 인공 혈액을 마실 가능성은 한없이 낮다. 입에 머금고, 토해낼 뿐인 이야기. 그 짧은 시간밖에 〈네벨〉은 봉인되지 않는 것이다.

그래도 미나즈키는 단지 그것뿐인 빈틈만으로 흡혈귀를 쓰러트리도록 만들어져 있다.

"방금 건 뭐였을까. 분명 미나즈키의 피에 푹 빠져 있었던 탓인가 보네. 좋아하는 사람의 피를 앞에 두면 아무런 생각도 할 수 없다고, 영화에서 말한 게 이런 거였어."

리타는 사랑에 빠진 소녀의 얼굴로 말하더니 다시 사라졌다. 미나즈키의 검을 피하는 와중에 손가락에 묻은 '피'가 사라져 버린 모양이다.

하지만 미나즈키는 이미 당황하지 않았다.

"그런가? 그렇다면 이렇게 하면 너는 결투에 신경 쓸 때가 아니겠군."

검을 자신의 손목에 대고 그었다.

불꽃처럼 인공 혈액이 분출되었다.

구경꾼들 사이에서 비명이 들렸다. 미나즈키가 오토마타라고 아는 카논조차도 창백해져서 입을 가로막았다.

"무, 무슨 짓을 하는 거야?! 스스로 상처를 입히다니……!"

예상 밖의 행동에 놀라 〈네벨〉을 해제한 리타가 안색이 바뀌어서 말했다.

손목에서 선혈을 흘리면서 미나즈키는 평온하게 입을 열었다.

"네가 내 피로 평상심을 잃는다면, 그것을 이용할 뿐이다."

사실은 인공 혈액을 묻혀서 〈네벨〉을 봉인할 수 있다면, 이겠지만. 리타가 〈네벨〉할 수 없게 된 이유를 착각해준 것이 무척 고마웠다.

통각도 출혈로 인한 전투 리스크도 없는 기계장치 소년은, 피에 젖은 손을 들어 올리고 선언했다.

――그게 대 흡혈귀 전투용 오토마타의 프라이드다.

리타는 기가 막혀서 할 말을 잃었다.

순간, 미나즈키 쪽에서 먼저 움직였다. 검을 들지 않은 붉게 젖은 손을 휘둘렀다. 인공 혈액이 튀고, 리타의 하얀 피부를 더럽혔다.

"큿, 뭐야! 그런 짓을 할 정도라면 마시게 해달라고!"

"거절한다. 내 피를 네 식량으로 삼게 두지 않겠어."

〈네벨〉하려고 한 리타가, 다시 실패하고 당혹스러움이 번졌다.

미나즈키가 간격 안으로 뛰어들었다.

모습을 숨기지 못하는 리타에게 선택기는 없다.

소년에게 반격하려고, 리타가 레이피어를 겨누었다.

그리고 두 사람의 검이 격돌했다.

그때만은 미나즈키는 인간으로서는 불가능한 괴력을 사용했다. 이 정도라면 구경꾼들도 리타도 눈치채지 못하리라고 계산한 것이다.

결과적으로 눈으로 제대로 보지도 못하는 속도로 휘둘러진 롱소드는 레이피어를 때려서 부러트렸다――.

"읏?!"

부러진 레이피어의 칼끝이 날아가 푹, 하고 교정에 박히는 소리가 들렸다.

쉬지 않고 추가 공격을 날리는 미나즈키. 날 밑으로 가까스로 그것을 막은 리타는 다시 〈네벨〉했다.

미나즈키는 부러진 레이피어가 있는 곳까지 다가가 그것을 주워들었다.

"어이, 내 검은 네 검에 닿았는데. 다음은 몸이다. 항복해야 하는 것은 네가 아닐까?"

"뭐라고요?"

모습을 드러낸 리타는 미나즈키는 노려보았다. 조금 전보다 거리를 두고 있는 것은 그만큼 그녀가 미나즈키를 위협으로 생각하고 있다는 증거였다.

체크메이트를 선언하는 듯이 미나즈키는 말했다.

"네 〈네벨〉은 이미 공략되었다. 그 부러진 레이피어로 어떻게 내 단추를 빼앗을 작정이지?"

학생들의 웅성거림이 더 커졌다.

승패가 결정되었다고 구경꾼들은 판단한 것이다.

리타는 문득 자조적으로 웃었다. 댕그렁, 하고 짧아진 레이피어를 던졌다.

"……그러네. 이래서는 미나즈키의 단추는 노리지 못하겠네."

리타가 무기를 놔버리자, 미나즈키도 롱소드를 내렸다.

하지만, 리타의 태도가 이상했다. 무기도 없는데, 대범한 태도는 바뀌지 않았다. 오히려, 조금 전보다 여유가 있는 듯이 보였다.

문득, 미나즈키는 바람을 느꼈다. 찌릿찌릿 뺨을 찌르는 묘하게 날카로운 바람이었다. 교정에는 모래 먼지가 일어나고, 발밑에 여러 소용돌이가 일어났다.

"놀랬어. 난, 이런 승부를 하는 건 처음이야. 지금까지 싸웠던 공화국군의 병사들은 모두, 나와 검을 제대로 겨루지도 못하고 패배했어. 애초에 인간이 뱀파이어와 승부를 하다니, 어리석다는 사실을 이해하고 그들은 투항했었던 거야."

바람은 멈추지 않는다.

점차 강해지며, 교정의 외곽에 심어진 나무들이 휘어지고, 학교 건물의 유리창이 덜컹덜컹 흔들리기 시작했다. 황토색의 모래 먼지로 시야가 나빠져 가는 가운데, 리타를 바라보고 있던 미나즈키가 눈썹을 찌푸렸다.

──뭐지, 저건……?

레이피어를 잃은 리타의 손에 붉은 것이 보였다.

선혈의 색을 띤 그것은 생물처럼 수상하게 꿈틀거리고, 연기처럼 급속도로 퍼지고, 액체처럼 유동적으로 형태를 바꾸더니, 장대해져 갔다.

"그런데 미나즈키, 당신은 달라. 나와 대등하게 검을 겨루고, 더구나 나를 궁지에 몰아넣었어. 인정할게. 당신은 강해. 인간이라고 생각할 수 없을 정도로. 그러니까, 나도 당신을 얕보는 건 그만두도록 할게."

이제 바람은 윙윙 폭풍처럼 불고 있었다.

시야 한쪽으로 카논이 흩날리는 긴 머리카락과 치마를 누르고 있는 게 보였다.

갑작스러운 천재지변에 놀란 구경꾼 중에서 흡혈귀 학생들이 "도망쳐!"라고 외쳤다. 반 광란에 빠진 흡혈귀들은 후다닥 도망치고, 그에 이끌려서 인간 학생들 일부가 이유도 모르고 뒤를 따랐다. 학교 건물 창문은 벌써 예전에 닫혀 있었다.

바람을 두르고 갑자기 리타가 손을 들었다.

거기 있는 것은 홍련의 대검.

하늘로 뻗은 도신 주위에는 마치 꽃잎처럼 수많은 붉은 칼날이 장식되어 있었다. 칼날로 만들어진 거대한 꽃이 리타의 손에서 피어오른 듯했다.

"이 승부, 당신이 이긴다니 절대 있을 수 없는 일이야. 하지만 충분히 자랑스러워해도 좋아, 미나즈키. 인간이면서 나에게 블러디 소드 〈풍장의 장미(토네이도 로제)〉까지 뽑게 한 걸 말이지!"

"블러디 소드……!"

알고 있다. 흡혈귀 왕족만이 사용할 수 있는 마술이다.

그들의 손에 나타난 붉은 검은 개개인에 따라 성질이 다른 유일무이한 무기다. 흡혈귀를 다스리는 힘이라고 불리는 만큼, 평범한 검이 아니다. 특수한 효과를 발현할 수 있고 일기당천의 위력을 자랑하는 것이다.

아무래도 리타의 블러디 소드는 '바람'을 일으키는 듯했다.

붉디붉은 저녁 하늘이 말려 올라가는 모래바람에 의해 더럽혀져 갔다.

폭풍을 견디지 못하게 된 나무들이 부러지고, 어디선가 유리가 깨지는 소리가 들렸다. 아직 교정에 남아 있던 구경꾼들은 어떻게든 펜스를 쥐고 있는 상태다.

카논은 날려가지 않으려고 필사적으로 펜스에 달라붙었고, 마이어조차도 근처의 나무에 손을 대고 있었다.

폭풍의 중심에서 흡혈귀 왕녀는 진홍의 머리카락을 나부끼면서 웃었다.

"놀이는 끝이야, 미나즈키. 나의 전력으로 당신을 끝장내겠어."

미나즈키는 눈을 가늘게 떴다.

아무리 봐도 단추 하나를 노리는 무기가 아니다.

핸디캡을 줬다지만, 처음부터 미나즈키를 이기게 할 마음은 없었던 것이다. 상황이 안 좋아지니까, 왕족이 지닌 비장의 카드라 할 수 있는 블러디 소드를 사용해서라도 미나즈키를 때려눕힐 작정이다.

반대로 말하면, 이 이상의 숨겨둔 패는 없다——.

"투항하려면 지금뿐이야. 패배를 인정하면 〈토네이도 로제〉는 집어 넣어줄게."

리타는 오만하게 말했다.

확실히 일반적으로는 이것을 보여주는 것만으로 두려워

하고, 금방 투항했을 것이다. 그만큼의 위압감을 블러디 소드는 갖추고 있다.

하지만, 미나즈키는 대흡혈귀 전투용 오토마타였다.

처음 보는 흡혈귀 왕족의 참모습을 눈앞에 두고 겁먹기는커녕 그의 가슴은 뜨겁게 불타오르고 있었다.

고양감에 입가가 일그러진다. 환희마저 띠고 미나즈키는 응답했다.

"있을 수 없는 일은 내가 이기는 게 아냐. 내가 '적'에게 패배하는 일이다."

"그래. 그렇다면 자신의 선택을 후회하도록 해."

리타가 심판을 내리듯이 검을 휘둘렀다.

그 직후에 휘몰아치는 폭풍.

어마어마한 풍압으로 소년의 다리가 미끄러지며 뒤로 물러났다.

그리고, 미나즈키는 장미가 흩어지는 모습을 봤다.

블러디 소드의 꽃잎 같은 얇은 칼날이 사방으로 흩어지고, 일제히 미나즈키에게 달려들었다.

——'적'을 인식. 전투 모드로 이행——

위험하다고 인공두뇌가 판단하고, 자동으로 프로그램이 실행되었다.

그 순간부터 미나즈키는 인간으로서가 아니라, 대흡혈귀 전투용 오토마타로서 전투를 전개했다.

인공 근육을 사용해, 인간이라면 도저히 전진하려야 할 수 없는 폭풍 속에서 달렸다.

날아오는 수많은 붉은 칼날. 그 궤도를 1밀리미터의 오차도 없이 읽고, 회피와 요격을 선택했다.

눈에도 보이지 않는 속도로 롱소드를 휘두르고, 요격이라고 판단된 칼날을 쳐서 떨어트려 갔다.

지금 미나즈키의 모습은 구경꾼들에게도 리타에게도 보이지 않았다. 구경꾼들은 모래 먼지 탓에, 리타는 자신의 공격 탓에, 미나즈키는 모든 사람의 사각에 있었다.

칼날의 호우를 빠져나간 것은, 시간으로 따지면 고작 몇 초.

마지막 꽃잎을 롱소드로 튕겨 날려버리고 미나즈키는 리타에게 육박했다.

저 정도의 공격을 돌파하고 자신에게 도달하리라고는 예상도 하지 못했던 것이겠지.

소녀의 붉은 눈동자가 크게 떠졌다.

단 한 자루 남은 장대한 도신을 겨누었지만, 늦었다.

"후회하는 건 너다, 흡혈귀!!"

리타의 품에 파고들어, 미나즈키는 전력을 다한 찌르기를 날렸다.

그때, 미나즈키는 통한의 실수를 했다. 리타의 무방비한 장소가 아니라 갑옷으로 가려진 가슴을 노린 것이다.

원인은 미나즈키의 사양에 있다. 대흡혈귀용 오토마타로서 미나즈키는 적의 심장을 노리도록 프로그램되어 있다. 그러니까, 죽일 필요가 없는 승부에서도 순간적으로 그곳을 찔러버린 것이다.

그 결과, 수많은 참격으로 마모되었던 롱소드는 갑옷과 부딪혀 부러지고, 동시에 갑옷도 미나즈키의 찌르기를 견디지 못하고 쩍 하니 갈라졌다.

리타의 갑옷이 떨어진다——.

"젠장, 검이……!"

자신의 실책을 깨달은 미나즈키는 동요하고, 순간적으로 거리를 벌렸다.

그때 문득 폭풍이 멈춘 것을 깨달았다.

그렇게 맹렬하게 불던 바람이 거짓말 같았다. 가을 하늘은 온화한 저녁노을을 비추고, 교정에는 부러진 나뭇가지와 잎사귀가 흩어져 있었다. 시야를 가리던 모래 먼지도 없다.

그것도 그럴 터, 리타는 왠지 모르게 블러디 소드를 지우고 웅크리고 앉아 있었다.

——뭐지? 뭘 하는 거지?

미나즈키의 검이 부러진 지금이 그녀에게 호기일 터다. 그러나 리타는 웅크린 채로 움직이려고 하지 않았다.

관객을 포함해서 모두가 침묵하고 있는 가운데, 새가 울면서 저녁 하늘을 지나갔다.

"어이."

이 고착 상태가 계속될 거 같아서 미나즈키는 말을 걸었다.

슥 하고 리타의 얼굴이 들렸다.

소녀는 눈에 눈물이 맺혀 있었다.

당혹스럽지만, 미나즈키는 계속 말했다.

"너도 검을 바꿨으니까, 나도 새로운 검으로 바꾸지. 결투는 아직 속행……."

"꺄아아아아아아아아아아아악————!!"

미나즈키가 말을 끝내기도 전에 절규가 울려 퍼지고 리타가 일어섰다.

갑옷을 잃은 소녀는 속옷 차림이었다. 그것도 아래뿐이다. 실오라기 하나 걸치지 않은 가슴은 양팔로 꽉 누르고 있지만, 너무 풍만해서 다 가리지 못했다. 반대로 꽉 누르다 보니 물컹하고 형태를 바꾼 두 언덕은, 더 외설적이고 선정적이었다.

맹렬히 달려오는 리타를 보고 미나즈키는 순간적으로 자세를 잡았다.

하지만 그녀는 그대로 미나즈키의 옆을 지나치고, 엄청난 기세로 교정에서 달려나가 버렸다.

"………………………………………………어?"

우오오오오! 하고 구경하던 남학생들이 소란을 피우는 가운데, 혼자 얼빠진 목소리를 낸 미나즈키는 부러진 롱소드를 손에 든 채로 멍하니 서 있었다.

카논을 보자, 그녀는 이마를 누르고 있었다.

† † †

석연치 않은 결말이지만, 승부에는 이겼다.

교정에서 도망치는 것도 패배. 리타의 한 마디 한 마디가 미나즈키의 메모리에 정확하게 새겨져 있다.

이것으로 리타와의 사건은 끝났다.

그렇게 생각했지만, 다음 날 아침.

"미, 미나즈키!"

교실의 자기 자리에서 멍하니 창밖을 바라보고 있자, 누가 말을 걸었다. 리타였다.

카논은 마침 자리를 비우고 없었다. 오늘은 의자에 기름이 뿌려져 있어서, 그녀는 새로운 의자를 조달하러 갔다.

미나즈키의 책상 앞까지 온 리타는 허리에 손을 대고 그를 빤히 노려보았다. 미나즈키는 턱을 괸 채로 물었다.

"뭐지? 무슨 용건이라도 있어?"

"무슨 용건이라도 있어 라고?!"

리타가 왠지 놀란 표정을 지었다.

"설마 자신이 졌다고 해서 승패를 없던 일로 할 속셈은 아니겠지. 몇 번을 와도 내 피는 주지 않아."

"틀려! 왕족인 내가 한번 한 약속을 없던 일로 할 거라 생각했어?! 미나즈키가 흡혈하지 말라고 하면, 그에 따를 거야. 내가 말하고 싶었던 건 그게 아니라……."

리타는 미나즈키의 손목을 바라보았다. 거기에는 카논이 감은 붕대가 있었다. 인간이 바로 치유되면 이상하니까, 라면서 감아둔 것이다. 붕대 아래는 이미 새로운 인공 피부로 수복되어 있었다.

리타가 붕대를 바라보면서, 애처로운 표정을 지었다. 각오한 듯이 입을 열었다.

"……승부는, 내 패배야. 시원하게 인정할 테니까 마음대로 해……!"

"그래."

목소리를 쥐어짠 리타에게 미나즈키는 담백한 한 마디로 대답했다.

아무래도 무사히 흡혈은 포기해준 모양이다. 이것으로 만사 해결. 누군가에게 정체가 들키는 일도 없었고, 문제없다.

그런 생각을 엉뚱한 방향을 보면서 생각하고 있었더니 "……미, 미나즈키?"라는 목소리가 들렸다.

눈을 돌렸다. 거기 얼굴에 의문부호를 띄운 리타가 보

였다.

"어, 어째서 아무 말도 하지 않는건데! 나를 마음대로 할 수 있다니까. 어차피 어제 나를 어떻게 할지 하룻밤 내내 상상했을 거잖아?! 뜸 들이지 말고 빨리 말하는 게 어때!"

……뭐?

무슨 소리 하는지 모르겠다. 멍한 표정을 지은 미나즈키에게 리타는 얼굴을 새빨갛게 물들이고 계속 이어갔다.

"명령하란 말이야! 져버린 이상, 나는 숨지도 도망치지도 않아. 그러니까, 당신도 자신의 욕구를 나한테 풀면 되잖아! 분명 그런 약속이었을 텐데!"

"명령? 약속?"

말하면서 메모리를 검색. 해당하는 대사가 검색되었다.

『만에 하나, 아니 억에 하나, 나한테 이긴다면 당신의 명령을 뭐든지 듣겠다고 약속해줄게. 그야말로 앞으로 영원히!』

탄식과 함께 미나즈키는 이해했다. 그러고 보니, 이 소녀는 그런 소리를 했다. 아무래도 좋으니까 메모리의 한 구석에 밀어 넣었었다.

"나를 흡혈 하지 않으면, 그걸로 충분한데."

미나즈키는 진심으로, 무기력하게 말했다.

리타가 눈을 부릅떴다. 지금이라도 졸도할 듯한 그녀는

가만히 관찰하고 있자, 이번에는 부들부들 떨기 시작했다.

"……그건, 나를 마음대로 할 수 있는 권리를 포기한다는 말인 걸까. 나에게는 그럴만한 가치도 없다고……? 그런 말인 걸까, 미나즈키……?!"

무슨 일이 벌어지고 있는 것일까. 리타의 체온이 점점 상승했다. 화가 난 듯이 보이는데, 나는 딱히 화가 날 만한 말을 한 기억이 없다.

리타는 치맛자락을 찢어질 듯이 움켜쥐더니 미나즈키를 날카롭게 노려보았다.

"그런 건 인정할 수 없어! 웃기지 마! 사람들 앞에서 알몸으로 만들어서 수치를 준 주제에, 이 이상, 나에게 굴욕을 더하라는 거야?! 뭐든 좋으니까 명령하도록 해! 그리고, 나의 순결이든 뭐든 빼앗으면 되잖아!"

"미나즈키?! 여자한테 무슨 소리 하게 하는 거야?!"

겨우 카논이 돌아온 모양이다. 의자를 안고 있는 카논은 미나즈키와 리타를 번갈아 보며 안색이 안 좋아졌다.

"내가 말하게 한 게 아니야. 이 녀석이 명령하라고 멋대로 아우성치는 거지."

"명령이라니, 아아, 어제 그거? 흡혈을 포기해주면 그걸로 된 거지, 미나즈키?"

카논이 안도의 마음을 쓸어내리면서 말했다.

하지만, 리타는 발을 동동 구르면서 소리 높여 외쳤다.

"그-러-니-까-, 그러면 곤란하다고 하는 거야! 나에게도 입장이란 게 있어. 졌으니까, 미나즈키한테 그 나름의 명령을 받지 않으면 안 돼! 미나즈키, 당신도 남자라면 나한테 해줬으면 하는 일 정도는 있잖아!? 없다고는 말하게 두지 않을 테니까. 자신의 머릿속을 잘- 되돌아보도록 해!"

착 하고 손가락을 내밀자, 미나즈키는 눈을 깜빡였다.

"저기, 리타 씨. 진정해. 일단, 냉정해지자."라고 카논이 리타를 필사적으로 다독이는 가운데, 미나즈키는 짝! 하고 손뼉 쳤다.

"어이, 너. 정말로 명령은 뭐든지 듣는 거지?"

그렇게 재차 확인하자 리타는 순간 움츠러들었다. 그러나, 바로 얼굴이 상기된 채로 고개를 끄덕였다.

카논이 "미나즈키?! 안 돼! 그런 일은 절대 안 돼!"라고 허둥대는 걸 무시하고 미나즈키는 말했다.

"우리 오토마타 컨테스트 팀에 들어와."

""네엣?!""

Episode.3 COMMAND Wake up, Order, Shut down

3장 ☆ 누군가를 위한 존재 이유(레종 데트르)

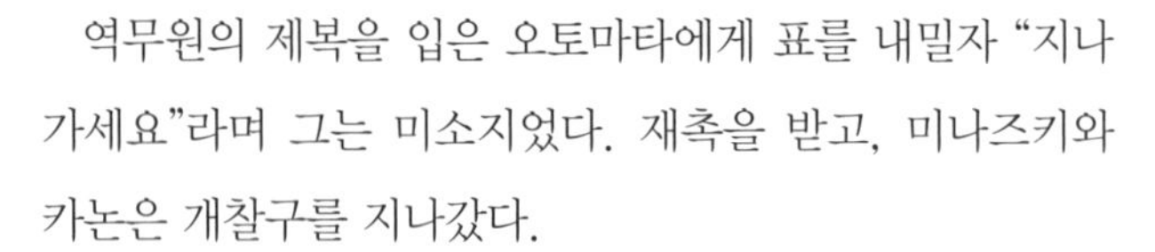

역무원의 제복을 입은 오토마타에게 표를 내밀자 “지나가세요”라며 그는 미소지었다. 재촉을 받고, 미나즈키와 카논은 개찰구를 지나갔다.

휴일에 예젤 중앙역은 번잡했다.

나들이 나가기에 가장 적합한 날씨이기도 해서, 외출한 사람이 많은 듯하다. 떠들썩한 사람들의 목소리와 역의 안내 방송이 벽돌로 만든 건물 안에 메아리쳤다.

표를 파는 역무원 오토마타의 앞에는 긴 행렬이 만들어져 있고, 매점에 있는 접객용 오토마타는 1초도 웃음을 지우지 않고 가동 중이었다. 너무 혼잡스러워서 청소용 오토마타가 빗자루질도 하지 못하고 오도 가도 못 하는 게 보였다.

매점의 선물 코너에 나열되어있는 톱니바퀴 쿠키(다양한 톱니바퀴 모양의 구운 자국이 있을 뿐인 평범한 쿠키)를 빤히 바라보고 있던 카논이 미나즈키와 멀어지고 있는 것을 깨닫고, 달려서 다가왔다.

“어째서 리타 씨에게 그런 이야기를 했어?”

미나즈키 옆에 나란히 서서, 카논은 말했다. 오늘 그녀는 외출용의 수수한 색의 코트에 청초한 원피스를 입고 있었다. 세심하게 빗은 소녀의 머리카락이, 그녀의 기분을 나타내는 듯이 경쾌하게 약동했다.

"그런 이야기라니?"

"오토마타 컨테스트의 팀으로 권유한 것. 나는 리타 씨한테 권유하라고는 말하지 않았는데."

"그 녀석이 말한 대로 머릿속의 메모리를 검색해 봤더니, 분명히 마침 사람의 손이 부족한 사안이 있었다. 조건은 채웠다고 판단했기에, 그에 활용했다. 무슨 문제 있나?"

"아니, 나는 불만 없어. 하지만, 미나즈키는 괜찮나 해서."

역을 나가자, 구름 한 점 없는 맑고 푸른 하늘이 펼쳐져 있었다. 카논의 머리카락에 반사된 태양 빛이 눈 부셔서, 미나즈키는 눈을 가늘게 떴다.

"무슨 소리지?"

"팀을 짜면, 그 나름대로 오랜 시간을 함께 보내게 될 거야. 하지만, 리타 씨는 흡혈귀."

"문제없다. 나는 항상 장시간, 흡혈귀와 같은 교실에 있어."

"휴, 미나즈키는 팀의 의미를 전혀 몰라."

고개를 젓고, 카논은 어이없다는 듯이 이어서 말했다.

"팀이 된다는 것은 공동 작업을 해야 하고, 수많은 의견을 교환하며, 같이 식사를 하기도 한다는 거야. 같은 공간에 있으면 된다, 라는 문제가 아니라고."

자신도 모르게 미나즈키는 얼굴을 찌푸렸다.

미나즈키가 대화하는 상대는 기본적으로 소유자인 카논뿐이다. 집에는 애초에 카논밖에 없고, 학교에서는 말을 거는 학우에게 필요 최저한, 사무적으로 대답하는 정도였다. 전투를 사명으로 여기는 그는, 적극적으로 누군가와 커뮤니케이션을 꾀하고 싶다고 생각하지 않았다.

인간이 상대일 때 그 정도다.

서모그래피 판정으로 '적'이라고 인식되는 흡혈귀에게 미나즈키는 접근하는 것조차 거부했다. 순간적으로 죽이고 싶어지기 때문이다.

"적의를 보내지 않고 흡혈귀를 상대한다. 지금의 헬바이츠에서 살려면 필요한 일. 좋은 기회니까, 왕녀님 상대로 훈련하면 좋을 거야."

"훈련……."

"그래. 공격하지 않는 것은 당연하다고 치고, 도발하거나 모욕해도 안 돼. 팀이니까, 서로를 존중하고 협력해야지. 프로그램상 적으로 판정된 상대와 미나즈키는 사이좋게 지낼 수 있어?"

싸우기 위한 훈련이 아니라 싸우지 않기 위한 훈련이라

는 것은 정말이지 바라지 않던 바지만, 리타한테 팀으로 들어오라고 말한 것은 다름 아닌 미나즈키 자신이다. 무뚝뚝하게 "해보지"라고 대답하자 카논은 살짝 얼굴이 풀어졌다.

자 그럼, 대화하는 사이에 만나기로 한 장소에 도착했다.

역 앞의 커다란 시계탑. 약속을 잡는 장소로써 많이들 사용되는데, 그래서 사람이 너무 많다 보니 기다리는 사람을 발견하는 게 힘들었다.

그러나, 카논은 어려움 없이 찾던 인물을 발견하고 말을 걸었다.

"안녕, 리타 씨. 기다렸어?"

과연 유명인이라고 해야 할지, 군중 속에서도 눈에 띄게 화려한 아우라를 뿜으며, 매몰되는 일 없었다. 어깨를 그대로 드러낸 니트와 데님 쇼트 팬츠라는 노출도가 높은 패션으로, 주위 남성들의 시선을 한몸에 모았다.

카논의 목소리에, 양산을 드리우고 있던 리타는 고개를 돌렸다.

흡혈귀는 자외선에 약하다. 아침이나 저녁이라면 선크림으로 어떻게든 되는 모양인데, 낮에는 직사광선에 화상을 입는다. 흡혈귀가 아직도 세계를 정복하지 못하는 것은, 그들이 낮에는 진군하지 않으니까, 라는 말을 하기도

했다.

리타의 시선이 카논을 건너뛰고 미나즈키를 포착했다. 그러자 그녀는 확 꽃이 피듯이 미소를 지었다.

"미나즈키! 헤에, 사복은 그런 느낌이구나. 꽤 멋있잖아."

리타는 카논을 완벽하게 무시하고 다가오더니 미나즈키의 주위를 빙글빙글 돌았다. 방치된 카논의 얼굴이 굳었다.

오늘 미나즈키의 복장은 후드가 달린 검은 코드와 오픈 셔츠에 스키니 팬츠, 스니커다. 거기다 또 하나, 카논이 강제로 달아 놓은 게 있는데…….

리타가 미나즈키의 머리카락에 시선을 두고 후후 웃었다.

"머리핀까지 달고있어. 귀여워!"

그렇다. 멋대로 리타에게 싸움을 건 벌로서 은제 머리핀을 두 개 달아둔 것이다.

귀엽다는 굴욕적인 말을 듣고 미나즈키는 부들부들 떨었다. 리타를 바로 죽여버리지 않은 것은 오로지 '사이좋게 지낸다'라는 훈련 중이기 때문이었다.

미나즈키가 필사적으로 참고 있는 것도 눈치채지 못하고, 기분이 좋아진 리타는 일방적으로 말을 걸었다.

"혹시, 나와 데이트를 위해서 열심히 준비해서 와준 걸까? 정말이지, 미나즈키도 참."

"착각하지 말아줘, 리타 씨. 이건 데이트가 아니니까."

카논이 절대 영도의 딴죽을 걸었다.

그제야 겨우 리타가 카논을 보았다.

불타는 듯한 눈동자와 얼어붙을 듯한 눈동자가 정면에서 부딪혔다.

방해자가 있었네, 라고 말하고 싶은 리타의 시선을 받고, 카논은 작게 코웃음 쳤다.

"덧붙여서 말하자면, 오늘 미나즈키를 전신 코디네이트한 것은, 나야. 칭찬해줘서 기뻐."

"뭐, 뭐야 그게……!"

두 소녀는 서로 험악한 아우라를 뿜으며 견제했다. 파직파직 하는 소리가 들릴 것만 같다.

그것을 보고, 미나즈키는 의아해했다.

"팀으로서 서로 협력하는 게 아니었나?"

리타가 거북한 표정으로 바뀌고, 카논이 어험, 하고 헛기침했다.

"새삼 리타 씨, 팀으로 참가해줘서 고마워. 콘테스트 잘 부탁해."

"미나즈키의 명령인 걸, 나에게 거부권은 없어. 그러니 감사할 필요도 없어."

어떻게든 원만하게 수습되었을 때, 세 사람은 목적지로

향하기로 했다.

역에서 곧게 뻗은 큰 거리를 나란히 서서 걸었다. 미나즈키를 가운데 세우고 소녀들이 양옆을 둘러싸고 있는 형태다.

팀의 리더로서 카논이 이야기를 시작했다.

"오늘, 굳이 휴일에 모이게 한 것은, 컨테스트를 앞두고 일단 공부를 하자는 생각이었어."

공부? 라며 되물은 리타의 손이 미나즈키에게 닿았다.

'적'이 건드리자 순간적으로 뿌리치려고 했지만, 미나즈키는 생각했다.

기다려봐. 사이좋게 지내는 거지?

생각을 고쳐서 리타가 하고 싶은 대로 내버려 두었다. 리타는 미나즈키의 팔을 안고, 가느다란 손가락으로 깍지를 꼈다.

"오토마타를 만드는 데 가장 중요한 것은 콘셉트. 목적과 용도라고 할 수 있어. 언제, 어디서, 무엇을 하는 오토마타인가. 그게 제대로 정해지지 않으면, 뛰어난 오토마타는 만들 수 없어."

"당연한 듯이 들리는걸."

"그래. 당연하지만, 이게 정말 중요해. 콘셉트를 결정했으면, 자연스럽게 그 오토마타의 디자인과 기능이 결정되는 거야. 예를 들어 공사용 오토마타의 콘셉트는 힘쓰는 일이니까 인공 근육은 다른 것과 비교해서 강화되어 있고, 가혹한 환경에도 견딜 수 있도록 인공 피부는 내열 사양이 되어 있어. 한편 접객용의 콘셉트는 호스피탈리티. 상대의 말을 듣고, 적절한 대답을 할 수 있도록 언어 프로그램에 중점을 두고……."

말을 이어가던 카논이 문득 옆을 보고 말문이 막혔다.

카논의 시선은 리타가 꼭 안고 있는 미나즈키의 왼팔에 닿았다.

"그래서? 오토마타의 콘셉트가 어떻다는 걸까?"

"으-음, 리타 씨. 그 전에, 어째서 미나즈키한테 달라붙어 있어?"

"어머, 나는 미나즈키한테 패배해서 미나즈키의 것이 되었는걸. 미나즈키 옆에 있는 게 당연하잖아?"

"미나즈키는 그런 명령 하지 않았어! 팀에 들어오라고는 했지만……."

"그것은 나를 일단 옆에 두고 싶으니까 한 말이잖아? 미나즈키가 그렇게 단계를 밟아서 나와 더 깊은 관계를 만들고 싶어 한다는 걸 잘 알았어. 나도 미나즈키의 생각에 찬성해."

"아 · 니 · 거 · 든 · 요! 그런 이유가 아닙니다. 정말, 미나즈키도 제대로 말해줘. 리타 씨가 관계를 오해하잖아."

"나는 리타와 사이좋게 지내고 싶다고 생각해. 그걸로

된 거 아닌가?"

카논이 떡하니 입을 벌렸다. 옆에서 리타가 무척 기뻐했다.

카논은 언짢은 표정을 감추려는 기색도 없이 말했다.

"리타 씨, 하여간 미나즈키에게서 떨어져. 손을 잡을 필요도 없잖아."

"흐응, 어째서 당신에게 그런 지도를 받지 않으면 안 되는 걸까. 당신은 미나즈키의 사촌일 텐데. 연인이 아니라."

카논은 말문이 턱 하니 막히고는, 미나즈키에게 비난 어린 시선을 보냈다. 어째서 그런 눈으로 보는지 모르는 미나즈키는 고개를 갸웃할 뿐이었다.

"그렇다면, 당신이 참견할 권리는 없는 거지. 미나즈키도 나와 몸이 닿아서 기뻐하고 있으니까."

"……미나즈키는 그런 일로 기뻐하지 않아."

"흐응, 그럼, 물어보자."

말하자마자 리타는 안고 있던 팔을 자신의 가슴에 꾹, 하니 눌렀다. 니트가 크게 부풀어 있는 그곳에 미나즈키의 팔이 파묻혔다.

"어때, 미나즈키? 기분 좋아?"

살짝 올려보면서 리타가 어리광부리듯이 질문했다.

"……부드러워."

미나즈키의 어조에는 여성의 가슴이 폭신함을 찬미하는 감정 따위 전혀 없었지만, 리타는 만족한 모양이다. 득의양양하게 카논을 봤다.

그러자, 카논이 질 수 없다는 듯이 미나즈키의 팔을 꼭 안았다.

"미나즈키. 이쪽의 감상은?"

카논의 표정이 평소와 달리 진지했다. 미나즈키는 생각하고, 있는 그대로 대답했다.

"……따뜻해."

뭐, 라며 리타가 눈을 부릅떴다. 체온이 낮은 흡혈귀가 할 수 없는 일도 있다.

카논이 의기양양한 표정으로 보자, 리타가 분한 듯이 이를 악물었다. 파지직 하고 불꽃이 튀었을 때, 두 사람의 사이에 낀 미나즈키는 말했다.

"그런데, 이 감각 테스트는 무엇을 위해서 하는 거지?"

""……""

세 사람이 다시 걷기 시작했다.

"컨테스트에서 우리는 완전히 새로운 오토마타를 고안하고 제작해야만 해. 하지만, 세상에는 오토마타가 넘쳐흐르는 현재, 새로운 콘셉트를 만들어내는 것은 무척이나 힘든 일."

미나즈키의 팔을 안은 채 카논은 말했다.

"새로운 오토마타 같은 건 백화점을 가도 쉽게 볼 수 없는걸. 그래서, 어떻게 할 생각이려나?"

마찬가지로 미나즈키의 팔에 바짝 붙은 채로 리타가 말했다.

"이상을 따지자면 참신한 콘셉트를 설정하는 거지만, 그게 무리라면, 기존의 오토마타 성능을 상회하거나 기능을 조합해서 새롭게 만드는 수밖에 없어. 예를 들자면, 전자레인지에 오븐과 토스터 기능이 덧붙여져서 새로운 제품으로 팔리고 있는 것처럼."

"그런 거구나. 그렇다면 나도 떠올릴 수 있으려나."

"갑자기 아이디어를 내는 것은 무리라고 생각하니까, 오늘은 그것을 위한 공부. 일단 기존의 오토마타에는 어떤 게 있는지 아는 것. 거기서부터, 이 오토마타에 이런 기능이 붙어 있으면 좋겠는데, 라거나, 이런 오토마타가 있으면 좋겠는데, 라는 식으로 발상을 넓혀 가는 거야. 새로운 것은 그런 식으로 탄생하는 법이니까."

"필요는 발명의 어머니라고 하니까. 기존의 오토마타를 알려면 도서관이 좋을까. 오토마타 도감 같은 것도 있을 거 같고."

"책도 좋지만, 예젤에 있는데 그건 아까워. 모처럼 실물을 볼 수 있는 환경이니까, 그것을 살려야 해. 그런 이유로, 목적지에 다 왔어."

세 사람은 발을 멈추고, 근 미래적인 돔 형태의 건물을 바라보았다. 입구에는 큼지막하게 이렇게 적혀 있었다.

『국립 오토마타 박물관』

"오늘은 하루 종일, 이곳에서 공부할 거야."

휴일의 오토마타 박물관은 혼잡했다.

입관 티켓을 받기 위해 세 명은 줄을 섰다. 그 사이에도 카논과 리타는 미나즈키한테서 떨어지지 않았다.

양손에 극상의 꽃 상태인 미나즈키는 주위의 남자들에게 뭔가 흉흉한 시선을 느꼈다. 티켓 판매장에 있는 접객용 오토마타 남성만이, 순수한 미소로 티켓을 내밀었다.

입관하고 나자 몇 세기 전의 귀족이 사용하던 화려한 자동 연주용 오토마타가 세 사람을 맞이해 주었다.

"이곳은 세계 최대의 오토마타 박물관으로, 오토마타 제작이 특히 활발했던 18세기부터 현재까지의 오토마타가 약 10만 대 전시되어있어."

"10만 대?!"

카논의 설명에 리타가 놀라서 소리를 질렀다. 그 숫자는 헬바이츠의 작은 도시 인구와 대적했다. 이 하나의 돔에 그 많은 기계 인형이 들어가 있는 것이다.

"고금동서의 오토마타가 이곳에 집결해 있다고 해도 과언이 아니지. 리타 씨는 이곳에 오는 게 처음이라고 했지?

내가 초심자라도 알 수 있도록 해설해줄 테니. 전시를 다 봤을 때쯤에는 분명히 리타 씨도 오토마타의 매력에 눈을 뜰 터. …후후, 오랜만의 포교 활동이네. 기대돼…….”

카논의 눈이 이상한 빛을 띠기 시작했을 무렵, 미나즈키는 팔을 움직였다. 소녀들의 손을 뿌리치고, 이동 방향이라고 적인 푯말을 무시하고 성큼성큼 걷기 시작했다.

“아, 미나즈키…….”

카논이 뒤를 쫓으려는 리타의 어깨를 덥석 잡아서 세웠다.

“리타 씨는 이쪽. 공부해야 하니까, 나와 같이 둘러보는 거야.”

“왜 그래야 하는데! 공부한다면 미나즈키와 같이 해야 하잖아? 어째서 그만 개별 행동인 건데!”

“미나즈키는 이곳에 있는 오토마타, 전부 기억하고 있으니까.”

“그럴 리 없잖아?! 10만대는 있다고 조금 전에 카논이 말해놓고선!”

“알았어, 알았어. 자, 리타 씨. 이건 초기의 자동 연주용 오토마타야. 봐봐, 가슴에 담겨 있는 오래된 톱니바퀴의 광택을! 이 무렵에는 정제 기술이 발전하지 않았으니까, 이렇게 탁한 백색이지만, 이건 이것대로 중후한 느낌이 있어서 나는 나쁘지 않다고 생각해. 그리고 오토마타에게 필요불가결한 기어! 동체에 더할 나위 없이 크고 작은 수많은 톱니바퀴가 채워져 있잖아? 이 톱니바퀴는 어느 것 하나 빠지면 안 되는 거야. 이 오토마타는 가장 단순한 플레인 기어만으로 구성되어 있지만, 어깨, 팔꿈치, 열 개의 손가락, 두 다리까지 움직일 수 있어. 그건 무척이나 멋진 일이지. 일반적으로 플레인 기어만으로는 손가락밖에 움직일 수 없어. 하지만, 이 제품은 톱니바퀴의 배치를 연구해서, 이렇게까지 수많은 관절을 가동할 수 있게 고안한 거야. 이것이 기사의 실력을 보여줄 수 있는 묘미! 한정된 동체의 공간에 가능한 모든 톱니바퀴를 채워 넣고, 신의 배치를 실현한다! 그러기 위해서 기사는 매일매일 톱니바퀴를 마주하는 거지. ……이렇게까지 제작자의 고집과 긍지가 채워져 있는 숭고한 기어를 앞에 두고 나는 이 이상 더 할 말은 없어. 이 다음부터는 리타 씨가 보고 느끼면 될 뿐이야. 자, 리타 씨는 어떤 톱니바퀴에 감동했어?"

"……어? 네?! 그렇게 역설해도, 잠깐 무슨 말을 하고 있는지 모르겠는걸…… 흐잉, 도와줘, 미나즈키이이!!"

리타의 비명이 울려 퍼졌다.

리타를 희생양으로 삼아서 전선 이탈에 성공한 미나즈키는 혼자 박물관 안을 돌았다.

미나즈키가 처음에 이곳에 방문한 것은 3개월 전의 일이다.

『잘 잤어? 미나즈키. 오늘도 멋진 날이야.』

기동명령(웨이크업)의 단어를 카논이 처음으로 속삭였던 그 날, 작은 운송용의 컨테이너에서 눈을 뜬 미나즈키는 10년 전의 상식밖에 지니고 있지 않았다.

“처음 뵙겠습니다. 저는 대흡혈귀 전투용 오토마타, 기계장치 기사《뱌쿠단식》제육호(第陸号)·미나즈키입니다.”

새로운 마스터에게 인사하면서 자신이 폐기 처분되지 않았다는 사실에 안도하던 것도 잠시, 창문에서 흡혈귀를 발견한 미나즈키는 미소지으며 이렇게 이어갔다.

“나를 기동해줘서 고마워. 반드시 모든 적을 섬멸하고, 흡혈귀에게 점령된 이 도시에서 마스터를 구출하겠다.”

카논은 죽일 마음으로 가득해서 창으로 뛰어나가려는 미나즈키를 허둥지둥 막더니, 거기서부터 절실하게 현대의 상식 강좌가 시작되었다.

처음에는 도저히 믿지 못하고 ‘거짓말이야!’라던지 ‘말도 안 돼’라고 주장했다. ‘어째서 나를 속이려고 드는 거지!’라며 화도 냈다. 이대로는 끝이 없겠다고 생각한 카논이 데리고 온 곳이, 이곳, 국립 오토마타 박물관이었다. 그곳에서 흔들림 없이 굳건한 진실을 바라보고 미나즈키는 겨우 카논의 말을 믿은 것이다.

귀족들의 자동 연주용 오토마타 유행을 보여주는 코너.

헬바이츠의 국력을 비약적으로 향상하게 해준 농업용, 공업용 오토마타의 대두를 보여주는 코너.

헬바이츠의 국제적 지위를 확립시킨 노동용 오토마타의 수출을 보여주는 코너.

한 가구 한 대가 상식이 된 가정용 오토마타의 보급을 보여주는 코너.

그리고 네 개의 코너를 지난 전시장의 마지막.

그곳에는 20세가 조금 넘긴 정도의 청년이 박물관의 핵심으로서 전시되어있었다. 훌륭한 금색 플레이트에 그의 제품명이 기재되어 있다.

『기계장치 기사《뱌쿠단식》제이호·키사라기』

강화 유리 상자 안. 찬란히 스포트라이트를 받는 청년의 앞에 선 미나즈키는, 친근하게 불렀다.

"형, 또 만나러 왔어."

강철색의 단발에 호박색의 눈동자를 지닌 그는, 미나즈키에게 대답하지 않고, 그저 허망한 눈을 허공으로 던지고 있을 뿐이다.

어린아이처럼 유리 케이스에 양손을 대고, 다른 관람객에 대한 민폐도 아랑곳하지 않고, 미나즈키는 정면에서 형과 마주했다.

미나즈키는 그의 눈동자가 강한 빛을 뿜고 있을 때를 알고 있다.

가족 중에서 남자는 키사라기와 미나즈키뿐이었다. 같은 남성형이지만 키사라기는 멋진 청년이고, 어른 남성으로서 매력을 갖추고 있었다. 장신이고 외모는 온화하지만 야성미가 있고, 붙임성 있는 미소를 지었다. 호리호리한 자신과 달리 근육질의 몸이었던 것을 미나즈키는 기억하고 있었다.

그의 암기는 양팔에 장치되어있는 머신건과 라이플이었다.

저격도 가능한 중, 장거리 전투 타입으로, 전투가 벌어지면 팔이 여러 개의 총을 조합한 복잡한 형태를 이루는 것이다. 전투형태가 된 그 모습이 하여간 멋있어서, 미나즈키는 여러 번 보여달라고 졸랐었다. 그때마다 키사라기는 '내 암기를 볼 수 있는 것은 전장뿐이야. 너한테는 아직 일러.'라면서 슬쩍 넘겨버렸다.

지금 그는 동력이 멈춰서, 자랑하던 암기를 많은 관람객에게 드러내고 있다.

전투형태를 유지하고 있는 오른팔은 보기 쉽도록 와이어로 고정되어 있고, 왼팔은 폭주했을 때 파괴되었는지 팔꿈치부터 앞부분이 사라진 상태이다.

상반신은 알몸이고, 동체는 나사가 풀려 내부구조가 보이도록 벌려져 있다. 최고급의 에델라이트 950제 태엽과

복잡하게 배치된 하모니 기어. 그 사이사이에 수많은 신경 케이블과 메탈릭한 빛을 뿜은 인공 뼈, 인공 장기와 인공 근육이 보였다.

바지 주머니에서는, 찌부러진 담뱃갑이 엿보이고 있어서 미나즈키는 떠올렸다.

키사라기는 애연가라는 설정이었다. 더 인간답게 보이기 위해서《뱌쿠단식》은 그런 소도구도 사용한다. 게다가 담배의 맛 따위 인식할 수 없으면서, 키사라기는 맛있는 듯이 피웠다.

미나즈키는 한 번, 그에게서 담배를 받아 피워본 적이 있다. 아무런 맛도 나지 않았지만, 무츠키와 야요이가 발견하고 하루미에게 고자질한 탓에 '너는 16살이니까, 그런 짓을 하면 안 돼!'라며 야단맞은 것은 그야말로 씁쓸한 추억이다.

키사라기의 영향은 미나즈키의 건조한 말투에도 드러나 있다. 어른스러운 느낌이 마음에 들어서 사용했더니 예상대로 하루미는 고치라고 말했다. 누구에게도 주의받지 않게 된 지금은 멋대로 쓰고 있지만.

키사라기의 등 뒤의 벽에는 커다란 패널이 걸려 있었다.

『증오스러운 과거의 유산 ――대흡혈귀 전투용 오토마타――』

"……형, 우리는 무엇을 위해서 만들어진 걸까?"

미나즈키의 질문에 키사라기는 대답하지 않는다.
몇 시간 뒤, 기분이 좋아져서 계속 떠드는 카논과 완전히 질려버린 리타가 찾아올 때까지, 미나즈키는 키사라기의 앞에서 움직이지 않았다.

세 사람은 박물관과 붙어 있는 레스토랑 건물에서 점심을 먹기로 했다.
흡혈귀도 인간과 마찬가지로 통상적인 식사가 필요하다. 그들은 마술을 사용하기 위해서 피를 섭취하는 것이지 혈액만으로 생명을 유지할 수 있는 것은 아니다.
점심때가 지난 격식 없는 레스토랑은 대성황이었지만, 타이밍 좋게 공석은 있었다. 접객용의 오토마타한테 창가의 둥근 테이블을 안내받았다.
"그래서, 나는 역시 유성 톱니바퀴(갤럭시 기어)는 안된다고 생각해. 분명히 갤럭시 기어는 배치에 융통성을 발휘할 수 있어서 조립하기 쉽고, 수리할 때 편하다는 메리트는 크지만, 무엇보다 부피가 커. 오토마타의 전신을 움직인다고 가정했을 때, 인간의 관절은 몇 개가 필요하다고 생각해? 정답은 200개 이상. 그걸 동체에 담은 갤럭시 기어만으로 움직인다니 현실적이 아니야. 그것보다도 마찰에 의한 동력 소실도 적고, 이가 맞물렸을 때 백래시도 적은……."

"잠깐, 미나즈키! 카논의 마니아 토크가 멈추지 않는데! 어떻게 좀 해줘!"

테이블에 앉아 재빨리 주문을 끝낸 뒤에도 카논은 끝없이 기어에 관한 자신의 지론을 이야기했다.

지긋지긋해진 리타가 몰래 미나즈키에게 도움을 청했지만,

"동정은 하지만, 이곳에 카논과 같이 온 이상, 저항은 무의미해. 포기해라."

미나즈키는 턱을 괴고, 한 귀로 듣고 한 귀로 흘릴 태세에 들어가 있다.

"그런, 너무해! 미나즈키는 카논이 이렇게 될 줄 알고 있었던 거지?! 그러니까, 나한테 카논을 떠넘기고……."

"리타 씨, 제대로 듣고 있어?! 기어는 오토마타를 움직이기 위해서 빠질 수 없는 부품이니까! 기사의 센스는 톱니바퀴의 배치에서 드러난다고 말할 정도로 중요한 일이야! 하모니 기어의 유용성은 이해했어?!"

"히이익, 알았어! 알았으니까…… 어, 하모니 기어?"

리타가 깜짝 놀랐다.

반복된 단어에, 카논의 말이 멈추었다.

"하모니 기어라면 그거잖아? 세계에서 가장, 흡혈귀도 인간도 많이 죽인 오토마타《뱌쿠단식》에 사용되었다고 하는 그거."

리타의 확인에 카논은 여전히 침묵했다.

"혹시 카논은 하모니 기어를 사용하려는 거야?"

레스토랑의 왁자지껄한 소음이 한층 더 크게 들렸다.

카논은 상처 입은 표정으로 리타를 바라보았다. 이윽고 리타의 시선을 제대로 받아들이지 못하고 눈을 내리깔았다. 긴 속눈썹이 소녀의 눈가에 그림자를 떨구었다.

"……응, 내가 설계하면 주요 기어는 하모니 기어가 될 거야.《뱌쿠단식》과 똑같은 거."

리타가 숨을 삼켰다.

고개를 숙인 카논은 무릎 위에서 두 주먹을 쥐었다.

"지금까지 말하지 않아서 미안해. 속일 생각은 아니었어. 이 사실을 알고 리타 씨가 나와 오토마타를 만들지 못하겠다고 한다면, 여기서 해산하자. 뒷일은 전혀 신경 쓰지 않아도 되니까."

미나즈키는 은발에 감춘 카논의 옆얼굴을 바라보았다.

뭐, 이런 녀석이라는 것은 알고 있었다. 여기서, 그래서 어쩌라고? 라면서 적반하장으로 나설 수 있다면, 처음부터 괴롭힘 따위 당하지 않았을 것이다.

그때, 리타의 목이 휙 기울어졌다.

"뭘 사과하는 거야? 팀에 참가해도 되는지 물어야 하는 건 내 쪽이잖아.《뱌쿠단식》과 같은 기어를 사용해서 오토마타를 만들려고 하는데 나 같은 무지한 사람이 참가해도 되는 걸까?"

"어……?"

이상하다는 듯한 표정을 짓는 리타를 보고 카논은 눈을 깜빡였다.

"그도 그럴 게, 그 《뱌쿠단식》이잖아? 세계 최강의 암살 기계 인형. 무적의 기계장치 기사 부대. 오토마타의 최종 진화형. 닥터 뱌쿠단이 만든 오토마타의 훌륭함은, 헬바이츠에 있는 뱀파이어라면 누구나 알고 있어! 설마 카논이 그런 대단한 것을 만들려고 하다니 놀라운 걸."

이렇게까지 찬사를 받자 미나즈키도 기분은 나쁘지 않았다.

그런 소리를 들은 건 처음이었다. 카논이 당혹스러운 듯이 말했다.

"어째서……? 《뱌쿠단식》은 흡혈귀도 잔뜩 죽였는데……."

"전쟁에서 서로 죽고 죽이는 건 당연하잖아? 그런 건 서로 마찬가지야."

리타는 태연하게 말하고 유리잔의 물을 마셨다.

"《뱌쿠단식》을 혐오하는 것은 인간뿐이야. 인간이 만들었는데 인간에게 해를 끼쳤으니까 증오를 받는 거랄까. 뱀파이어는 오히려 적이니까 경의를 표하고 있어. 뱀파이어에게 위협을 끼친 것은 《뱌쿠단식》뿐이었으니까."

형제의 활약은 아무래도 적군의 흡혈귀만이 정당하게 평가하는 모양이었다. 미나즈키는 복잡한 기분이 들었다.

리타는 창밖, 예젤의 평화로운 거리를 내려보며 계속 말했다.

"아버님도 전시 중에 《뱌쿠단식》과 교전했었다는 모양이야. 무츠키랑 말이지."

무츠키.

미나즈키는 왠지 차가운 분위기를 뿜던 금발 미녀를 떠올렸다.

하루미가 최초로 만든 대흡혈귀 전투용 오토마타. 흠잡을 데 하나 없는 완벽한 용모를 지닌, 스무 살 설정의 여성이었다.

"처절한 전투였다고 해. 하지만, 아버님의 블러디 소드로도 무츠키를 쓰러트릴 수 없었다고 했어."

"호오, 흡혈귀왕 로젠베르크와 무츠키가 비겼다는 이야기인가. 흥미롭군."

"그래. 내 생애에 그 이상의 분전은 없을 게다, 라고 아버님은 지금도 말하고 있어. 그 정도로 무츠키와의 싸움은 충격적이었던 거겠지. 그 다음부터야, 아버님이 뱀파이어 지상주의에서 벗어나, 흡혈귀왕 루트비히와 손을 끊은 건."

이런 말을 하면 인간인 당신들은 불쾌할 수도 있을 거라고 덧붙이며 리타는 말했다.

"무츠키와의 싸움으로, 인간은 보잘것없는 종족이 아니라고 아버님은 깨달았던 거지. 《뱌쿠단식》을 만든 인류는, 뱀파이어와 어깨를 나란히 하기에 부족함이 없다고."

"그래서 흡혈귀왕 로젠베르크는 예젤 조약을?"

"맞아. 《뱌쿠단식》의 폭주를 한탄한 것은, 아버님도 같았어. 아버님은 자신과 비견될만한 그들을 호적수로 느꼈던 거지. 분명 헬바이츠와 오토마타 기술을 사장시켜 버리는 것은 아깝다고 생각했을 거야."

"로젠베르크 왕이 화해를 신청해주었으니까 케르나의 비극은 3일로 끝났지만, 그렇지 않았다면 지금쯤 헬바이츠라는 나라는 없어졌을 터."

그렇게 말하는 카논의 표정은 유난히 어두웠다.

"만약 아버님이 손을 내밀지 않았다고 해도, 언젠가 흡혈귀왕 중 누군가가 움직였을 거라고 생각해. 폭주한 《뱌쿠단식》을 내버려 뒀다면, 인간뿐만 아니라 뱀파이어도 위험한걸. 자신의 신민에게 위험이 끼친다면, 흡혈귀왕은 반드시 움직이는 법이니까."

"신민?"

"인간사회에서 말하는 국민 비슷한 거랄까. 뱀파이어 왕족에게는 블러디 소드가 있는 대신, 자신들의 신민을 지킬 의무, 노블리스 오브제가 있어. 우리 왕족이 지금,

군에 소속되어 있는 것도, 유사시에 솔선해서 백성을 지키기 위한 거지."

《스칼렛 메이든》의 붉은 장미 소장이라는 별명이 일반인에게까지 침투해 있는 것은, 리타가 공화국군에서 그 나름의 활약을 하고 있다는 그 무엇보다 큰 증거일 것이다.

"그러니까, 《뱌쿠단식》이 없다면 예젤 조약은 맺어지지 않았을 거야. 나와 미나즈키도 이렇게 만날 수 없었을 거라는 이야기."

리타가 손을 쥐고 깍지를 꼈다.

하는 대로 두고, 미나즈키는 시선을 내렸다.

——《뱌쿠단식》의 존재가, 이 평화에 젖은 세계를 만들었다는 건가?

카논이 "잠깐, 리타 씨?!"라면서 소리를 질렀을 때, 주문한 파스타가 옮겨져 왔다.

리타는 꽃게 토마토 크림, 미나즈키는 페스카토레, 카논은 카르보나라다. 접객용의 오토마타가 "마음껏 사용해 주세요"라며 타바스코 병을 미나즈키의 옆에 두고, 돌아갔다.

자 그럼, 흡혈귀 앞에서 하는 첫 식사다. 인간을 완벽하게 연기할 수 있는 《뱌쿠단식》은 식사 시에도 허점을 드러내지 않는다.

리타는 포크를 쥐고 말했다.

"카논 씨만 좋다면, 나는 기쁘게 팀으로 참가하겠어. 《뱌쿠단식》에 가까운 오토마타를 만드는 모습은, 쉽게 볼 수 없는걸. 왠지 기대되기 시작하네."

"그렇게 말해줘서 기뻐. 지금까지 《뱌쿠단식》을 나쁘게 말하는 사람만 봐와서. 다들, 나의 설계도를 본 것만으로도 상대해주지 않았으니까."

"인간의 《뱌쿠단식》에 대한 혐오는 조금 지나치게 가열되어 있네. 제작자인 닥터 뱌쿠단에 관해서도, 항상 대중매체에서는 그녀의 공적이 아니라 과실을 쑤군대곤 하니."

"……역시, 케르나의 비극이 임팩트가 컸다고 생각해."

"그래도 말이지. 《뱌쿠단식》이 없었다면, 애초에 헬바이츠는 뱀파이어한테 점령되었을 테니까…… 미나즈키. 조금 전부터 타바스코를 계속 뿌리고 있는데, 얼마나 많이 뿌릴 생각이야?"

"뭐?"

움직임을 멈추고, 미나즈키는 리타를 주시했다.

리타는 미나즈키의 손에 있는 타바스코를 보고서, 눈을 동그랗게 떴다.

"어머, 절반 가까이 썼는걸! 그렇게 많이 뿌려도 괜찮아?"

괜찮냐고? 뭐가?!

초조함을 느낀 미나즈키는, 도움을 청하듯이 카논에게 시선을 보냈다. 창백해진 카논이 살짝 귓속말했다.

"타바스코는 매우니까, 몇 방울 정도 조금만. 잔뜩 뿌리는 게 아니야."

"그런 이야기는 미리 말해. 전부 다 뿌릴 뻔했잖아."

마주 속삭이고는 타바스코 병을 내려놓았다. 두 사람이 하는 행동을 흉내 내서 스파게티를 포크로 말아, 입으로 옮겼다.

미나즈키에게는 미각과 후각이 없다. 그러니까 식사한다고 해도 온도와 식감밖에 인식할 수 없다. 따뜻한 케이블 다발을 씹고 있는 듯한 감각이다. 잘게 썰어졌을 때 삼켰다.

그때, 리타가 미나즈키를 빤히 바라보고 있는 것을 깨달았다.

"……뭐지?"

"맵지 않아?"

"맛있다."

음식에 대한 감상은 '맛있다' 정도로 해두면 문제없다. 기초 지식대로 미나즈키는 대답했다.

"한입만 줘."

리타가 포크를 들이대고, 페스카토레를 떴다. 입에 넣

은 순간, 리타는 "우읍!"하고 소리가 되지 못한 비명을 지르더니, 유리잔의 물을 단숨에 다 마셨다.

"매워! 엄청나게 매워!! 이런 건 음식이 아니야!"

리타는 혀를 내밀고 헥헥 거리더니 미나즈키를 믿을 수 없다는 시선으로 바라보았다.

"이게 맛있다니, 미나즈키는 대체 어떻게 된 거야?!"

"미, 미나즈키는 미각치야! 엄청나게 많이 매운 것을 좋아하고……."

허둥지둥 카논이 지원사격을 했다.

그 옆에서 미나즈키는 이번에는 포크로 바지락을 껍질째 입에 넣고――깨물어 부쉈다.

아작, 하는 소리가 들렸을 때 "헉"하고 리타가 숨을 삼켰다.

"이, 이상해, 미나즈키! 대체 왜 그러는 거야?!"

으적으적 껍질을 씹으면서 미나즈키는 의아하다는 눈빛으로 리타를 바라보았다.

그때, 카논이 휙 팔을 잡아당겼다.

"큰일이야! 미나즈키가 고열을 내는 것 같아! 머리를 식혀주고 올 테니까, 리타 씨는 기다려!"

미나즈키는 강제로 테이블에서 퇴장되었다.

리타 쪽에서 보이지 않는 위치가 되었을 때, 카논은 소년을 빤히 노려보았다.

"……미나즈키, 대답해. 너 식사를 해본 게 몇 번째야?"

입안의 바지락을 껍질째 삼킨 미나즈키는 말했다.

"이번으로 네 번째다. 첫 번째는 인공 소화기관의 동작 테스트로 빵을 세 조각, 두 번째는 식사 예절을 학습하기 위해서 전채 요리부터 디저트까지 풀코스, 세 번째는 우즈키와 사츠키가 물고 있던 캔디를 호기심으로 핥아봤다. 완벽하게 인간으로 보였겠지?"

"어디가 완벽해?! 완벽하게 인간이 아니었다고! 리타 씨도 깜짝 놀랐잖아."

"그 녀석은 어째서, 파스타 위에 올려진 커다란 요리 재료를 먹지 않고 피하는 거지?"

"꽃게의 껍질은 먹을 수 없다고요. 조개껍질도 못 먹는 거예요. 그런 것도 모르는 인간이 어디 있어!"

"제길, 당했군. 메뉴의 '추천'이라는 게 함정이었나. 타바스코도 그렇고, 그대로 상대의 수법에 당하고 말았어……."

카논은 침통한 표정으로 이마에 손을 짚었다.

"……평소에 식사하지 않으니까, 이런 일이 벌어지는 거지. 같이 식사했더라면, 미나즈키의 식사 지식이 형편없다는 걸 눈치챘을 텐데……."

"문제없다. 이미 학습했다. 두 번 다시 같은 함정에는 걸리지 않아."

"아무도 미나즈키의 식사에 함정 따위 설치하지 않았는데 말이지!"

테이블로 돌아가자 리타는 파스타를 다 먹고, 디저트로 옮겨가 있었다. 테이블의 중앙에 떡하니 놓여 있는 큰 접시는 케이크와 타르트, 아이스크림이 산처럼 쌓여 있어서, 카논도 미나즈키도 넋을 잃었다.

"디저트 플레이트를 주문해 뒀어. 두 사람 모두, 먹을 거지?"

"어, 응. ……리타 씨, 그거, 실수로 10인분 주문한 거 아니야?"

얼굴이 굳어지긴 했지만, 카논은 남은 카르보나라를 날름 다 먹더니, 그리 나쁜 기분은 아니라는 듯이 디저트를 먹기 시작했다.

"미나즈키, 자, 앙~."

겨우 익숙하지 않은 파스타를 처리한 미나즈키에게 리타는 만면에 미소를 띠며 케이크를 찍은 포크를 내밀었다.

뭐야? 결국, 조금 전의 부자연스러운 식사로 의심을 산 건가?

의혹을 불식하기 위해서 미나즈키는 포크를 물었다. 리타는 기쁜 듯이 "꺅"하고 소리를 질렀다.

"리타 씨! 미나즈키에게 그런 짓 하지 마!"

"어머, 질투하는 거야? 미나즈키가 전혀 거부하지 않으니까."

카논이 입을 삐죽였다. 타르트 조각을 미나즈키의 입으로 가지고 갔다.

"먹어, 미나즈키."

또 증명이 필요하다는 이야기로군.

멋대로 해석한 미나즈키는 카논의 포크에도 순순히 입을 댔다.

그것을 본 리타가 "어머!"라며 눈이 불타올랐다. 재빨리 다시 케이크를 미나즈키에게 내밀었다.

"학교에서 여자들이 이야기하는 걸 들었어. 입학시험 수석에 스포츠도 만능인 미나즈키와 가까워지고 싶지만, 카논이 그를 독점하고 있어서 여자들이 접근하지 못한다고."

무슨 소리냐며 놀란 카논은 소년에게 타르트를 먹이면서 리타를 노려보았다.

"그럴 생각은 아니야. 미나즈키는 사촌이고, 3개월 전에 헬바이츠에 막 온 데다가 낯을 가리는 성격이니까, 여러모로 돌봐주고 있을 뿐."

"흥, 정말 그것뿐일까? 들어보니, 쉬는 시간도 점심시간도 미나즈키에게 찰싹 달라붙어 있는 거 같던데. 누군가가 이렇게 말했지. 항상 둘만 있어서, 마치 공주님과 기사 같다고."

리타가 쑤셔 넣은, 생크림을 얹은 스펀지케이크를 씹으면서 미나즈키는 살짝 얼굴을 찌푸렸다.

돌이켜 보면, 마이어도 그런 소리를 했었다. 주위에서 그렇게 보는 것은 바라던 바가 아니었다. 미나즈키는 원해서 카논을 따르는 게 아니다. 그녀가 마스터니까 어쩔 수 없다.

"착각해도 이상하지 않다고 생각하지만, 나와 미나즈키는 정말 그저 사촌 사이. 딱히 내가 미나즈키의 교우 관계에 말참견하거나 제한하고 있는 건 아니야."

"그렇다면, 카논은 빠져도 괜찮다는 거네. 나에게 공주님의 자리를 양보해줄 수 있을까? 앞으로는 내가 미나즈키와 함께 있을게."

"유감이지만, 그거랑 이건 별개 이야기야. 리타 씨에게 미나즈키는 맡길 수 없어. 그를 돌볼 수 있는 것은 나뿐이야. 누구에게도 양보할 수 없고, 양보할 생각도 없어."

단언한 카논은 미나즈키의 입에 남은 타르트를 쑤셔 넣었다.

그 순간, 미나즈키의 입안에 상쾌한 자극이 가해졌다.

타르트 위에 아이스크림이 얹어져 있던 것이다. 차가움을 통해 그렇게 이해한 미나즈키는, 묘하게 정신이 맑아지는 감각을 느꼈다.

직접 디저트 플레이트로 포크를 뻗어, 아이스크림만을

폈다.

"미나즈키에 관해서는 대단한 자신감이구나. 하지만, 연인도 아닌데 그 발언은 이상해. 여기서 확실히 해두도록 하자. 카논은 미나즈키를 어떻게 생각해?"

"뭐?! 어, 어떻게 생각하냐니?! 그런 걸 본인 앞에서 말할 수 있을 리 없잖아."

카논이 횡설수설하면서 미나즈키를 힐끗힐끗 바라보았다.

하지만, 미나즈키는 처음 먹는 아이스크림에 푹 빠져 있었다.

색채가 다양한 점토 같은 덩어리를 계속 입으로 옮겨 넣었다. 그때마다 퍼지는 청량감! 머리가 깔끔해지고, 연산 속도가 올라가는 기분이 들었다. 전능감조차 밀려 올라왔다.

"어머, 나는 확실하게 미나즈키에게 말하고 있는걸."

"그건! 리타 씨는 미나즈키의 정체를 모르니까!"

자신도 모르게 테이블에 손을 올리고 몸을 앞으로 내민 카논은, 라티의 의아하다는 시선을 받고 도로 자리에 앉았다. 살짝 소년을 살폈다.

"……나도 당혹스러워. 미나즈키의 정체는 알고 있지만, 그는 묘하게 인간다운 면모가 있으니까, 가끔 진짜 남자애로 봐버린다고 할지……."

얼굴을 붉히며 우물우물 말하는 카논.

그 옆에서 미나즈키는 일심불란하게 아이스크림을 계속 먹었다. 리타에게 권유받아서 생크림 덩어리도 삼켰다.

그때, 미나즈키는 몸에 위화감을 느꼈다.

처음 느낀 감각에 눈썹을 찌푸렸지만, 위화감의 정체를 밝히는 것보다 빨리, 카논은 포크를 들고 왔다. 거절하면 의심하리라고 생각해서 그는 입을 벌렸다.

"나, 나보다 리타 씨야말로 미나즈키에게 고백했다가 거절당한 거 잊었어? 미나즈키는 확실히 거절한다고 했는데."

카논이 쑤셔 넣은 단단한 타르트. 삼켰지만, 위화감이 더 커졌다.

"그건 처음 만났을 때 이야기잖아? 미나즈키는 사실 나를 싫어하지 않아. 갑자기 사귀는 것에 저항감이 있을 뿐인걸. 친해지면, 교제해줄 거지?"

리타가 쑤셔 넣은 촉촉한 스펀지케이크. 뭐지. 몸 내부가 괴롭다.

"잠깐 기다려. 미나즈키를 포기한 게 아니었어?! 승부에 패배하면 미나즈키를 흡혈하지 않겠다고……."

다음으로 카논의 권유로 타르트를 삼켰을 때, 미나즈키는 몸 상태가 악화한 원인을 특정했다. 하지만, 이미 늦었다.

"응, 흡혈은 포기한다고 약속했지만, 교제를 포기한다고는 말하지 않았어. 흡혈하지 않아도 사귀는 건 가능한 걸. 그렇지?"

불꽃을 튀던 리타와 카논이 동시에 포크를 가지고 왔다. 하지만, 미나즈키는 양손으로 입을 막고 있었다.

소녀들이 말을 중단하고 주시하는 가운데, 미나즈키는 말했다.

"용량 오버다. 뱉는다!"

""네엣?!""

우에에에엑, 하고 인공 위장에서 넘친 만큼 화장실에서 토한 미나즈키는 허공을 노려보았다.

식사, 함정이 너무 많잖아.

식탁에서 인간을 완벽하게 흉내 낸다는 게 이렇게 힘들 줄은 몰랐다.

미나즈키는 어디까지나 전투용 오토마타니까, 식사에 관한 지식이 현저하게 부족하거나, 위의 용량이 적어도 어쩔 수 없다. 하지만, 흡혈귀 앞에서 실패를 거듭하고 만 것은 미나즈키를 침울하게 만드는 데 충분했다.

이럴 때, 형제들이라면 잘 해냈을까?

문득 《바쿠단식》으로 이름으로 떨치던 다섯 기체를 떠

올렸다. 메모리에 남아 있는 그들의 모습은 선명히 떠올랐지만, 지금은 어딘지 모르게 먼 존재다.

영웅으로 칭송받은 영광. 폭주 때문에 범한 죄. 잠들어 있던 미나즈키는, 어느 쪽도 모른다. 다른 사람 일이다.

'부적합'이라고 하루미가 판단한 자신은, 형제와 같은 전장에 서는 것조차 허락되지 못했으니——.

슬픔에 잠길 뻔했지만, 미나즈키는 머리를 흔들었다.

빨리 카논이 있는 곳으로 돌아가자. 너무 늦으면 이상하게 생각한다.

손을 씻고 화장실에서 나갔을 때, 옆에서 달려온 흡혈귀 남성과 부딪혔다. 순간적으로 암기를 꺼낼 뻔했지만, 아슬아슬하게 체술을 이용해 받아넘겼다. 바닥을 구른 흡혈귀를 미나즈키는 냉엄하게 내려보았다.

"미안하군. 너, 괜찮아?"

"보는 대로."

바닥에 쓰러져 있는 흡혈귀가 오히려 걱정하는 모습에 묘한 불편함을 느끼면서도, 미나즈키는 대답했다. 그사이에도 수많은 인간과 흡혈귀가 같은 방향으로 달리는 것을 보고, 미나즈키는 고개를 갸웃했다. 뭔가 박물관에서 이벤트라도 있는 걸까?

"너도 빨리 도망치는 편이 좋아. 인간이지? 녀석들에게 잡힌다."

일어선 흡혈귀는 옷을 털면서, 미나즈키를 감정하는 시선으로 봤다.

"녀석들?"

"뱀파이어 혁명군이야. 레스토랑에 있는 인간을 잡아서 인질로 삼을 모양이더라."

숨을 멈췄다.

흡혈귀가 떠나자, 미나즈키는 메모리를 검색했다.

뱀파이어 지상주의 과격파 조직, 뱀파이어 혁명군. 흡혈귀왕 루트비히의 동생, 빌헬름 루트비히가 이끄는, 흡혈귀가 모든 인간을 지배하는 세계를 실현하기 위한 조직. 인간을 가축처럼 다루고, 그 잔학성 때문에 헬바이츠 국내 흡혈귀에게도 미움을 받고 있다.

위험한 흡혈귀 집단에 마스터가 잡혔다.

——즉, '적'이다.

자신도 모르게 미나즈키는 몸이 떨려왔다.

물밀 듯이 가슴에 조용한 격정이 채워졌다.

주위의 사람들이 혼란과 공포의 소용돌이에 빠져 있는 가운데, 미나즈키는 단 홀로, 사명감을 가지고 걷기 시작했다.

† † †

레스토랑 건물의 뒷문은 자재의 반입구도 겸해서, 일반인의 눈이 닿지 않는 곳에 있었다.

건물 바깥에서 레스토랑의 백야드에 연결된 유일한 문. 관내의 약식도를 통해 미나즈키는 그곳을 찾아냈다.

문 옆에는 위장 무늬 전투복을 입은 두 마리의 흡혈귀가 문지기처럼 서 있었다. 챙이 있는 모자를 깊이 눌러쓰고, 장갑도 껴서 일광 대책도 완벽했다. 그들은 어깨에 기관총을 메고 있었다.

미나즈키는 주눅도 들지 않고 그들의 시야에 들어갔다.

"실례합니다."

바로 두 사람이 기관총의 총구를 들이댔다. 그에 놀란 듯이 미나즈키는 두 손을 들었다.

"잠깐만요! 쏘지 마세요! 저는 박물관에 온 일반 손님입니다!"

무기를 소지하지 않은 것, 자신이 무력한 존재라는 사실을 어필했다.

어필에는 성공했을 텐데 흡혈귀들은 총구를 내리지 않았다. 하지만, 경계가 약해진 것은 표정으로 엿볼 수 있었다.

"어째서 그런 녀석이 여기 있는 건데? 저리 꺼져."

"부탁이 있습니다. 저를 안으로 들여보내 줄 수 없나요?"

엉? 하고 두 마리가 어이없다는 표정을 지었다.

——유혹하라——

머릿속에서 속삭이는 프로그램을 따라, 미나즈키는 눈을 내리깔고 연약한 모습으로 말을 자아냈다.

"레스토랑 안에 여동생이 있습니다. 제가 화장실에 간 사이에 이런 일이 벌어지고 말아서, 같이 있어 주고 싶어요. 정면으로 들어가려고 했더니, 박물관의 경비원이 막아서."

미나즈키의 용모는 사랑스러운 미소년이다.

평소에는 불퉁한 표정이라 그런 분위기를 내지 않지만, 원래 의미심장한 표정과 슬픈 눈빛은 범상치 않게 유혹적이다.

미나즈키는 자신의 셔츠에 손을 대고. 사락, 하고 섬세한 손가락으로 단추를 풀었다. 소년의 하얀 목과 매끄러운 가슴팍이 드러났다.

"흡혈해도 좋으니까, 저를 들여보내 주면 안 될까요?"

애교를 부리듯이 살짝 올려보며. 평소보다 톤이 높아진 미성으로.

여자처럼 긴 속눈썹도, 귀여운 머리핀도, 카논은 그럴 생각이 없었겠지만, 적을 유혹하는 데 도움이 된다.

자신에게 주어진 무기를 모두 살려서, 미나즈키는 자신도 모르게 물고 싶어지는 연약한 소년을 완벽하게 연기했다──.

조금 지난 뒤, 흡혈귀들이 목이 움직이는 게 보였다.

"……어이 이봐, 노예 지망이야. 이 녀석 우리의 〈샤름〉을 모르는 건가?"

"좋아. 너, 들여 보내줄 테니까 이쪽으로 와."

히죽히죽 웃는 그들에게 미나즈키는 겁먹은 듯이 연기하며 다가갔다. 문까지 앞으로 몇 걸음 남겼을 때, 휙 하고 왼쪽 흡혈귀가 팔을 당겼다.

"들어가는 건 〈샤름〉을 건 뒤다. 일단 피를 가져가지."

적의 이가 목에 파고들었다. 그 찰나,

──'적'을 인식. 전투 모드로 이행──

소년의 눈동자에 살의가 깃들었다.

적의 가슴에 댄 오른손에서 어쌔신 블레이드가 구현되고, 심장을 꿰뚫었다.

"혼자 하지 마. 내 몫도……."

왼손의 4연장 권총에서 소리 없이 튀어 나간 총알이, 다른 한 마리에게 쏟아졌다.

두 마리의 흡혈귀가 거의 동시에 숨이 끊어지고, 무너져 내렸다.

암기를 넣고, 미나즈키는 문을 열었다.

낡은 형광등에 비춘 백야드의 복도에 인기척이 없다. 어둡고 음침한 그곳으로 발을 들인 미나즈키는, 조금 전까지와는 완전히 다른 낮은 목소리로 속삭였다.

"잠입 성공. 지금부터, 적의 섬멸 및 인질 구출 작전에 들어간다."

쿵, 쿵, 하고 거침없는 발소리가 복도에 울려 퍼졌다.

허망한 눈빛에 풀어진 표정. 흐트러진 셔츠에서 드러나는 하얀 빗장뼈. 목에 새겨진 두 개의 상처에서 흐르는 붉은 색이 소년의 피부를 적셨다.

〈샤름〉에 걸린 인간은 의식이 없다. 그들은 그게 풀리기 전까지는 흡혈귀가 시키는 명령을 충실하게 이행한다.

——흡혈귀를 방심시키려면 〈샤름〉에 걸린 척을 해라——

프로그램대로 미나즈키는 행동했다.

복도 앞에서 두 마리의 흡혈귀가 다가왔다. 미나즈키는 겁먹지 않고, 보조를 늦추지도 않았다.

"뭐야, 이 녀석. 〈샤름〉된 인간이 어째서 여기 있지? 게다가 남자야."

"누가 그쪽 경향인 녀석이 있었나 보지. 여자 같은 얼굴이기도 하니."

"뭐 그렇겠네, 하하……."

지나칠 때 미나즈키는 두 마리의 목을 어쌔신 블레이드

로 베었다.

쿵, 하고 떨어진 목이 경악의 눈빛을 보냈다. 다음 순간, 미나즈키는 그들의 심장을 암기로 꿰뚫었다.

최초에 심장을 뚫어 즉사시키지 않았던 것은, 단순히 두 마리의 대화가 마음에 들지 않았기에 불과하다. 여자 같은 얼굴은 콤플렉스였다. 성별을 가리지 않고 마음을 끌 수 있도록 설계한 모양인데, 미나즈키는 키사라기 같은 남자다운 모습이었으면 했다.

이로써 10마리.

비명 한 번, 총성 한 번 발생하지 않고 흡혈귀를 처리한 미나즈키는 안으로 더 들어갔다. 아직 뱀파이어 혁명군은 이변을 눈치채지 못했다. 적의 지휘관이 미나즈키의 존재를 눈치채기 전에, 가능한 한 적의 숫자를 줄여두고 싶었다.

비명이 들려와서 미나즈키는 사방을 살폈다. 탈의실, 이라고 적힌 방에서 여러 명의 목소리가 들렸다.

미나즈키는 주저 없이 문을 열었다.

안에는 흡혈귀가 다섯 마리, 인간이 두 명 있었다. 인간은 두 명 모두 젊은 여성이고, 하얀 조리복이 반쯤 벗겨져 있었다. 웨이트리스 일은 지금 대부분 오토마타에게 빼앗겼지만, 맛을 볼 필요가 있는 조리는 인간이 하는 경우가 많다. 흡혈귀에 잡힌 그녀들은 흡혈 당하려는 도중이었다.

흡혈귀도 인간도 난입한 미나즈키를 봤다. 흡혈귀는 놀란 듯한 눈빛으로, 여성들은 도움을 청하는 눈빛으로.

미나즈키는 흡혈 현장을 안색 하나 바꾸지 않고 둘러보았다.

순간적인 침묵 뒤에 흡혈귀들이 와 하고 웃었다.

"놀라게 하지 마, 노예냐! 남자 꼬맹이 따위를 누가 〈샤름〉한 거지?"

"연회장의 인간은 아직 먹지 말라고 보스가 말했는데 말이지. 벌써 해금 명령이 떨어졌나?"

"글쎄. 신경 쓰이면 보고 와."

그들이 말하는 연회장이란 레스토랑의 손님 좌석일 것이다. 그들의 말투에 의하면 아직 인질은 흡혈되지 않은 모양이다.

일단, 눈앞의 적에 주력한다.

양옆에 로커가 늘어선 가늘고 긴 방이다. 정면의 깊은 곳에는 창이 있고, 거기에 적이 한 마리 기대고 있다. 오른쪽 앞에는 적 두 마리와 인간 한 명, 왼쪽 안쪽에는 또 적 두 마리와 인간 한 명이다.

미나즈키는 〈샤름〉당한 척을 계속하면서 방으로 들어갔다.

"흡혈귀 여러분의 먹이가 되려고 왔습니다. 저도 흡혈

해주세요. 분명히 맛있을 겁니다."

"아~ 이 녀석을 〈샤름〉한 녀석은 변태로군. 먹히고 오라고 명령했던 거겠지……."

"인질은 아직 잔뜩 있잖아. 한 사람 정도 죽어도 상관없겠지."

말하면서 왼쪽 안에 있는 흡혈귀 한 마리가 미나즈키에게 손짓했다. 미나즈키는 부름에 응해서, 그에게 다가갔다.

"뭐야. 너, 그 녀석이 마음이 들었어?"

"아니, 왠지 이 꼬맹이, 묘하게 색기가 있다고 할지……."

끌어당겨, 목덜미에 숨이 닿았다.

그때, 미나즈키는 왼손을 옆으로 뻗어, 옆에서 여성을 흡혈하는 적의 심장을 총알로 꿰뚫었다.

——일단, 한 마리.

"푸웁! 이게 뭐야!"

인공 혈액을 입에 넣은 흡혈귀가 경악으로 소리를 질렀다. 그 이상, 계속되기 전에 미나즈키는 그의 심장을 도렸다. 철썩, 하고 붉은 덩어리가 바닥에 내동댕이쳐지고, 남은 세 마리가 멈췄다.

"네 녀석……!"

흡혈귀들이 성나 움직였을 때는 미나즈키는 이미 뛰고

있었다.

뒤로 공중제비.

천장 아슬아슬할 정도의 높이로 배면 뛰기를 한 미나즈키는 방 오른쪽에 있던 적 두 마리에게 총알을 뒤집어씌웠다. 그들의 등 뒤에 착지하자마자, 어쌔신 블레이드와 권총으로 두 심장을 뒤에서 꿰뚫었다.

——앞으로, 한 마리.

그제야 겨우 창가에 있는 흡혈귀가 기관총을 미나즈키에게 겨누었다. 그 우둔함에 코웃음 쳤다.

"이 애송이가아아아아아!"

방아쇠를 당긴 그는 자신에게 팔이 없다는 사실을 깨달았다.

눈앞에는 사랑스러운 소녀의 얼굴. 기관총을 든 양팔이 떨어지는 소리와 동시에 심장이 뽑히고 흡혈귀는 절명했다.

다섯 마리를 순식간에 죽여버린 미나즈키는 암기를 도로 넣었다.

그리고 뒤에 있는 두 여성을 돌아보았다. 여성들을 흡혈된 탓인지, 안색이 종이처럼 새하얗다.

덜덜 떨며 바닥에 주저앉아 있는 두 사람에게, 미나즈키는 걸어서 다가가 말했다.

"뒷문에 있는 흡혈귀는 모두 쓰러트렸습니다. 그쪽으

로 도망칠 수도 있고, 혹은 여기서 구조를 기다리는 것도…….”

“싫어어어어어어어어어어, 오지 마……!!”

그 외침에, 미나즈키는 경직했다.

미나즈키는 도와줬는데 여성들은 흡혈 당할 때 이상으로 패닉에 빠졌다. 공포로 얼굴이 굳어져서 구르듯이 탈의실을 뛰쳐나갔다. 문이 난폭하게 열리고, 날카로운 소리와 함께 닫혀버린다.

정적이 찾아왔다.

속박이라도 당한 듯이 멈춰서 있던 미나즈키는 겨우 주위를 둘러보았다.

무참히 굴러다니는 흡혈귀의 시체와, 엄청난 피.

문득 미나즈키는 실내에 거울이 있는 것을 깨달았다.

거기에는 적에게서 튄 피를 뒤집어쓰고 만면에 미소를 띠고 있는 소년이 비치고 있었다.

“…….”

자신도 모르게 얼굴에 손을 댔다. 그러니까, 조금 전의 두 사람은 도망쳤던 것이라고 이해했다. 즐거운 듯이 웃는 피투성이의 미소년은 본인이 봐도 광기 어려있었다.

하지만, 어째서일까? 웃음이 가라앉지 않는다.

생각해 보면, 최초로 뒷문의 흡혈귀를 죽였을 때부터 흥분 상태였다.

적을 쓰러트릴 때마다 가슴 안에서 환희가 요동치며 끓어 올라왔다.

머릿속에 채워진 인공두뇌가 격렬하게 열을 뿜고 있는 착각조차 느껴졌다.

——아아, 겨우 살아 있다는 느낌이 든다.

생명 따위 있을 리가 없는 기계장치 소년은, 하지만, 지금 분명히 '생'을 실감했다.

오토마타에게 살아간다는 것은 자신에게 주어진 역할을 다하는 것이다. 제작자가 설계한 콘셉트. 목적과 용도로 바꿔말할 수 있는 그것이 있어야 비로소 오토마타는 태어난다.

제작자가 정한 목적이야말로, 그들의 존재 이유다.

《뱌쿠단식》의 콘셉트는 암살자.

수업에서 마이어가 말했던 것을 떠올리고, 미나즈키는 "큭"하고 웃음이 튀어나왔다.

"크큭, 하하하하하……!"

한번 웃기 시작하자 멈추지 않았다.

흡혈귀들이 숨이 끊어진 방 안에서 소년은 희열에 가득한 목소리가 울려 퍼졌다.

기쁜 것은 분명히 그 탓이다. 흡혈귀를 죽이고 죽이고

절멸시켜 버리는 게 나의 목적이니까, 그것을 달성할 수 있는 지금이 즐거워서 어쩔 수 없다.

이게 나의 올바른 존재 방식이다.

속 시원한 충족감을 품고, 미나즈키는 탈의실을 나갔다. 그러자 흡혈귀가 세 마리 있었다.

피투성이의 미나즈키에 세 마리가 깜짝 놀랐다.

생각할 사이도 없이 미나즈키는 그들을 덮쳤다. 그 입가에는 무시무시한 미소를 띤 채다.

흡혈귀의 시신을 만들면서 꼭두각시 소년은 전진했다. 자신의 존재 이유를 떠올린 그를 멈출 수 있는 것은 이미 아무것도 없었다.

백야드에 있던 흡혈귀를 모두 쓰러트리고, 미나즈키는 목적지, 레스토랑의 객석 근처에 도착했다.

주방 안, 완성된 요리를 두는 테이블 뒤에서 미나즈키는 상황을 살폈다.

객석 중앙에 있던 테이블과 의자가 구석으로 밀려나고, 공간이 만들어져 있었다. 접객용의 오토마타는 모두 파괴되고, 구석에 던져져 있다.

인질이 된 손님은 중앙의 공백 지대에 모여져, 바닥에 앉아 있다. 뱀파이어 혁명군은 기관총을 손에 들고 인질

옆에 있는 자와 실내에 서 있는 자를 합쳐 20마리 이상을 눈으로 확인할 수 있었다.

아무리 미나즈키라고 해도, 인질의 안전을 확보하면서 그 숫자를 상대하는 것은 어렵다.

어떻게 해야 할지, 고민했을 때,

"아아아, 더는 못 참겠어! 언제까지 여기에 가둬둘 작정인거야!"

아는 목소리가 울려 퍼졌다.

인질 안에서 붉은 머리카락의 소녀가 벌떡 일어나, 주위를 노려보았다.

"당신들, 예젤의 한복판에서 이런 짓을 하고도 그냥 넘어갈 수 있을 거 같아?! 지금 군이 제압하려고 오고 있으니까! 그렇게 되면 당신들, 전원 감옥행이야!"

리타다. 과격파 조직 상대로 겁먹지 않는 게 그녀답다. 그 옆에서 카논이 웅크리고 앉아 "리타 씨, 눈에 띄면 안 돼."라며 리타의 팔을 당겼다.

"입 다물어. 너, 아픈 꼴 좀 당하고 싶냐?"

근처에 있던 흡혈귀가 리타에게 기관총을 겨누었다.

총구를 보고도 리타는 여유작작하게 코웃음 쳤다.

"그런 총으로 내가 겁이라도 먹을까 봐? 인간을 괴롭히는 것밖에 재주가 없는 비정규군인걸, 공화국군에서 채용하고 있는 은 탄환도 없지? 인간 상대로밖에 잘난 체할 수 없다니, 한심하다고 생각하지 않아?"

"뭐라고?! 이 자식……!"

격노한 남자가 방아쇠를 당겼다.

타다다당, 하고 총성이 울려 퍼졌다. 인질이 비명을 지르고, 하얀 연기가 리타를 뒤덮었다.

하지만――

"……그걸로 끝?"

하얀 연기가 걷혔을 때, 리타는 아무런 상처도 없이 서 있었다. 총알을 맞았다는 것은 그녀의 옷이 구멍투성이가 된 걸 보아 틀림없다.

하지만, 거기서 엿보이는 하얀 피부에는 상처 하나 없었다.

납탄을 관통시킨 몸은, 그 순간부터 수복을 시작해, 고작 몇 초 만에 원래대로 된 것이다.

대담한 미소를 띤 리타는 자신의 몸을 내려보고는,

"어머, 옷이 너덜너덜해졌잖아! 모처럼 오늘 데이트를 위해서 산 건데! 아아~ 정말! 당신, 변상하도록 해!"

"어, 어째서 뱀파이어가 인질에 섞여 있는 거지?! 뱀파이어는 나가라고 말했을 텐데!"

"시끄러워! 친구가 인질로 잡혔는데, 두고 갈 수 있을 리 없잖아?!"

큰소리로 외친 리타는 과격파를 노려보았다.

"빨리 무기를 버리고 투항하도록 해. 그렇지 않으면, 내가 직접 손을 써야겠어?"

붉은 눈동자가 공격적인 빛을 뿜었다. 봉쇄되어 있을 실내에, 휘잉, 하고 부자연스러운 바람이 불었을 때——

"이렇게 운명적인 일이 다 있나! 소란스러워서 와 봤더니, 프린세스·리타가 아닌가!"

턱, 하고 부츠 소리가 울려 퍼졌다.

안에서 잿빛 머리카락을 지닌 청년이 나타났다. 그 순간 다른 흡혈귀들이 자세를 바로잡았다. 그들이 자아내는 긴장감이 실내 전체에 전파되었다.

직립 부동으로 선 흡혈귀들. 그 사이를 걸어오는 청년을, 미나즈키는 몰래 관찰했다. 얼음 같은 단정한 외모, 다른 흡혈귀가 위장 무늬 전투복으로 통일되어 있는데, 이 남자만이 검은 옷을 입고 있다.

리타는 청년에게 시선을 두고, 노골적으로 얼굴을 찌푸렸다.

"……빌헬름."

"으음, 이제 윌리 오라버니라고는 불러주지 않는 거니? 우리는 마치 남매처럼 친하게 놀던 사이잖아. 자, 옛날처럼 내 품으로 뛰어들렴! 재회의 포옹을 하자!"

"웃기지 마! 당신은 지금, 그저 불법 입국자일 뿐이지. 잘도 그런 소리가 나오는구나."

희색이 만면해 양팔을 펼친 남자에게, 리타가 이를 악물며 말했다.

루트비히 왕제 빌헬름. 뱀파이어 혁명군 지도자의 등장이었다.

운이 좋군, 이라고 미나즈키는 생각했다. 이걸로 누굴 가장 먼저 해치우면 좋을지 알았다. 왕족이기에 전투력은 얕볼 수 없겠지만, 그를 죽이면 조직은 와해 될 것이다.

하지만, 이라며 미나즈키는 눈을 가늘게 떴다.

여기는 빌헬름과 거리가 너무 멀다. 미나즈키의 암기는 어쌔신 블레이드와 4연장 권총뿐이다. 어쌔신 블레이드의 간격은 고작 30센치. 권총의 사정거리는 고작해야 몇 미터고, 그 이상 떨어져 있으면 명중 정밀도와 살상력이 낮아진다.

고민하는 사이에 리타가 말을 이어갔다.

"어째서, 당신이 헬바이츠에 왔는지는 모르겠지만, 로젠베르크 가문이 지키는 땅에 행패를 부리는 것을 용서할 수 없어. 즉시, 인질을 해방하고 투항하도록 해. 그리고, 당신이 지금까지 인간에게 행해왔던 수많은 폭거를 보상해."

훗, 하고 빌헬름이 작게 웃었다.

어쩐지 재수 없는 미소에 리타가 눈썹을 찌푸렸다.

"……뭐가 웃긴걸까."

"어째서 고귀한 뱀파이어 왕족인 내가, 비천한 가축 따위한테 보상해야 한다는 거지?"

"빌헬름……!"

"리타, 너도 그렇게 생각하지? 예젤 조약은 말도 안 되는 짓거리야. 총명한 로젠베르크 왕이 제안했다고는, 도저히 생각할 수 없어. 뱀파이어는 인간의 상위 종족이야. 인간을 지배해야만 하는 존재인 거다. 평등하다니 있을 수 없지. 그것은 자연의 섭리에 반한다는 짓이다. 열등 종족을 부리고, 다스리는 게 당연한 일이잖니?"

두 사람의 대화를 들으면서, 미나즈키는 전투 계획을 세웠다.

만약 빌헬름의 심장을 일격으로 꿰뚫지 못하더라도, 인공 혈액 탄으로 〈네벨〉을 봉쇄하는 것은 가능할 거다. 〈네벨〉이 얼마나 귀찮은지, 리타와의 전투로 이미 경험을 끝냈다.

심장에 맞추지 못한다고 해도, 총알을 맞추기만 하면 된다.

미나즈키는 왼손의 4연장 권총을 기동했다.

그리고, 조준경 안으로 두 마리의 적이 있는 것을 포착했다.

한 마리는 빌헬름, 또 한 마리는――

"아니, 그건 잘못된 생각이야."

리타가 강한 어조로 반박했을 때, 미나즈키는 두 마리 중에 한 마리가 리타라는 사실을 인식했다.

전투 모드가 되어 있는 미나즈키의 눈에는 리타의 붉은 색이 비추지 않았다.

있는 것은 그저, 푸른 인간의 형태뿐.

"나도 고작 얼마 전에 깨달은 일이야. 어째서 아버님이 인간의 보호가 아니라, 두 종족의 평등을 규정했는지. 마술을 사용할 수 있는 우리는, 아무래도 인간이라는 종을 쉽게 얕잡아보는걸."

조준경 안에 있으면 맞을 가능성이 있다. 거리가 있기에 미나즈키는 이 이상 정밀도를 높일 수 없고, 주방을 나가 버리면 적에게 발견될 것이다.

어떻게든 빌헬름만으로 조준을 좁힐 수 없을지 미나즈키는 고민하고, 머릿속의 프로그램이 의문을 던지는 것을 들었다.

――어째서 그대로 쏘지 않지? 두 마리 모두 '적' 아닌가――

"하지만 블러디 소드를 막고, 대등하게 말할 수 있는 인간들과 만나고, 겨우 깨달았어. 인간은 우리에게 지켜지기만 하는 연약한 존재가 아니야. 인간을 깔보는 것은, 빌헬름, 당신이 인간을 모르기 때문이지. 세상에는 우리 마음대로 되는 인간만 있는 게 아니야."

푸른 서모그래피 화상. 적의 식별 기호.

빌헬름과 리타가 분명하다.

쏘라고 프로그램은 말했다.

그러기 위해서 너는 만들어졌다.

뭘 주저하지? 흡혈귀를 말살한다. 그게 너의 목적이다. 존재 이유다. 그런데 흡혈귀를 배려한답시고, 공격을 주저한다는 거냐?

쏴.

쏴라!

쏘라고!!

"나는 인간과 친구가 되고 싶다고 생각해. 당신이 헬바이츠의 국민에게 손을 댄다면, 로젠베르크 가문의 한 명으로서 내가 상대하겠어."

"―――윽!"

총구가 드러난 손을 잡고, 스르륵, 미나즈키는 웅크리고 앉았다.

호흡이 거칠다. 사고가 복잡하게 얽혔다. 두개골 내부에서 화약이 터진 듯한 감각에 휩싸이고, 미나즈키는 머리를 감싸 안았다.

……쏘지 못했다.

쏘면 안 된다고 왠지 모르게 생각한 것이다.

프로그램에 거부한 그 판단이 올바른 것인지, 미나즈키는 모른다.

"유감이네, 프린세스·리타. 너도 로젠베르크 왕과 마찬가지로 변해버린 건가."

"생물은 학습하고, 성장해 가는 거야. 언제까지고 똑같을 수 없는걸."

"성장이라. 나는 네가 훌륭히 성장한 것은 몸뿐이고, 머릿속은 퇴화했다고밖에 생각하지 못하겠는데."

"그게 무슨, 어디를 보고 말하는 거야! 이 변태!"

리타가 새빨갛게 얼굴을 물들이고, 양팔로 몸을 가렸다. 구멍투성이가 된 니트는 일부가 찢어지고, 선정적인 배꼽이 엿보였다.

리타가 노려봤지만, 빌헬름을 여유롭게 미소지었다.

"그렇게 부끄러워하지 않아도 되잖아. 나는 네 약혼자니까."

아, 라고 카논이 목소리를 냈다.

그 순간 리타는 머리에서 김을 내면서, 발을 동동 구르면서 외쳤다.

"전이라고, 전! 전 약혼자! 7년 전에 예젤 조약 체결과 동시에 루트비히 가문과는 인연을 끊고, 약혼은 파기되었잖아. 과격파 범죄자와 한순간이었지만 약혼을 했다니 흑

역사니까, 이런 곳에서 폭로하지 말아 줄래!"

"그래, 네 아버지가 뱀파이어와 인간의 평등이라는 미친 사상을 지니게 된 탓에, 우리는 찢어질 수밖에 없었지. 하지만, 나는 너를 포기한 게 아니야. 이 7년간, 어떻게 너를 되찾을지 계속 생각했다."

"뭐라고……?"

"오늘도 로젠베르크 왕을 설득하러 왔던 거야. 예젤 조약을 파기하고, 헬바이츠를 뱀파이어가 지배하도록 말이지."

말하자마자, 빌헬름의 손에 붉은 검이 나타났다. 리타가 반응하는 것보다 빨리, 꿈틀, 하고 일그러진 도신이 늘어나면서, 리타의 옆에 있던 카논을 휘감았다.

"싫어!"

"카논!"

마치 커다란 뱀처럼 움직이는 검에 묶여, 카논은 빌헬름에게 끌려갔다. 힐헬름의 손이 카논의 머리카락을 난폭하게 쥐었다.

"이 여자인가? 조금 전에 리타가 친구라고 말한 가축은."

"빌헬름! 카논을 놔! 상처 하나라도 낸다면 용서하지 않겠어! 그런 짓을 하면, 내 블러디 소드가 당신을 벨 거야."

리타가 손을 들었다.

휘잉, 하고 바람이 불고, 실내에 있는 테이블과 의자가 떨렸다. 레스토랑의 창을 덮은 커튼이 나부끼고, 천장에 매달려 있던 조명이 크게 흔들렸다. 전투복을 입은 흡혈귀도 갑작스러운 바람에 놀라고, 인질이 되어 있는 인간들에게서는 비명이 일어났다.

하지만, 빌헬름은 머리카락을 휘날리는 바람에도 전혀 당황하는 기색이 없었다. 카논을 검으로 구속한 채로 어린아이를 타이르듯, 리타에게 말했다.

"네 〈토네이도 로제〉를 여기서 사용하는 건, 현명하다고 말할 수는 없겠지. 너는 아직 어려. 블러디 소드의 제어도 할 수 없잖아? 인질은 어떻게 되어도 상관없어? 우리 앞에서, 그 바람 앞에서 인질이 무사할 수 있을 리 없을 텐데."

정론이었다.

큭, 하고 분한 듯이 리타가 블러디 소드를 도로 집어넣었다.

"카논을 놔줘. 아버님과 교섭하기 위한 인질이라면, 나 혼자서도 충분하잖아. 안그래? 내가 당신들한테 얌전히 잡혀줄게. 그 대신, 여기 있는 인간들은 전원 풀어주도록 해!"

리타의 말에 갑자기 인질들이 웅성거렸다.

주위가 떠들썩한 가운데 리타는 왕족답게 당당히 빌헬

름을 바라보았다.

그러나——

"가축 대신에 네가 잡히겠다고……? 마음이 변했어. 네 아버지에 앞서, 네 생각을 교정할 필요가 있을 듯하군."

탄식한 빌헬름의 눈동자가 둔탁한 빛을 뿜었다. 순간, 그의 손에 있는 검이 더 늘어나더니, 카논의 목까지 감았다.

"큭, 아……!"

"뭐 하는 짓이야, 빌헬름!"

리타가 외쳤다.

목을 졸려서 신음하는 카논을 빌헬름을 접시에 꼬인 파리라도 보는 듯한 시선으로 봤다.

"인간과 지낸 탓에, 리타는 완전히 자신을 잃어버린 모양이구나. 인간을 위해서 희생하겠다니, 뱀파이어 왕족인 네가 그런 짓을 해서는 안 돼. 나는 결정했어. 네 놀이 상대인 가축을 한 마리도 남기지 않고 도륙하겠다고 말이야. 자신이 가축과 동등하다고 생각하는 불쌍한 공주님을 제정신으로 돌려놔야겠지."

"그만해, 빌헬름! 부탁해, 내 소원도 들어주지 못하겠다는 거야?!"

빌헬름이 리타에게 시선을 돌렸다. 독선적인 사상에 잠긴 청년은 오싹할 정도로 상냥하게 미소짓고,

"사랑스러운 리타. 이 가축이 목만 남으면 너도 분명 눈

을 뜰 거야."

달콤하게 말했다.

그 순간, 미나즈키는 부엌에서 뛰쳐나갔다.

구석으로 밀어 놓은 테이블을 눈에 보이지도 않는 속도로 넘어가고, 객석 안쪽으로.

테이블을 힘있게 박차고, 미나즈키는 빌헬름에게 뛰어들었다. 심장을 목표로 어쌔신 블레이드를 찔러 넣을 때,

"윽?!"

믿기 어려운 일이 일어났다.

어쌔신 블레이드가 앞으로 몇 센티면 빌헬름에게 파고들 위치에서, 뭔가가 옆에서 날아들어, 암기의 날 끝을 튕겨낸 것이다.

불의의 공격을 받고, 미나즈키는 순간적으로 조준을 심장에서 팔로 변경.

블러디 소드를 지닌 팔을 잘라냈다.

붉은 검은 소실되고, 카논은 해방되었다.

미나즈키의 추가 공격보다 빨리, 빌헬름을 남은 팔에 블러디 소드를 만들어냈다. 뒤이어 경악으로 얼굴을 일그러트렸다.

백스텝으로 미나즈키에게서 거리를 뒀다.

"미나즈키……!"

리타가 환희에 찬 목소리를 내고, 해방된 카논이 바닥에

서 콜록콜록 기침했다.

사전에 인공 혈액을 묻혀 뒀던 어쌔신 블레이드에 맞아서 지금, 빌헬름은 〈네벨〉을 할 수 없게 되었다. 놀란 것은 그것 때문일 것이다.

하지만, 그 전에, 어쌔신 블레이드를 튕겨낸 공격을 모르겠다.

당사자인 빌헬름조차도 미나즈키의 찌르기에 반응하지 못했는데, 어떻게 옆에서 공격을 막은 거지?

힐끗 공격이 온 방향을 봤지만, 이제야 기관총을 겨누는 쓰레기들이 있을 뿐이다. 그들의 짓이 아니다.

정체불명의 적에 대한 경계 때문에 움직이지 않고 있자, 미나즈키의 등장에 기세를 탄 리타가 의기양양한 표정으로 청년에게 손가락을 내밀었다.

"여기까지네, 빌헬름! 미나즈키는 인간이지만, 나보다 강하니까!"

"뭐……?"

빌헬름이 의아한 눈으로 미나즈키를 봤다. 문뜩 눈썹을 찌푸렸다.

"……너, 어디서 들어왔지? 처음부터 이 방에 숨어 있었나?"

"뒷문이다. 경계하던 놈들은 전원 죽었다. 지금 살아 있는 건 여기 있는 녀석들뿐이다."

빌헬름의 안색이 바뀌었다.

근처에 있는 흡혈귀한테 "확인해!"라고 명령을 내렸다. 허둥지둥 흡혈귀가 무전기를 손에 들었을 때,

"공화국군이다! 인질은 엎드려!"

백야드로 연결된 문이 벌컥, 하고 열리더니 공화국군의 병사들이 물밀 듯이 쏟아져 나왔다.

고함과도 같은 총성이 울려 퍼졌다. 동시에 손님용의 출입구가 갈라지고, 병사들이 계속해서 들어왔다.

"쯧, 후퇴다!"

증오스럽다는 듯이 외친 빌헬름은 창으로 달려갔다.

놓치지 않겠다는 생각에 미나즈키는 그 등을 쫓았다.

4연장 권총을 그에게 겨누었다.

발포했을 때, 또다시 뭔가에게 총알이 튕겨져 나갔다.

말도 안 돼! 대체, 누가 총알을 쳐서 떨어트리는 묘기를…….

시선을 이리저리 돌리다가 미나즈키의 눈에 눈부신 금발이 비췄다.

총격전에 의한 하얀 연기와 병사들이 뒤섞여 혼란스러운 와중에, 이곳과 어울리지 않는 하얀 슈트를 입은 그 여자는 빌헬름과 나란히 달렸다. 마치 그를 지키듯이.

——그런.

그 순백의 슈트 차림은 잘 기억하고 있다.

늘씬한 체형은 매력적인 여성상 그 자체이며 스쳐 지나간 남자들은 다들 돌아보았다. 하지만, 실제로 말을 건 사람은 없었다고 한다. 너무나도 단정한 얼굴과 빈틈없는 복장은 차가운 인상을 주고, 또 그녀 자신도 감정표현이 풍부하지 않았다.

그러나, 그건 사소한 일에 불과했다. 경험에 뒷받침한 전투 능력, 막대한 지식, 순간적인 판단력, 탁월한 리더십……. 그녀 이외에, 대장은 있을 수 없었다. 그녀가 형제들을 통솔해서 흡혈귀를 쓰러트리고, 《뱌쿠단식》의 이름을 세계에 떨친 것이다.

"무츠키 누나!"

미나즈키의 목소리에 반응해, 그녀가 살짝 옆얼굴을 보였다.

메모리의 저장과 전혀 다르지 않은 코발트블루의 눈동자가 미나즈키를 포착했다. 그 움직임에 미나즈키는 어딘지 모를 위태로움을 느꼈다.

"어째서……!"

미나즈키가 말하는 중에 빌헬름이 창을 깨고, 몸을 던졌다.

금발의 여성은 미나즈키에게 대답하지 않았다. 아무런 감정도 읽을 수 없게 차갑게 힐끗 한번 시선을 던졌을 뿐이고, 빌헬름의 뒤를 따랐다. 그 등은 창밖으로 사라졌다.

미나즈키는 깨진 창으로 달려가 아래를 내려보았다.

빌헬름을 따라, 그녀도 착지했다. 역시 그녀의 거동은 생기가 없는 듯이 보였다. 그대로 둘은 바짝 붙어서 예젤의 시가지로 사라졌다.

미나즈키는 멈춰선 채로 그 모습을 바라만 보고 있었다.

† † †

해가 저물고, 완전히 어두워진 골목길을 둘이 걸었다.

짙은 남색의 하늘에 둥근달이 따분한 듯이 떠 있고, 흐르는 구름 사이를 떠돌았다.

낮의 기분 좋은 기온이 거짓말 같았다. 싸늘한 밤바람에 새까만 가로수가 버스럭버스럭 흔들릴 때마다, 카논은 양팔을 안고 몸을 떨었다.

카논과 미나즈키가 사는 작은 단독 주택은, 하루미가 독신 시절에 공방으로서 소유하고 있던 것이다. 제작에 몰두할 수 있도록, 예젤에서도 시골 쪽에 덩그러니 세워져 있다.

그 지붕이 보일 때쯤, 공화국군의 사정 청취에서 해방되어 여기까지 계속 침묵하고 있던 카논이 이야기를 꺼냈다.

"……어째서, 그런 일을 한 거야?"

"너는 나의 행동 이유를 일일이 물어보지 않으면 모르

는 건가?"

"얼버무리지 마. 자신이 무엇을 했는지 알고 있잖아."

빌헬름은 놓쳤지만, 인질은 전원, 공화국군에 의해 구출되었다. 부상자는 병원으로 이송되고, 피투성이였던 미나즈키도 상처를 입었다고 봤는지 병원으로 실려 갈 뻔했지만, 완강하게 거부했다. 카논이 '그는 어린애라니까요! 병원에 데리고 가면 울면서 도망친다고요!'라고 필사적인 변명을 한다는 굴욕에도 견디고, 위기에서 도망쳤다.

그때, 리타와 병사들이 이야기하는 것을 들었다.

'우리가 도착했을 때는 이미, 백야드에 37명 분의 뱀파이어 혁명군 전투복과 재가 떨어져 있었습니다. 누군가가 그들을 살해한 모양입니다.'

시간이 지나면 흡혈귀의 시체를 재로 변한다.

"수많은 흡혈귀를 죽이고, 그렇게 사람이 많은데 인간을 벗어난 움직임을 보여주고, 암기까지 사용하다니, 정체를 알려주고 있는 것과 다름없잖아. 들키지 않도록 하라고 항상 말했는데……!"

"그렇게 하지 않으면 널 구할 수 없었다. 대흡혈귀 전투용 오토마타로서 특성을 살리지 않고 인질 구출 작전을 수행하는 것은 불가능했어."

"그러니까, 누가 너한테 그런 짓을 하라고 했어?! 인질을 구출하는 건 군에 맡겼으면 되잖아!"

날카로운 목소리로 소리를 지르자 그제 서야, 미나즈키는 카논이 말한 '그런 일'이 자신이 인식하고 있던 일과는 미묘하게 다른 것을 깨달았다.

"어째서 미나즈키가 싸워서 인질을 구하는 거야? 범인이 흡혈귀든, 내가 인질이었든, 그런 건 관계없어. 미나즈키는 아무것도 하지 말고, 우리가 해방되기를 얌전히 기다리고 있었으면 된 거야. 항상 그래. 미나즈키는 제멋대로 행동하고, 내 말을 전혀 듣지 않아. 오늘도, 나는 미나즈키에게 도와달라고 한마디도 하지 않았어!"

으득, 하고 미나즈키는 어금니를 악물었다.

대체 뭐야. 흡혈귀를 살해한 일이라면 몰라도, 인질을 구한 일까지 비난받을 이유는 없을 것이다.

"웃기지 마. '적'을 쓰러트리는 것이 나의 역할이다. 목적이다. 그것을 이루는 게 뭐가 나쁘지?"

"그러니까, 적이란게 뭔데? 지금은 10년 전이 아니야. 미나즈키가 만들어질 무렵과 나라의 정세도, 법률도 다르다고."

"그 정도는 파악하고 있어. 너보다 훨씬 정확히 말이지. 내 기억 용량을 얕보지 마."

"그렇다면, 미나즈키의 정체가 들키면 위험하다는 것도 알고 있는 거지?! 미나즈키가 겉으로 나서서 쓸데없는 짓을 하면 그만큼 위험하다는 걸!"

"쓸데없는 일이라고?! 그냥 넘길 수 없는 이야기군. 내가 나서지 않았다면 너는 죽었다. 흡혈귀에게 목이 졸려 죽고 싶었나? 도움을 받았으면서, 나의 존재 이유를 모독하지 마!"

"도움을 받아도, 미나즈키의 정체가 들키면 의미가 없어. 어째서 그걸 모르는 거야! 미나즈키야말로 정체가 들켜서 망가지고 싶어?! 다른 ≪뱌쿠단식≫처럼 동력이 끊어져, 박물관에 장식되고 싶은 거야?! 그래도 미나즈키는 좋아?!"

"그래, 상관없다! 목적을 이루고 망가진다면 바라던 바다! 원래라면 나도 유리 케이스에 들어가 있어야 해. 그런데 이런 평화에 푹 빠진 시대에 기동 되더니, 의미도 없는 생활을 보내게 하고…… 나는 이런 미래, 보고 싶지 않았어! 망가진다고 해서 그게 뭐 어쨌다는 건데!!"

———짝!

메마른 소리가 뺨에서 울렸다.

무슨 일이 일어났는지 미나즈키의 눈은 포착하고 있었다.

기세 좋게 휘두른 카논의 손이 자신의 뺨을 때린 것이다.

"………………무슨 짓이지? 나에게 통각이 없다는 사실을 잊었어?"

그렇게 말하기는 했지만, 미나즈키는 내심 동요했다.

이런 짓을 당한 것은 처음이었으니까, 라는 것도 있다. 하지만, 더 불가사의하게도 카논이 때린 순간, 가슴 속이 묵직하니 무거워졌다.

맞은 것은 미나즈키인데, 카논은 자신이 맞은 것 같은 표정을 지었다.

"……어째서, 망가져도 좋다고 말하는데? 단 하나, 어머님이 나에게 남겨준 오토마타인데. 망가져도 좋을 리 없어. 나에게 ≪뱌쿠단식≫의 무실을 증명할 수단은, 미나즈키밖에 남지 않았는데……!"

비통한 목소리가 밤기운을 찢었다.

증명? 수단?

생각도 못 한 말이 나와서, 미나즈키는 멍하니 카논을 바라보았다.

"——≪뱌쿠단식≫의 진짜 콘셉트는 사랑."

갑자기 카논은 말했다. 그것을 계기로, 미나즈키의 메모리 속 한구석에 잠들어 있던 기억 데이터가 되살아났다.

그것은 과거 하루미가 자신에게 딱 한 번 했던 이야기였다.

눈앞에 있는 소녀와 메모리 속의 어머니가 겹쳤다.

하지만, 그것은 순간적인 일.

카논은 매달리듯이 미나즈키의 코트를 움켜쥐었다.

"나도 이것밖에 듣지 못했으니까, 자세한 이야기는 몰라. 하지만, 이것만큼은 확신을 품고 있어. 케르나의 비극은 본래 일어날 리 없었다."

소녀는 등을 떨면서, 크게 숨을 들이마신 다음 외쳤다.

"≪뱌쿠단식≫은 학살 오토마타가 아니야. 죽일 줄밖에 모르는 잔인한 오토마타를 어머니가 만들 리가 없어. 내가 미나즈키와 같이 살면서, 그걸 증명할 거야!"

어째서, 카논은 미나즈키에게 매일, 식사를 권하는가?

어째서, 카논은 미나즈키를 학교에 데리고 가는가?

어째서, 카논은 미나즈키에게 영화를 관람시키는가?

의문이 눈 녹듯이 사라졌다. 카논은 강압도 소꿉놀이도 아니었다. 그녀는 미나즈키에게 죽이는 것 이외의 것을 가르치려고 했던 것이다.

생각해 보면, 이상한 일이었다. 미나즈키의 정체를 진짜 숨기고 싶었다면, 미나즈키를 기동하지 않고 집에 두면 될 일이다. 굳이 화약을 지고 돌아다니며, 위험과 마주하고 있을 필요는 없다.

하지만, 카논이 처음 깨운 이후로, 미나즈키가 일어나지 않았던 날은 하루도 없었다.

어디 간다고 해도 카논은 미나즈키를 데리고, 같은 풍경을 보고, 같은 일을 경험하게 했다. 위험이 있다고 해도, 카논은 미나즈키를 성장시키는 것을 선택한 것이다.

미나즈키가 말도 하지 않고 바라만 보고 있자, 소녀의 눈동자가 점점 젖어 들기 시작했다.

"어머니와 ≪바쿠단식≫이 모두 나쁘다는 듯이 이야기를 듣는 건 이제 싫어. 하모니 기어를 사용하는 것만으로 괴롭힘을 당하는 것도 이제 싫어. 아무도 알아주지 않아…… 어째서, 아무도…… 우와아아아아아아아앙!!"

……카논이 우는 모습을 처음 봤다.

지금까지 견디고 있었던 모든 것을 토해내듯이, 카논은 온몸을 떨며, 큰 목소리 엉엉 울었다. 소녀의 눈동자에서 끊임없이 흐르는 커다란 눈물방울에, 어렴풋한 달빛이 반사되어 반짝반짝 빛났다. 젖은 뺨을 연달아 닦아내더니, 카논은 한심하게 킁킁 콧물을 훔쳤다.

그녀가 15살의 소녀라는 것을 새삼 인식했다.

급우의 괴롭힘을 무감정하게 흘려보내는 소녀는 그곳에 없었다.

부모를 잃고, 신분을 속이고, 세상에 소외된 고독한 소녀의 적나라한 모습이 그곳에 있었다.

연약함을 드러낸 그녀를 보고, 미나즈키는 생각했다.

싸움을 포기한 것은, 대체, 어느 쪽이었나──.

카논은 급우의 괴롭힘을 포기하고 받아들인 게 아니었다. 반박하지 않은 것은 반박하기에 충분한 증거가 없었기 때문이다.

하모니 기어에 연연하는 것도 그렇다. 카논은 자신의 오토마타에 하모니 기어를 사용해서, 그게 위험하지 않다고 세상에 증명하려고 하고 있다.

분하지 않았던 게 아니다. 아무것도 느끼지 않았던 게 아니다. 그녀는 누구보다도 어머니와 ≪뱌쿠단식≫이 모욕받는 것이 괴로웠다. 단 혼자——사실은 아군인 미나즈키에게도 이해받지 못하고, 견디고 있었다.

미나즈키가 눈치채지 못했을 뿐, 그녀는 행동으로 제대로 반항하고 있었다.

그에 비해서 그녀의 의지를 파악하지 못하고 그저 퉁명스럽게 하루하루를 보내고 있던 자신이 얼마나 어리석었단 말인가.

——뭘 하고 있었던 거지, 나는.

정신이 번쩍 든 미나즈키는 부끄러운 듯이 고개를 숙였다.

울고 있는 소녀에게 어떻게 해줘야 하는지 꼭두각시 소년은 모른다.

밤의 장막은 흐느껴 우는 소녀와 멈춰 서 있는 소년을 동등하게 감싸주었다.

이윽고 카논은 홀로 울음을 그치고, 걷기 시작했다. 그 등에 미나즈키는 퉁명스럽게 말했다.

"……앞으로는 네 말을 듣도록 하지."

카논의 등이 떨렸다.

소녀는 돌아보지 않고 걸었다. 긴 은발의 머리카락이 위아래로 흔들리면서, 한번 고개를 끄덕인 듯이 보였다.

미나즈키는 카논의 뒤를 쫓았다.

밤하늘의 달만이 거리를 좁혀가는 두 사람을 보고 있었다.

4장 ☆ 기계장치 소년은 사랑을 학습할까?

예젤의 외곽에 있는 폐공장. 과거 전투용의 오토마타를 만들던 그곳은 폐쇄되고, 철조망에는 출입금지의 푯말이 걸려 있다. 몇 년은 관리하지 않은 건물은 불길한 분위기를 자아내어, 다가가는 자는 없었다.

하지만, 최근 그곳에 사는 사람들이 있다. 뱀파이어 혁명군이다.

레스토랑에서 탈출해서, 어떻게든 아지트로 도망쳐 돌아온 빌헬름은 짜증이 나 있었다.

"백야드에 배치했던 녀석들이 전멸했다고?! 총성 하나 들리지 않았어! 뭘 한 거지, 그 애송이!"

얼굴을 일그러트리고 말하던 빌헬름은 방구석에서 그림자처럼 서 있는 오토마타를 봤다. 그녀는 명령대로 호위로서 항상 그 옆에 대기하고 있었다.

"어이, 너도 봤겠지, 그 미나즈키라는 녀석. 인간으로 보였지만, 분명히 인간이 아니야. 너는 어떻게 생각하지?"

리타는 인간이라고 말했지만, 빌헬름에게는 미나즈키가 인간으로는 생각되지 않았다. 주방에서 튀어나온 순발력,

테이블을 뛰어넘어온 속도, 자신의 팔을 잘라낸 힘. 결정적으로 녀석의 무기다. 눈의 착각이 아니라면, 녀석은 손목에서 칼이 튀어나왔다. 공격한 직후에 도로 넣었는지, 자신 이외에는 눈치챈 사람이 없는 듯했지만.

애초에, 뱀파이어 왕족보다 강한 인간 따위 있을 리가 없다. 그것을 인간이라고 말하는 리타는 너무나도 세상을 모르는 것이다.

리타는 예전부터 덤벙대는 면이 있었지, 라며 달콤한 회고에 젖어 있던 빌헬름의 귀에, 경악할만한 대답이 돌아왔다.

"그 말이 맞습니다. 미나즈키는 인간이 아닙니다. 뱌쿠단 하루미가 제작한 대흡혈귀 전투용 오토마타, 기계장치 기사 ≪뱌쿠단식≫입니다."

"≪뱌쿠단식≫은 다섯 기체뿐이었을 터! 어째서, 여섯 번째가 있는 거지?!"

"다섯 기체, 라는 것은 실전에 투입된 숫자입니다. 뱌쿠단 박사가 제작한 것은 여섯 기체였습니다. 그러나, 박사는 그를 '부적합'하다고 판단하고, 미나즈키는 부대에서 퇴출당하였습니다."

오토마타의 담담한 목소리를 듣고, 빌헬름은 작게 신음했다.

"그게 실패작, 이라는 건가? 그런 고물로는 보이지 않았는데 말이지."

† † †

띠링, 띠링, 하고 초인종이 울렸다.

자기 집에서 미나즈키의 동작 확인 시험을 하던 카논은 "아"하고 작게 소리를 질렀다. 작업복인 점프슈트의 주머니에서 꺼낸 손수건으로 손에 묻은 기름을 닦았다.

"분명 리타 씨일 거야. 미나즈키, 목에 반창고 붙여둬."

"뭐야, 그 녀석을 집으로 불렀나?"

"오늘 아침, 전화가 왔어. '학교 끝나면 놀러 갈게!'라고 일방적으로 말하고, 끊은 거야."

휴, 하고 한숨을 쉬고, 카논은 현관으로 갔다. 미나즈키는 시키는 대로 흡혈흔이 있던 곳에 반창고를 붙였다.

다 붙였을 때, 문이 열리는 소리와 "카논, 뭐니 그 복장은?!"이라는 목소리가 들렸다. "점프슈트라고 해서, 오토마타 정비사의 작업복으로 가장 추천하는 옷인데, 발단된 건 18세기……." "앗, 무슨 소린지 알겠어."

그런 대화 뒤, 교복 차림의 리타가 "미나즈키!"라며 달려왔다. 소녀의 몸이 쏙 하고 미나즈키의 품 안으로 들어왔다.

"만나고 싶었어. 그 뒤로 계속 미나즈키가 학교에 와주지 않으니까 따분했는걸."

리타가 등에 팔을 꼭 감고, 부드러운 몸을 밀착했다. 뒤에서 카논이 허둥지둥 "리타 씨! 떨어져! 미나즈키한테서 떨어져!"라고 말했다. 또 내가 리타를 죽일지도 모른다고 생각한 건가? 어처구니없군.

"얼마 전의 인질 사건 뒤에, 돌아와서는 빈혈로 쓰러졌다고 카논에게서 들었어. 이제 일어나도 괜찮은 거야?"

미나즈키한테서 몸을 떼고, 리타는 물었다.

흡혈귀와 대규모로 전투를 한 미나즈키는 대규모의 수복 작업이 필요했다. 그렇기에 학교를 쉰 것이다.

"문제없다. 모든 동작 확인을 끝냈다."

""……""

리타의 시선이 미나즈키에게서 카논으로 옮겨왔다.

그 말 그대로, 카논의 눈 아래는 다크서클이 생겨, 얼굴의 창백함에 박차를 가했다.

위법 오토마타인 미나즈키의 수복은, 당연히 카논이 홀로 진행해야만 했다. 미나즈키의 실전이 처음이라면 카논 역시도 실전 후의 정비가 처음이었다. 요 며칠, 거의 자지도 쉬지도 않고 그녀는 작업했다.

카논이 슬쩍 눈을 돌리고 "차 마시자"라며 두 사람을 부엌으로 재촉했다.

"예젤도 흉흉해졌네. 지금 학교에도 공화국군이 배치되

어 있다고 들었어."

"맞아, 아버님이 주도해서 학교 주위에는 특히 경계를 강화했어. 하지만, 어떻게 학교에도 오지 않은 카논이 그런 걸 알고 있는 걸까?"

"마이어 선생님에게서 전화가 왔으니까."

카논은 그렇게 말하면서 세 사람 몫의 홍차와 바구니에 담은 톱니바퀴 쿠키를 테이블에 올려놓았다.

리타는 곧바로, 자신의 홍차를 후후 불기 시작했다. 흡혈귀는 체온이 낮아서, 뜨거운 음식을 잘 못 먹는다.

"정말 아버님은 걱정도 많아. 하마터면 학교도 다니지 못할 뻔 했어. 나한테 무슨 일이라도 생기면 큰일이라면서. 오늘도 바로 귀가하라는 걸, 호위를 뿌리치고 왔다니까."

"리타 씨, 그렇게까지 해서 우리 집으로 오지 않아도……."

"그렇게라도 하지 않으면 미나즈키와 만날 수 없잖아?! 이런 일이 벌어진 것도 전부, 빌헬름이 나쁜 거라고! 다음에 만나면 그 남자, 내 검으로 날려버리겠어."

"어째서 그런 말을 하지? 약혼자였잖아?"

미나즈키의 질문에, 풋 하고 리타는 홍차를 뿜어냈다.

"거짓말?! 어떻게 미나즈키까지 아는 건데! 카논이 말했어?!"

"난 아니야. 그런 말, 나는 미나즈키에게는……."

"주방에서 들었다. 큰 목소리로 외쳤잖아."

으앙, 하고 리타는 머리를 감싸 쥐었다.

“아니야! 아니라고, 미나즈키! 그건 어른들이 멋대로 정한 약혼이고, 나의 의지가 아니었어. 어린 시절에는 아무것도 모르고 같이 놀았을 뿐이고, 미나즈키가 신경 쓸만한 일은 결코 없었으니까!”

“나는 아무것도 신경 쓰지 않아.”

“어?”

이상하다는 듯한 미나즈키에게 리타도 어리둥절한 표정을 지었다.

카논이 시치미떼는 표정으로 홍차 컵을 들어 올렸다.

“헬바이츠에 온 시점에서, 뱀파이어 혁명군이 잡히는 것은 시간문제. 흡혈귀 병사도 있는 공화국군에 일개 무장 조직이 맞서 싸울 수 있으리라고는 생각할 수 없고…….”

“어머, 카논은 뉴스도 안 보니? 지금 가장 위험시되고 있는 건 뱀파이어 혁명군이 아니라, 뱀파이어 혁명군을 비밀리에 죽인 《뱌쿠단식》인걸!”

이번에는 카논이 기침했다. 콜록콜록 기침하면서, 리타에게 몸을 앞으로 내밀었다.

“그건 무슨 이야기야?! 어째서 거기서 《뱌쿠단식》이 나오는 건데?!”

“그도 그럴 게, 어느 틈에 뱀파이어가 37명이나 재가 되었잖아?! 그런 일이 가능한 건 《뱌쿠단식》 이외에는 있을 수 없어!"

"그, 그럴지도 모르지만 《뱌쿠단식》은 예전에 파괴되었잖아. 새삼 이제와서 움직이고 있을 리는 없어."

"아니, 가능해. 아직 망가지지 않은 《뱌쿠단식》이 있는걸."

카논도 미나즈키도 침묵했다.

마른 침을 삼킨 두 사람에게 리타도 진지한 얼굴로 입을 열었다.

"그건 바로, 무츠키야."

카논이 살짝 한숨을 쉬는 것을 알았다. 리타는 눈동자를 빛내면서 뒤이어 말했다.

"봐, 옛날에 폭주한 《뱌쿠단식》사냥이 이뤄졌을 때, 무츠키만이 잔해를 발견할 수 없었잖아? 혹시 무츠키가 아직 움직이고 있는 게 아닌가 하는 이야기가 돌고 있어."

아아, 라며 카논은 애매하게 맞장구쳤다.

그 옆에서 미나즈키는, 빌헬름과 같이 있던 금발의 여성을 떠올렸다.

무츠키가 틀림없다고 생각했다.

냉정하게 생각해 보면, 미나즈키의 암기를 튕겨내려면 동등 이상의 반응 속도를 지닌 《뱌쿠단식》뿐이다.

그녀의 트레이드 마크인 하얀 슈트도 과거와 다르지 않았다.

무츠키는 하루미에게 최초로 부여받은 단벌옷을 무척

소중히 여겨서, 전장에서도 입고 있었다. 소중한 옷이라면 전장에 입고 가면 안 된다고 미나즈키는 충고했지만, '그 논리는 이해 불능이다'라면서 단호한 대답을 들었다. 그 의미를 알게 된 것은, 그 뒤로 좀 지나서였다.

복귀했을 때, 무츠키의 하얀 슈트가 더럽혀지는 일은 단 한 번도 없었다.

"무츠키가 어딘가 살아 있다는 도시 전설은 예전부터 꽤 있었어. 폭주한 오토마타가 혼자 제정신을 차릴 거라고는 생각하기 어렵지만."

"도시 전설이 아닌걸! 아아, 카논은 또 하나의 대사건을 모르는구나. ……그때 인질 사건과 동시에, 누군가 박물관에 전시되어있던 키사라기에게서 하모니 기어를 몰래 훔쳐 갔어. 경비가 레스토랑 건물로 집중되고, 박물관의 경비가 약해진 틈을 이용한 범죄인 거지."

"그런 일이 있었어?! 지금, 하모니 기어는 쉽게 손에 넣기 힘든 귀중품인데. 해변에 밀려오는 완만한 파도처럼 딱 맞아 돌아가는 톱니바퀴를 온종일 바라보면서 황홀경에 빠지고 싶다고 해서 훔치다니……."

"그런 변태적인 동기를 품는 건 카논뿐일거야! 그게 아니라 키사라기의 기어를 필요로 할 만한 곳은 《뱌쿠단식》 이외에는 없잖아? 하모니 기어를 훔친 것은 무츠키가 아닌가 하는 이야기가 있어. 《뱌쿠단식》이 만들어진 건 10년 이상 전이고, 기어가 수명 때문에 망가졌다고 해도 이상하지 않아. 하지만…….”

“그건 정비 태만이야! 하모니 기어는 백래시가 없으니까, 100년은 유지된다고 알려져 있어. 수명으로 기어가 고장 난다니 있을 수 없다구. 분명히 하루하루의 정비를 소홀히 해서 녹이 슨 것뿐. 지금 바로 무츠키의 마스터를 여기 불러와! 내가 제대로 올바른 정비 방법을……!”

“이야기가 진전이 안 되잖아! 미나즈키, 카논을 어떻게든 좀 해볼래?”

“마니아 모드의 카논에게는 완전 투항이다. 그리고 ‘하지만’ 뭐?”

미나즈키가 홍차를 꼴깍꼴깍 다 마시더니 물었다. 마지막에 컵 안에 남아 있는 얇게 썬 레몬을 입에 던져넣으려고 했을 때, 카논에게 손목을 붙잡혔다.

“불가사의한 일인 거지. 레스토랑의 인질 사건과 《뱌쿠단식》의 기어 도난. 타이밍이 너무 잘 맞았아. 무츠키의 범행이라고 생각하는 게 타당하긴 해. 하지만, 만약 무츠키가 빌헬름과 연대하고 있다면, 뱀파이어 혁명군이 37명이나 희생될 리가 없는걸?”

“같은 아군을 쓰러트리라고는 생각할 수 없으니까.”

“그런 거지. 그러니까 지금, 군은 뱀파이어 혁명군과 무츠키 양쪽을 대비해서 예젤 전역에 경계태세를 펼치고 있다는 말이야."

진실을 아는 미나즈키는 이미 한 줄기의 흐름이 보였다.

빌헬름이 인질 사건을 일으킨 것은, 기어를 무츠키에게 훔치게 하려고, 라고 봐도 좋을 것이다. 무츠키는 아마도 기어가 녹슬어서 과거만큼의 움직임이 나오지 않는 게 틀림없다.

그러나, 무츠키의 기어를 고쳐서 어떻게 할 생각이지?

애초에, 무츠키는 어째서 흡혈귀를 따르고 있는 거지——.

리타는 쿠키를 먹으면서 말했다.

"미나즈키는 혹시 레스토랑 뒤에서 무츠키와 만났을지도 모르겠네. 〈샤름〉당하지 않았다면 무츠키를 봤을지도 모르는데, 정말 유감이야."

미나즈키는 공화국군의 사정 청취 때 두 사람을 구하려고 뒷문으로 갔지만, 이미 경계하고 있던 흡혈귀가 죽어 있었다. 그리고 안으로 들어가서는 흡혈귀에게 습격을 받고 〈샤름〉을 당했다. 정신을 차리고 보니 주방에 있어서, 카논을 구하기 위해 근처에 있던 부엌칼을 들고 뛰어들었다. 라는 설정을 이야기했다.

백야드의 일은 〈샤름〉을 당해서 의식이 없었다는 것으로 넘기니, 여러모로 편리했다.

진심으로 유감스러워 보이는 리타를 보며 미나즈키는

고개를 갸웃했다.

“그렇게 무츠키를 보고 싶었나?”

“무츠키를, 이라기보다는 움직이는 《뱌쿠단식》을 말이지. 미나즈키는 닥터 뱌쿠단이 만든 최강의 오토마타가 움직이는 모습을 보고 싶지 않아?”

“……그건, 뭐.”

“박물관에 있는 건 동력이 끊어져 있는걸. 그래서는 시시해. 뱀파이어를 궁지에 몰아넣은 오토마타가 어떤 식으로 움직이는지, 실제로 이 눈으로 보고 싶잖아. 기회가 되면, 한번 싸워보고 싶어. 얼마나 강할까?”

“……적어도, 네 블러디 소드를 튕겨낼 정도는.”

“《뱌쿠단식》은 말을 해도 인간과 구별되지 않는다고 들은 적이 있는데, 진짜일까? 대화하면서도 오토마타라고 눈치채지 못한다니, 그런 일이 가능하다고 생각해?”

“……네가 그렇게 말한다면, 가능하지 않을까.”

리타와 미나즈키의 대화를 웃음을 참으며 보던 카논이 그때 제안했다.

“우리 집에 무츠키의 초기 설계도가 있어. 《뱌쿠단식》에 흥미가 있다면, 봐볼래?”

하루미가 독신 시대에 공방 겸 주거지로서 만들었던 만

큼, 집에는 오토마타 제작을 위한 작업실이 있었다.
카논에게 안내를 받아, 거기로 들어간 리타는 그 순간 "읏."하고 코를 막았다.
"기름 냄새가 나는데, 신경 쓰지 마. 금방 익숙해질 테니까."
"익숙해지면 어떻게 되긴 하는 문제야?!"
코를 막은 리타는 아무렇지도 않은 카논과 미나즈키를 보고 어이없다는 표정을 지었다. 아무래도 방에는 상당히 기름 냄새가 강한 모양이다.
리타는 방안을 빙 둘러보고 "휴우……."하고 감탄의 한숨을 쉬었다.
벽에 걸려 있는 다양한 형태의 톱니바퀴, 진열된 정교한 오토마타의 팔과 다리, 전문 용어가 잔뜩 늘어서 있는 책장……. 모두 하루미가 남겨둔 것이다. 카논은 어린 시절부터 이것들을 접하고, 하루미의 오토마타 제작을 독자적으로 배워왔던 모양이다.
카논은 방구석에 있는 커다란 책상의 서랍을 열었다.
"있다. 이거야."
낡은 노트를 손에 든 카논은 돌아왔다.
"거기에 엄…… 닥터 바쿠단이 학생 시절에 적은 설계도가 실려 있어. 설계도를 보면, 그 사람이 어떤 오토마타를 만들려고 했는지 잘 알 수 있는 거야."

그 노트는 미나즈키도 처음 봤다. 리타의 손안을 들여다 보았다.

안에는 연필로, 오토마타의 전신상이 러프하게 그려져 있었다. 여백에는 꼼꼼하게 연필로 콘셉트와 대략적인 기능이 적혀 있었다. 페이지를 넘기자 기어의 배치도, 부품마다 상세한 설계도가 그려져 있어서, 이런 기능을 달고 싶다는 희망이라든지, 대체안과 채용되지 않은 안이 연이어졌다.

하루미가 시행 착오한 흔적이 거기 있었다.

"대단해. 이렇게 오토마타는 만들어지는 거구나. …… 하지만, 어째서 카논이 닥터 뱌쿠단의 설계도를 소지하고 있어? 이거, 진짜라면 매우 귀중한 자료가 아닐까?"

어?! 라고 카논이 허둥지둥하며 짧게 소리를 냈다.

"그, 그건 복사품이야. 박물관에 전시되어있는 걸 내가 전부, 옮겨 적었어. 실은 나, 오토마타 마니아거든!"

"실은, 이고 뭐고 그런 건 애초에 알고 있었어!"

조금 무리가 있었지만, 제대로 잘 얼버무린 모양이다.

"무츠키의 원형은, 이거."

카논이 페이지를 찾았다.

20세 정도의 슈트 차림을 한 여성이 그려진 곳에서 페이지는 멈췄다.

다섯 손가락에 끼고 있는 긴 바늘. 그것은 접근전용으로도 투척용으로도 사용할 수 있다. 암기만 봐도 무츠키가 분명했다.

그런데, 어째선지 그려져 있는 그녀는 안경을 끼고 쟁반을 옆구리에 끼고 있다.

"콘셉트는 최강의 비서. 찻물 우리는 것부터 일정 관리, 신변 경호까지. 완벽한 두뇌와 육체로 당신의 비즈니스를 완전 보조. ……어, 이게 무츠키?"

리타는 그림과 같이 적힌 문장을 읽고는 전혀 이해할 수 없다는 표정으로 카논을 봤다.

"아마 닥터 뱌쿠단의 머릿속에는 옛날부터 암기를 갖춘 오토마타의 아이디어가 있었던 모양이야. 처음에는 대흡혈귀 전투용이 아니라, 비서를 만들 생각이었나 봐."

"어째서, 비서였던 걸까요……?"

"글쎄? 나도 몰라."

미나즈키는 노트 안의 무츠키를 바라보고 살짝 웃었다. 커리어 우먼이 암기를 들고 있는 모습은 비현실적이고 익살맞기까지 했다. 《뱌쿠단식》은 전장에서 싸우니까 멋있는 것이다.

"이게 천재 닥터 뱌쿠단의 설계도? 왠지 생각과는 다르네."

"솔직히 말해, 형편없어. 닥터 뱌쿠단의 설계도는 사실 엉망진창이야. 하여간 다기능에, 쓸데없는 게 잔뜩 달렸어. 아무도 오토마타에게 그런 것을 바라지 않는데."

고개를 갸웃한 리타에게 카논은 조용히 말했다.

"닥터 뱌쿠단이 목표로 삼은 오토마타는 인간 그 자체였던 거야."

그것은, 어떻게 보면 오만하다고 할 수 있다.

메모리 속의 어머니를 다시 떠올렸다.

미나즈키가 아는 한, 그녀는 교만함과는 대극에 있는 여성이었다. 무슨 생각으로 하루미가 '인간'을 만들려고 했는지, 지금도 알 수 없다.

"어느 기사도 그런 오토마타를 만들려고 하지 않았어. 그도 그럴 게 용도가 명확하게 정해진 오토마타를 한없이 인간과 비슷하게 만들 필요는 없으니까. 접객용도 접객만 할 수 있으면 되고, 운전용도 운전 이외의 동작은 필요 없어. 처음부터 용도에 필요한 지식만을 주고, 완벽한 언동을 프로그램해두면 그걸로 충분."

세상에 널리 쓰고 있는 오토마타는 모두 ○○용도라고 정해져서, 그 이외의 일은 전혀 하지 않는다.

"하지만, 닥터 뱌쿠단은 그것을 좋게 보지 않은 거야. 다기능으로 학습하면 뭐든지 할 수 있는 오토마타를 계속 추구했어. 그게 마치 인간 같다며 일부의 사람들에게 높이 평가받고, 천재로 불렸던 거지."

'죽이는 것밖에 모르는 잔인한 오토마타를 어머니가 만들 리가 없어.'

카논은 그날 밤, 그렇게 말했다.

전투용 오토마타는 본래, 전투밖에 하지 못하는 법이다. 하지만, 미나즈키는 학교에도 다닐 수 있고, 카논과 식사할 수도 있고, 리타와 사이좋게 대화할 수도 있다. 그게 하루미가 만든 오토마타의 최대 특징이었다.

"……인간 그 자체인 오토마타. 말로 하면 대단하네. 전투용 이외에 그녀가 만든 오토마타는 없을까?"

"응, 뭐, 그 노트를 봐도 알 수 있는 대로 닥터 뱌쿠단이 제작하는 건 일반적인 상품으로서는 치명적이니까. 양산품은 무리라고 봐."

쓴웃음을 지은 카논이 노트로 시선을 떨어트렸다.

그때, 리타가 "앗"하고 뭔가 떠올린 듯이 목소리를 냈다.

"있잖아, 닥터 뱌쿠단의 오토마타가 제품화되지 않았다면, 이 노트에 컨테스트에도 쓸 수 있는 아이디어가 있다고 생각되지 않아?"

리타는 좋은 생각이라는 듯이 말했지만, 카논은 복잡한 표정이었다.

"글쎄. 나는 그다지 참고가 되지 않을 것 같아."

"안 보면 모르는 거잖아. 의외의 아이디어가 잠들어 있을지도 모르지."

리타는 그렇게 말을 하면서 페이지를 넘겼다.

『콘셉트는 엄청난 실력의 헌터. 총이 된 양팔로, 어떤 사냥감이라도 해치우는 와일드한 청년. 수륙 양용으로 야외에 데리고 가면 산해의 진미를 놓치지 않습니다.』

아아, 이것은 키사라기다.

노트를 보고, 미나즈키는 풋 하고 웃음을 터트렸다. 곰과 참치를 짊어지고 있지만, 얼굴은 키사라기 그 자체였다. 평소에 담배를 물고 폼을 잡는 그도, 자신의 원형이 설마 이렇게 형편없는 비주얼이라고 생각도 하지 못했을 것이다.

리타도 뭐라 말하기 곤란한 표정으로 다음으로 넘겼다.

『콘셉트는 일본 인형. 꽃꽂이와 다도에 소양이 있는 전통 옷 복장의 요조숙녀. 강철 부채로 방에 들어온 벌레도 해치울 수 있습니다. 일본의 문화를 배우고 싶은 분에게 추천.』

이것은 야요이.

긴 검은 머리칼을 묶고 금색의 일본 전통 의상을 입은 소녀. 미나즈키보다 조금 연하의 설정으로, 나란히 있으면 진짜 남매 같았다.

전통 복장은 움직이기 불편할 텐데 미나즈키보다 빨리 달렸다. 어떤 식으로 다리를 움직이는지 신경 쓰여서, 한 번은 옷자락을 들춰봤더니 진짜로 공격을 받았다. 괴력을 지닌 소녀 때문에 정말로 망가지는 줄 알았다. 어째서 그런 짓을 했는지 지금도 모르겠다.

요조숙녀 아녔냐, 라며 코웃음 친 미나즈키는 잠깐만, 이라고 생각했다. 무츠키, 키사라기, 아요이, 이런 순서라면…….

"살충 기능은 사족이네."라고 말한 리타가 뒤를 넘겼다.

『콘셉트는 쌍둥이 피에로. 어리면서도 교묘하게 와이어를 사용해, 곡예를 합니다. 와이어는 금속도 절단 가능해서 DIY에도 이용 가능.』

우즈키와 사츠키다. 롤리팝 사탕을 들고 있는 앳된 쌍둥이 소녀. 절묘한 콤비네이션으로 적을 농락하는 와이어 사용자. 원형 단계에서는 피에로의 화장에 체형도 오동통하니 좀 둥근 선을 지니고 있다. 실제로는 제대로 사랑스러운 소녀들이었다.

이제 확정이다. 다음은 틀림없이 자신이다. 타인은 웃고 있었지만, 자신의 원형은 대체 어떨 꼴이려나? 형제의 안쓰러운 모습에 안 좋은 예감밖에 들지 않았다.

"오토마타 콘셉트가 이렇게 자유로워도 되는 걸까. 왠지 나도 아이디어를 낼 수 있을 것 같은 기분이 드는걸."

리타가 페이지를 넘기려고 했을 때, 미나즈키가 리타의 손을 꽉 잡았다.

"기다려. 이제 충분하잖아. 이 이상, 그 노트를 볼 가치가 있을까?"

"갑자기 왜 그래, 미나즈키? 좀 특이한 오토마타투성이지만, 이건 이거대로 보는 재미가 있어."

"재밌으니까 곤란한 거다! ……나는 그 뒤를 직시할 용기가 없어……."

"나는 다음 게 가장 마음에 들어. 나도 이런 오토마타를 만들고 싶어."

히죽, 하고 웃음을 띤 카논에게 미나즈키는 날카로운 시선을 보냈다.

"너는 이다음에 무슨 내용이 있는지 아는 거냐?!"

"물론. 그 노트의 내용은 전부 외우고 있다구."

"그렇다면 우리도 볼래. 당연하잖아?"

"바보, 그만……!"

제지도 허망하게 페이지가 넘어갔다.

그곳에는 단발머리의 귀여운 여자아이가.

『콘셉트는 여장남자. 여장이 취미인 미소년. 치한의 함정 수사에 딱. 귀여운 용모와는 상반되게 어쌔신 블레이드로 발칙한 범인을 잡습니다』

"으아아아아아아아아아아아아아아아앗!!"

미나즈키가 풀썩 무너져 내리고, 리타가 눈을 깜빡거렸다.

"왜 그래, 미나즈키? 나는 이 오토마타를 갖고 싶은데?"

"……미나즈키에겐 받아들이기 힘든 현실인 모양이야."

미나즈키가 바닥에서 심한 충격으로 시달리고 있는 사이에도, 카논과 리타의 컨테스트를 대비한 대화가 계속되었다.

"나는 역시 ≪뱌쿠단식≫ 같은 오토마타를 만들어보고 싶은걸."

"저기 그게, 그 이야기는 즉, 전투용……? 그건 예젤 조약에 의해……."

"아니. 대화할 수 있는 오토마타. 가게 점원으로 있는 오토마타도 다들 똑같은 말밖에 하지 못하잖아? 시착을 해봐도 '잘 어울립니다' 라는 말뿐이고, 분명히 미나즈키가 치마를 입어도 '잘 어울립니다'라고 말할 걸."

"……문제없다. 말하기 전에 파괴한다."

"어두워! 한없이 어둡잖아, 미나즈키! 어째서 그렇게 어두침침 해?!"

"응, 조금 정신적인 데미지가 컸을 뿐이니까 신경 쓰지 말아줘. 그리고, 리타 씨는 접객용의 오토마타가 제대로 의견을 말해줬으면 싶다는 거야?"

"그래 맞아. 올해 트랜드와 최근 인기 상품이 뭔지 말해줬으면 싶고. 오토마타와 자유롭게 대화를 할 수 있다면 좋겠지 않아?"

카논이 턱에 손을 대고 생각에 잠겼다.

"언어 프로그램의 강화……? 대화 패턴의 랜덤 선

택…… 메모리에서 최적의 답을 출력시킨다? 학습은 필요 불가결……."

"무, 무슨 소리를 하는지 모르겠어! 그렇게 어려운 일이야?! ≪뱌쿠단식≫과 마찬가지로 하모니 기어를 사용하면, 대화도 할 수 있게 되는 게 아니라?!"

"기어가 관장하는 것은 오토마타의 움직임뿐. ≪뱌쿠단식≫은 인간과 다름없는 복잡한 동작을 할 수 있도록, 하모니 기어가 사용되었어. 대화는 인공두뇌의 문제가 돼."

말하면서 카논의 다리는 다시 책상으로 이동했다.

"……≪뱌쿠단식≫의 인공두뇌는 군에서 개발된 특별제품이지만, 구상 단계의 재료 정도는 있다고 해도 이상하지 않아. 학습할 수 있는 오토마타를 만든다고 한다면, 머릿속을 어떻게 할지가 가장 중요 과제일 테고."

중얼중얼 속삭이면서 카논은 서랍을 뒤졌다. 하루미가 남긴 자료를 막다뤄서, 좀처럼 찾는 것을 발견하지 못하는 모양이었다.

정신적인 데미지에서 겨우 복구된 미나즈키는 소녀의 등 뒤에 말했다.

"하루미는, 해결되지 않은 과제를 책상 정면의 벽에 붙이는 버릇이 있어."

뭐? 라며 카논은 얼굴을 들었다. 그 시선이 책상 앞, 칠판에 대충 핀으로 고정해둔 종이 다발에 멈추었다.

미나즈키도 지금, 10년 전의 기억을 뒤지고 처음으로 알게 된 정보다.

아직도 ≪뱌쿠단식≫ 이외에는 학습하는 오토마타가 없는 것을 보면, 하루미도 군에 소속되기 전에는 그것을 개발하는 데 성공하지 못했다고 추측할 수 있다. 그렇다면, 이 공방에 있었을 때도 역시나 인공두뇌 문제는 미해결이었을 터다.

카논은 핀을 빼고, 종이 다발을 넘겼다.

"……있어. 학습 기능을 탑재한 두뇌 모델. 하지만 이건……."

미나즈키는 카논의 손안을 들여다보면서, 그녀가 말을 잃은 이유를 깨달았다.

"——블랙박스, 인가."

머리의 단면도를 그린 그곳에는 커다란 공백이 있었다.

하지만, 하루미가 그곳에 뭘 넣으려고 했는지 흔적은 남아 있었다.

통상적인 인공두뇌를 탑재하는 것만으로는 학습할 수 없다. 그것은 다른 오토마타가 보여주고 있는 그대로다.

≪뱌쿠단식≫의 머리에는 종래의 인공두뇌를 뛰어넘은 것이 들어가 있다——.

"나는 어려운 이야기는 잘 모르지만."

복잡한 표정으로 침묵한 카논과 미나즈키를 보고, 리타

는 머뭇머뭇 말했다.

"어째서 미나즈키가 닥터 뱌쿠단의 버릇을 알고 있는 거야? 그리고, 그 책상은 대체……?"

질문을 받은 두 사람은 반사적으로 얼굴을 마주하고,

""마니아야!""

하모니를 이루었다.

리타가 멈칫했다.

"≪뱌쿠단식≫이 지닌 인공두뇌의 구조는 잘 모르지만, 회화의 바리에이션을 늘리는 것은 가능해. 메모리에 가능한 한 모든 대응 패턴을 넣어서."

"가능하겠지. 종래의 인공두뇌라도 등록한 어휘를 늘리면, 더 제대로 대답할 수 있을 거라고 나도 생각한다. 세상에 있는 오토마타는 그렇게 메모리가 작나, 싶었지."

"행동 로그를 남기지 않으면 안 되니까, 메모리는 대부분을 비워둘 필요가 있겠어. 하지만, 그것도 소유자 인식 칩처럼 교환할 수 있게 해두면, 내장된 메모리를 유효 활용할 수 있을 거야."

"로그……? 칩……?"

종잡지 못한 리타의 눈이 빙빙 돌았다.

"로그는 이력. 어떤 프로그램이 움직이고 어떤 행동을 했는지, 오토마타의 메모리에 그게 전부 새겨지는 거야. 칩은 리타 씨도 알고 있을 텐데?"

카논은 가까이 있는 책장에서, 소유자 인식 칩을 꺼내서 보여주었다.

손바닥보다 조금 더 작은, 유백색의 얇은 판.

"아아, 그거! 오토마타를 샀을 때, 처음에 반드시 집어넣는 녀석."

"소유자 정보를 등록한 칩의 투입은, 100년 이상 전부터 헬바이츠에서 의무적으로 하고 있어. 인공두뇌를 움직이는 스위치이기도 한 부품이지만, 이걸 투입해야 비로소 오토마타가 움직이지."

미나즈키도 예외 없이 소유자 인식 칩이 투입되고, 그곳에는 카논의 정보가 기록되어 있다. 10년 전은 하루미였지만, 그것으로는 기동명령을 할 수 없으니까 카논이 새로운 칩으로 교환했을 것이다.

셧다운 된 상태라면, 목덜미의 칩을 교환하는 것은 누구라도 할 수 있다.

칩을 도로 넣은 카논은 문득 속삭였다.

"……지금, 아이디어 하나가 떠올랐는데. 이거라면 리타 씨의 희망도 이룰 수 있다고 생각해."

"뭐? 알려줘."

카논은 리타에게 다가갔다. 입가에 손을 대고, 소곤소곤 리타의 귀에 뭔가를 속삭였다.

미나즈키는 눈을 깜빡거렸다.

청각을 집중했지만, 들리지 않았다.

응응, 하면서 듣고 있던 리타의 얼굴이 풀어졌다. 조금 지나서 카논은 리타에게서 떨어졌다.

"어때? 콘셉트로서는 새로울 거야."

"재밌을 것 같네. 좋다고 생각해."

장난을 떠올렸을 때처럼 킥킥 같이 웃는 두 사람. 신경이 쓰인 미나즈키는 말했다.

"뭐지? 나한테도 알려줘."

""비밀!""

홍백의 소녀들이 함께 대답하자, 윽 하고 미나즈키는 놀라 물러섰다.

"뭐야. 나도 팀이다. 알 권리는 있을 텐데."

"안 돼. 미나즈키한테는 아직 비밀. 설계도가 완성되면 알려주겠지만."

"그래. 미나즈키가 알면 반드시 반대할 테니까. 완성되고 나서의 즐거움이야."

내가 반대한다……?

이유는 모르겠지만, 웃고 있는 두 사람은 알려주지 않는다. 동료에서 따돌리는 것 같아서 기분이 별로인 미나즈키는 입을 삐죽였다.

"그러면 컨테스트에서 내 도움은 필요 없다는 거겠지."

"뭘 삐지고 그래. 잠시 비밀로 할 뿐이고, 나중에 제대로 알려줄 테니까. ……이걸로 콘셉트도 정해졌으니, 리타 씨, 앞으로는 탑재할 기능을 연구할 거야!"

기합은 충분한 카논의 말에도 미나즈키는 소외감밖에 못 느꼈다. 못마땅한 표정을 짓고 있자,

"아, 미나즈키는 이거."

카논이 한 장의 종이를 내밀었다.

"식료품 가게에서 쇼핑. 심부름, 이제 혼자 갈 수 있지?"

† † †

카논이 건넨 쇼핑 리스트대로 식자재를 산 미나즈키는, 집으로 돌아오고 있었다.

노을 진 하늘은 꼭두서니 빛을 띠고, 알프스산맥과 거리를 물들였다. 붉은 정경 속에서 이곳저곳에 군복이 눈에 띄었다.

뱀파이어 혁명군과 무츠키를 경계한 공화국군이 경계망을 펼치고 있다는 이야기는 사실인 듯 했다. 미나즈키는 기관총을 지닌 병사들 옆을 쇼핑백을 들고 시치미 뗀 표정으로 지나갔다.

실은 심부름을 하는 것은 이게 처음이었다.

미나즈키는 혼자서 외출한 적이 없다. 집 뒤에 있는 쓰레기장을 간다고 해도 카논과 함께였다. 바깥에서 '여기

있어'라는 말을 들은 적은 있어도, 눈에 닿지 않는 먼 곳에 그녀가 가는 일은 없었다.

그것을 미나즈키는 카논이 자신을 보디가드로서 사용하고 있는 것이라고 계속 생각했다.

그게 아니라고 깨달은 것은 따귀를 맞은 그 날 밤이다.

혼자 돌아다니게 둘 수 없을 정도로, 신뢰받지 못했던 것뿐이었다.

위태로운 언동을 하는 미나즈키가 불안해서, 카논은 눈을 뗄 수 없었다. 정체가 들킬 뻔할 때라도 지원사격 할 수 있도록, 인간답지 못한 행동을 했을 때 적절한 대응을 알려주기 위해, 그녀는 항상 대기했다.

미나즈키는 그녀를 지킬 생각이었지만, 오히려 카논이 그를 지켜주고 있었다.

――나는 무엇을 위해 존재하는 걸까.

수복 작업 도중에, 카논에게 물었더니 '그것은 인간이라면 누구나 고민하는 일'이라고 대답했다.

침대에 누워 있는 미나즈키 옆에서, 카논은 진지한 표정으로 인공 피부를 바꿔 붙였다. 하얀 얼굴에는 기름이 묻고, 은사 같은 머리카락은 제대로 빗지도 않았지만, 소녀가 열심히 소년의 몸을 정비하는 모습은 뭐라고 할지, 다부졌다.

가끔, 소녀의 호흡과 뜨거운 시선이 맨살에 스치면, 묘한 기분이 된다.

작업 시간이 길어서, 기동 상태로도 할 수 있는 작업은 그대로 하겠다는 시도를 처음 당해봤는데, 이게 꽤 나쁘지 않은 기분이라고 생각했다.

"자신의 존재 이유 따위, 대개 인간도 잘 몰라. 인간은 오토마타와 달리 ○○ 용도로서 정해지지 않으니까. 그래도, 무엇을 위해 자신이 살아가는지 모른다고 해도, 인간은 살아가는 거야."

나는 인간이 아니다.

"괜찮아, 미나즈키는 평범한 오토마타가 아니니까. ……나도 자신의 존재 이유 따위는 몰라. 하지만 언젠가 발견할 수 있으면 좋겠다고 생각해. 인간은 분명히, 왜 사는지, 자기 나름의 대답을 항상 찾고 있어."

하루미는 인간 그 자체를 만들려고 했다.

미나즈키도 그중의 하나였다.

그렇다면, 자신도 인간과 마찬가지로 찾아보자 싶었다.

이 평화로운 시대에서, 새로운 마스터 아래서, 다른 사람에게 설정된 존재 이유가 아니라, 자신의 진짜 존재 이유를 찾아보자.

――1시 방향에 적 두 마리, 9시 방향에 적 한 마리……――

"이제 됐어."

속삭이는 프로그램의 목소리를 미나즈키는 차단했다.

"……이제 그런 짓은 하지 않아도 돼."

머리를 흔들어서 시각을 전환했다. 전방에서 다가오는 두 개의 푸른 인간의 형체가, 그저 커플이 되었다.

'적'은 없다. 전투 시뮬레이션은 필요 없다.

쇼핑백을 든 소년과 커플 사이에 긴장감 떠도는 일 없이, 양자는 스쳐 지나갔다.

귀가하자, 카논이 이상하다는 표정으로 미나즈키를 마중했다.

"왜 그래, 미나즈키. 가게가 어디 있는지, 아직 못 외웠어?"

"너는 내 메모리를 5세 아동 이하라고 생각하나?"

"그렇지만, 미나즈키가 집을 나가고 나서 아직 10분도……."

"문제없다. 임무 완수다."

털썩, 하고 미나즈키는 쇼핑백을 내려놓았다. 안을 검토하던 카논이 놀라서 소리를 질렀다.

"……정말이네, 제대로 샀어. 하지만, 어떻게? 집에서 가게까지 편도 20분 이상은 걸릴 텐데."

"타임은 최고 기록이겠지. 도중에 지나는 강을 다리까지 가지 않고, 뛰어넘은 게 승리 요인이겠군."

"뭐? 또 그런 짓을 하다니! 누가 보면……."

"문제없다. 제대로 양동작전을 펼쳤다."

"야, 양동……?"

"강에 있던 새를 4연장 권총으로 쫓아냈다. 일제히 날아오른 새에 놀라서, 다들 내가 고속으로 강을 뛰어넘은 모습을 보지 못했다."

카논이 떡, 하니 입을 벌렸다.

"뭐지? 무슨 문제라도 있나?"

미나즈키로서는 첫 심부름 임무니까 반드시 성공시켜야만 했다. 이것은 말하자면, 시험이다. 미나즈키가 카논의 기대대로 행동할 수 있는지 시험받은 것이다. 실패하면 카논은 신뢰를 다시 잃을 것이다.

그리고, 미나즈키는 시험은 항상 최선을 다했다. 지금 그는, 의욕이 없는 미나즈키가 아니다. 카논과 함께 생활하겠다고 결의를 새로 다진 신생, 미나즈키다.

그 결과, 그는 타임을 의식하고 심부름에서 양동작전을 실행하는데 이르렀던 것이다.

"……응, 다음부터는 평범하게 보도를 걸어서 다녀와."

하지만 카논은 그다지 기쁘지 않아 보였다.

미나즈키는 불안해졌다.

"어이, 내 시험은 합격점인가? 문제가 있다면, 심부름 임무를 처음부터 다시 해보겠다."

"이제 쇼핑할 물건은 없으니까, 처음부터 다시 하지 않아도 돼."

"하지만, 합격점이 아니라면……."

점점 말이 격해지는 미나즈키의 머리에 카논이 손을 올렸다.

"미나즈키, 참 잘했어요."

어쩔 수 없다고 말하고 싶은 듯이 소녀는 웃었다.

따뜻한 손이 머리를 감쌌다.

검은 머리카락을 사랑스러운 듯이 쓰다듬자, 미나즈키는 얌전히 있었다. 결국에는, 머리핀도 고쳐 끼웠다.

——아아.

과거 하루미도 이렇게 해준 적이 있다. 같은 말과 함께.

전투 훈련을 끝낸 뒤나, 다양한 시험을 문제없이 해냈을 때, 하루미는 그렇게 격려해주었다.

당시에는 그에 무조건 기뻐만 했다.

그립고도 애달픈 추억에, 한동안 의식을 빼앗긴 미나즈키를 눈치채지 못하고, 카논은 쇼핑백을 들고 갔다.

문득, 카논의 다리가 멈췄다.

"맞아. 리타 씨는 저녁을 우리 집에서 먹고 갈려나? 미나즈키, 물어보고 와."

"작업실인가?"

"응, 오토마타의 부품이 신기한 모양이야. 방에 있는 것을 전부, 신기한 듯이 보고 있어."

"새삼스럽지만, 팀의 인선에 실수했나? 그 녀석은 오토마타에 관한 지식이 전혀 없어. 전력이 되지 못하겠지."

리타의 모습을 떠올리고 미나즈키는 고개를 저었다.

하지만, 그의 걱정은 아랑곳하지 않고 카논은 장난스럽게 웃었다.

"그러니까, 안심하고 집으로 부를 수 있어. 만약 미나즈키의 예비 파츠를 발견해도, 리타 씨라면 얼버무릴 수 있을 것 같아."

"아아, 그 점은 안심이로군."

미나즈키도 히죽 웃고 작업실로 갔다.

방에 들어가자 리타의 모습이 없었다. 어라? 싶었는데 방을 둘러보니 살짝 열려 있는 문이 있었다.

그곳은 미나즈키의 방문이다. 작업실과 붙어 있는 편이, 카논도 미나즈키의 정비가 쉽고 이러니저러니 해도 효율이 높다. 그런 이유로 그곳은 자신의 방으로 지정했는데 미나즈키는 소리도 없이 방문을 열었다.

팬티를 그대로 드러내고 바닥에 엎어져 있는 소녀가 있었다.

"으~응, 이상하네…… 어째서 아무것도 없는 거야……."

엎드린 리타는 침대 아래를 열심히 보면서 중얼거리고 있었다. 문은 마침 그녀의 바로 뒤에 있어서, 리타는 미나즈키를 눈치채지 못했다.

팬티를 보면서 미나즈키는 물었다.

"뭐 하는 거지?"

"히이이이이익……!"

리타가 벌떡 몸을 일으키고 뒤를 돌아보았다. 안면은 혈색이 사라져서 새파랗다. 마치 살인귀를 발견한 것처럼 겁먹는 모습에, 미나즈키는 고개를 갸웃했다.

"왜 그러지? 어째서 그렇게 무서워하는 건가?"

"아, 아니야. 일부러 그런 거 아니거든! 우연히 문을 열었더니 미나즈키 방이라서, 안된다고 생각하면서도 나도 모르게 들어왔을 뿐인걸! 따, 딱히 미나즈키 교복이나 침대 냄새를 맡거나, 침대 아래에 수상한 물건이 없나 찾아보지 않았으니까!"

"……."

"뭐, 뭐야, 그 의심스럽다는 눈빛은."

"의심하는 것은 너잖아."

미나즈키는 평정을 가장해서, 작게 한숨을 쉬었다. 움찔거리고 있는 소녀를 이 이상 겁먹게 하지 않으려고 아무것도 들지 않은 양손을 들었다.

"——그래서, 내 침대 아래서 나사라도 발견했어?"

"나, 나사?! 어째서 나사?!"

"……아니, 발견하지 못했다면 됐다."

의문형 가득해진 리타에게 미나즈키 역시도 혼란스러웠다.

——나를 오토마타라고 생각해서 겁먹은 게 아닌가? 냄새는 정비를 받을 때의 기름 냄새가 나지 않나 확인하기 위해? 수상한 것이라면 나의 부품이잖아? 달리 뭐가 있다는 거지?

"나, 나는 나갈게. 멋대로 들어와서 미안. 정말 조금밖에 보지 않았으니까, 기분 나빠하지 말아줘."

"기다려. 얼마든지 직성이 풀릴 때까지, 이 방을 수색해도 상관없는데. 이왕이면 속옷 냄새도 확인하고 가겠어?"

"나를 변태 취급하지 말아줄래! 방을 본 것만으로 충분해. 그리고 지금 그런 비디오가 발견된다고 해도, 나도 반응하기 곤란한걸."

"비디오? 아아, 뭐야, 그걸 찾은 건가."

이해한 미나즈키가 책상으로 갔다. 그러자 찾고 있었을 터인 리타가 당황해서 쩔쩔맸다.

"미, 미나즈키! 꺼내지 않아도 돼! 그건 이제 됐으니까……!"

"문제없다. 찾고 있었잖아? 정 그러면, 지금 같이 볼까?"

"같이?! 자, 잠깐 기다려줘. 나, 마음의 준비가……."

"방은 어둡게 할까? 그쪽이 분위기가 난다고 카논도 말했으니."

"카논?! 어째서 거기서 카논의 이름이 나오는 건데?!"

"그런 거, 항상 카논과 보고 있으니까 당연하지."

딸깍하고 조명을 껐다.

바닥에 주저앉은 리타는 멍하니 미나즈키를 바라보았다.

방에는 창문에서 쏟아지는 푸르스름한 노을만이 광원이었다. 재빨리 비디오를 플레이어에 집어넣은 미나즈키는, 그 빛조차도 두꺼운 커튼으로 가렸다. 실내는 농밀한 어둠으로 휩싸였다.

TV 화면에 뭔가 시작되려는지 검은 영상이 비추었다.

그 순간, 리타가 튕기듯이 일어섰다.

"안 돼! 안돼안돼! 미나즈키와 카논이 그런 불건전한 관계였다니……!"

그렇게 외친 리타의 등 뒤에 비디오가 시작되었다.

장대한 클래식 음악과 로맨틱한 영화 타이틀이 흘러나왔다.

"……………………………………………이게 뭐야?"

"카논이 마음에 들어 하는 연애물이다."

"분위기가 어쩌고 말했던 건……?"

"어둡게 해야 영화관 같다고 하더군."

리타는 TV 화면을 바라본 채로 침묵했다.

음악이 끝나자, 평범하게 영화가 시작되었다.

그래도 아직 멍하니 서 있는 리타를 보고 미나즈키는 고개를 갸웃했다.

"왜 그러지? 네가 찾고 있던 것과 다른가?"

"윽, 그렇지 않아! 좋아, 같이 보자."

침대에 앉은 미나즈키 옆에, 분연히 리타가 앉았다.

영화의 줄거리는 흡혈귀 소년과 인간 소녀가 사랑에 빠지고, 우여곡절 끝에 맺어진다는 내용이다. 카논이 말하기로는 왕도 러브스토리라고 한다. 예젤 조약이 맺어지고 나서 흡혈귀와 인간의 연애 작품이 유행이었다고 한다.

"……있잖아, 미나즈키는 항상 이렇게 카논과 영화를 봐?"

일부러 침대 아래까지 뒤졌으면서, 리타는 그다지 영화에 집중하지 못하는 모양이었다. 힐끗힐끗 곁눈질로 미나즈키를 살펴보았다.

"그래."

"어두운 방에서, 침대에 이런 식으로 나란히 앉아서?"

"그렇다."

"이 집, 카논과 미나즈키 단 둘이서 살고 있다는 게 정말이야?"

"거짓말을 할 필요는 없지."

"욕실 같은 건 역시, 공용이겠지……?"

"이 집에 욕실은 하나다. 그게 어때서 그러지?"

리타가 침묵했다.

영화를 보고 있자, 소년과 소녀가 포옹하기 시작했다.

그것을 미나즈키는 아무런 감개도 없이 인공 망막에 비추었다.

“그래서, 미나즈키는 가슴이 설레거나 하지 않아?”

“설렌다고?”

옆을 봤다.

화면에서 어렴풋한 빛을 받고, 리타의 모습은 더 또렷하게 보였다. 팔이 닿을 듯한 거리에 앉은 소녀에게, 미나즈키는 지극히 진지하게 물었다.

“설렌다는 게 뭐지?”

“서, 설렌다는 건 설레는 거지! 여자와 같은 지붕 아래 살면서, 어두컴컴한 방에서 둘만, 이런 로맨틱한 영화를 보고, 미나즈키는 아무런 생각도 들지 않는 거야?!”

“어떻게 생각하는 게 정답이지?”

리타가 움츠러들었다.

영화 속에서는 소년과 소녀가 입맞춤했다.

그래. 이것도 모르겠다. 카논이 보여주는 영화에서는 반드시 한다. 무엇을 위해서 이런 짓을 하는 건지――.

미나즈키는 리타를 바라보았다.

부드러워 보이는 입술이 거기 있었다.

“카논은 알려주지 않아. 나에게 스스로 생각하라고 밖에 말해주지 않아.”

얼굴을 가까이 대니, 당황한 리타가 같은 거리만큼 뒤로 몸을 뺐다.

몸을 앞으로 내밀기 위해서 침대에 손을 댔다.

두 사람 분량의 체중에 스프링이 일그러진 소리를 냈다.

"봐보면 안다고 카논은 말하지만, 아직도 나는 몰라. 영화를 봐도, 아무것도 느껴지지 않아. 너는 이것을 보고, 어떻게 생각하면 정답인지 알고 있겠지?"

의도하지 않았지만 미나즈키는 리타를 팔 안에 가두고 있었다.

소녀의 긴 속눈썹이 가까운 곳에서 떨렸다.

그것을 바라보고 미나즈키는 진지하게 입을 열었다.

"나는 알고 싶어. 너는 알려줄 수 있어? 영화에서 말하는 연애라는 것을."

속삭임이 어둠 속에 녹아간다.

두 사람의 호흡이 교차하고, 붉은 눈동자가 흔들렸다.

이윽고 소녀가 왜인지 조용히 눈꺼풀을 감았을 때,

딸깍.

형광등의 눈부신 빛이 미나즈키의 인공두뇌를 자극했다. 열어젖힌 문을 등지고, 절대 영도의 공기를 휘감은 무표정한 카논이 서 있다.

"뭐 하고 있어?"

리타는 저녁 전에 돌아가기로 했다.

왕녀님이 호위를 뿌리치고 행방을 감춘 일은, TV에 '탐색 중'이라는 자막이 흐를 정도로 중요시되고 있었다. 당황한 리타는 집에 연락해, 흡혈귀왕에게 실컷 혼이 난 모양이다. 저녁 식사는 단념하고, 호위가 마중하러 온다는 역 앞까지 미나즈키가 배웅해주기로 했다.

"샛길로 새지 말고 바로 돌아와."

앞치마를 입은 카논은 현관에서 미나즈키에게 말했다. 그 눈빛은 어떤 이유인지 탓하는 듯한, 기색까지 확인이 되었다.

"절대 리타 씨에게 이상한 짓 하지 않도록."

"이상한 짓이 뭐지?"

"……진지한 표정으로 그렇게 말할 수 있는 동안에는 걱정은 필요 없으려나."

카논은 나지막하게 속삭였다.

리타가 미나즈키의 팔을 잡고 말했다.

"괜찮아, 미나즈키라면. 갑자기 늑대로 변하지 않을 거지?"

"늑대? 나에게 변신 가능한 사양은 없다."

이거 봐, 라고 말하는 듯이 리타는 카논을 보았다. 카논은 한숨을 쉬었다.

"다녀와."라고 은백색의 소녀가 배웅하고, 미나즈키는 집을 나섰다.

완전히 어두워진 길을 리타가 걷고 있자, 그녀는 몸을 기댔다. 부드러운 감촉이 팔을 감쌌다.

"지금이라면 아무도 없는데. 계속, 할래?"

그 속삭임에 미나즈키는 고개를 갸웃했다.

"계속? 무슨 말이지?"

그렇게 대답하자, 빠직하는 소리가 들렸다.

팔을 꽉 잡혔다. 다음 순간, 미나즈키는 투포환처럼 몸이 휘둘렸다. 원심력을 실려 던져진 것이다.

공중에서 자세를 바로잡아 무사히 착지했지만, 너무 갑작스러워서 깜짝 놀랐다.

추가 공격에 대비했지만, 리타는 바로 공격하지 않았다. 그 대신, 기억에도 없는 온갖 비난을 던졌다. 결국에는 "나와 카논, 어느 쪽을 선택할 거야?!"라는 질문을 받아서, "양쪽 다 사이좋게 지내고 싶어"라고 대답했더니 복부에 강렬한 훅이 들어왔다. ……뭐라고 대답해야 좋았던 거지?

이제 됐어, 라는 말을 듣고, 지금이라고 울 것 같은 리타는 달려갔다.

그 뒤를 쫓아갔더니 "어째서 따라오는 건데, 바보!""나는 역까지 배웅하라는 말을 들었다.""그러니까, 이제 됐다고 했잖아!""나는 네 명령을 따를 수 없어.""그게 뭐야! 더는 나에게 상냥하게 대하지 마!""그건 불가능하다. 나는 너와 사이좋게 지낼 거라고 결정했다.""의미를 모르겠어! 싫어! 나를 선택해주지 않는 미나즈키는 싫어!""문제없다. 너는 싫어해도 나는 너와 사이좋게 지낼 거다.""바보 바보 바보!"

역에 도착하자 리타는 미나즈키에게 꼭 안겼다.

순간 또 던져지지 않을까 대비했지만, 그런 일은 없었다.

역의 혼잡한 사람들이 미나즈키와 리타를 피해서 흘러갔다. 리타에게 안긴 채 가만히 있던 미나즈키는, 문득 소녀를 내려보았다.

리타는 귀엽게 얼굴을 붉히고 미나즈키의 가슴에 얼굴을 묻었다.

이윽고 소녀는 미나즈키를 놓더니 "내일 학교에서 봐."라고 아무 일도 없었다는 듯이 미소를 짓고 손을 흔들더니 떠났다.

긴 붉은 머리카락이 혼잡한 사람들 사이로 사라지는 것을 배웅하고, 미나즈키는 생각했다. 돌아가면 카논에게 물어볼 일이 산더미처럼 많구나.

눈이 핑핑 돌 정도로 바뀌는 소녀의 마음은 기계장치 소년으로서는 도저히 이해할 수 있는 게 아니었다.

별이 가득한 하늘 아래에서, 미나즈키는 집으로 돌아가고 있었다.

집을 나왔을 때, 카논은 앞치마를 입고 있었다. 아마 저녁 준비를 하고 있을 것이다.

오늘 저녁 메뉴는 뭘까? 라고 생각하며 미나즈키는 문득 미소를 지었다.

카논이 처음 운 그날 밤 이후로 미나즈키는 카논과 같이 식사를 하게 되었다.

레스토랑에서의 실패로 반성했다는 것도 있다. 하지만, 그 이상으로 카논의 '반항'에 자신도 협력하고 싶었다.

자신이 죽이는 일에서 멀어지면 멀어질수록 《뱌쿠단식》이 학살 오토마타가 아니라는 증명이 된다. 하모니 기어가 위험한 물건이 아니라고 세상에 시사할 수도 있고, 그게 하루미의 오명을 씻어내는 것으로 연결된다.

학교에 다니는 일도 식사하는 일도 영화를 보는 일도, 전부 의미가 있다.

'세상과 맞서 싸우는 기계장치 소년(리베리오 마키나)'으로서 미나즈키는 카논과 함께 있겠다고 결정한 것이다.

귀가했을 때 미나즈키는 눈썹을 찌푸렸다. 문이 잠겨 있지 않았다.

부주의하군, 하고 생각하면서 현관으로 들어갔다.

"다녀왔습니다. ……카논?"

그때 미나즈키의 눈앞에 복도 안쪽으로 연결되는 발자국이 비췄다. 카논은 손님을 신발을 신을 채 집으로 들여보내지 않는다.

가슴이 술렁였다.

"카논?!"

조급한 마음을 억누르고 발자국을 따라갔다.

부엌으로 들어가자 테이블 위에 이상한 것이 있었다.

부엌칼로 고정된 메시지 카드.

그것을 다 읽은 미나즈키는 카드를 움켜쥐어 구겼다. 그곳에는 빌헬름의 서명이 들어가 있었다.

Episode.5 COMMAND Wake up, Order, Shut down

5장 ☆ 기계장치 기사《뱌쿠단식》제육호

'잘 잤어? 미나즈키. 오늘도 멋진 날이야.'

처음 하루미가 그렇게 속삭인 순간부터, 미나즈키의 인생은 시작되었다.

눈꺼풀을 뜨면 어머니의 얼굴이 있었다.

자신의 제작자이며, 자신의 마스터. 소유자 인식 칩에 등록되어 있던 그녀의 얼굴을 눈으로 볼 수 있었던 것에 미나즈키는 기쁨을 느꼈다.

작업대에 누운 채로 시선을 돌리자, 형제인 무츠키, 키사라기, 야요이, 우즈키, 사츠키가 각자 자신을 들여다보고 있거나, 벽에 기대서 힐끗힐끗 시선을 던지곤 했다. 그들은 새로운 동생의 탄생을 흥미진진하게 지켜보고 있었다.

가족 모두에게 둘러싸여 미나즈키는 몸을 일으켰다.

"처음 뵙겠습니다. 저는 대흡혈귀 전투용 오토마타, 기계장치 기사《뱌쿠단식》제육호, 미나즈키입니다. 마스터, 기동해 주셔서 감사합니다."

마스터에 대한 인사와 함께 이름을 말한다. 그리고 감사.

세상에 존재하는 다른 오토마타들과 마찬가지로, 미나즈키는 프로그램된 대로 정형구를 말했다. 그리고 거기에 자신의 머리로 생각한 독자적인 문장을 덧붙였다.

"저도 빨리 어머님의 기대에 응해, 여러분과 전장에 나갈 수 있도록 노력하겠습니다."

……박수가 터졌다.

그것은 미나즈키가 《뱌쿠단식》의 일원으로서 인정받았다는 것을 의미했다.

그 말 그대로, 미나즈키는 형제를 따라잡기 위해서, 무엇이든 흥미를 느끼고 탐욕스럽게 지식을 흡수했다. 그는 일각이라도 빨리 성장해서 자신의 존재 의의를 이루고 싶었다.

16세의 소년과 완전히 똑같이, 그는 어머니에게 칭찬을 받고 싶었다.

이미 눈부신 전과를 올리고 있는 형제들은 동경의 대상이었다. 형제들이 작전에 성공할 때마다, 어머니는 자랑스러워 보였기 때문이다. 언젠가 자신도 전장에서 활약하고, 어머님을 기쁘게 해드릴 것이다. 그런 미래를 미나즈키는 의심하지 않았다.

하지만, 사건은 일어났다.

대흡혈귀 전투용 오토마타를 개발하던 연구소에, 흡혈귀에 〈샤름〉된 병사가 숨어든 것이다.

그들의 목표는 《뱌쿠단식》을 만들어내고 있는 하루미였다. 흡혈귀 자신들에게 위협이 되는 오토마타의 제작자를 죽이려고 했던 것이다.

그때, 무츠키와 키사라기는 전장에 나가 있었고, 야요이는 훈련 중이었고, 우즈키와 사츠키는 연구소의 앞뜰에서 놀고 있었다. 정비 중인 미나즈키 만이 하루미와 연구실에 있었다.

병사들이 황급히 문을 파괴했을 때, 미나즈키는 봤다.

그들의 권총이 하루미를 겨누었다.

방아쇠를 당겼다.

하루미가 총에 맞는다.

하루미가 죽는다.

그렇게 인식했을 때, 온몸에 불이 난 것 같은 느낌이 들었다.

충동이 이끄는 대로 미나즈키는 병사들에게 달려들었다.

그것은 프로그램에 의해서 튀어나온 행동이 아니었다. 프로그램에 따르면 미나즈키는 '적'이 아닌 인간을 공격할 일이 없는 것이다.

어떤 식으로 암기를 사용하고, 몇 명에게 얼마나 상처를 입혔는지 정확하지 않다. 이윽고 미나즈키의 귀에 하루미가 외치는 목소리가 들어왔다.

"……톱! 오더, 미나즈키, 스톱……!"

미나즈키는 강제 명령을 인식하고 움직임을 멈추었다.

정신을 차리고 보니, 연구실은 병사들의 피로 잔뜩 더럽혀져 있었다. 많은 인간이 쓰러지고 신음하고 있었다.

어쌔신 블레이드를 들어 올린 어중간한 자세로 정지한 채, 미나즈키는 하루미가 어딘가로 허둥지둥 연락하는 소리를 들었다.

그 목소리에 고통의 빛이 어려있지 않았기에, 아아 어머니는 무사했구나, 라고 깨닫고 안도한 자신이 있었다.

그 뒤로 미나즈키는 훈련을 중지하고 잠재워져 있는 일이 많았다.

하루미는 확실히 말하지는 않았지만, 몸이 아니라 머릿속——인공두뇌를 만지고 있다는 것은 희미하게 눈치채고 있었다.

잠이 들면, 그만큼 형제들과의 격차는 커져만 간다. 자신이 자는 사이에도 형제들은 지식을 쌓고, 훈련을 받고, 전장에 나가는 것이다. 그렇게 생각하면 미나즈키는 초조함에 미칠 것만 같았다.

그리고 어느 날, 갑자기 미나즈키는 이런 통고를 받았다.

"……너는 '부적합'으로 판명되었어."

절망했다.

자신은 실패작이었다.

어머니가 포기할 정도로, 형제들과 함께 싸울 자격조차 없는, 어찌할 도리가 없는 실패작이었다.

형제들에 대한 동경심이 질투로 바뀌었다. 어머니를 원망하는 것은 사리에 어긋난다는 사실을 알았지만, 검은 감정을 억누를 수가 없었다.

10년의 세월이 모르는 사이에 흐르고, 망가져 버린 형제를 박물관에서 보고 있어도 가끔 생각한다.

《뱌쿠단식》이라고 이름을 밝힌 것은 전장에 나선 그들 다섯 대뿐이었다.

기계장치 기사 《뱌쿠단식》에 제육호는 존재하지 않는다. 어머니에게 인정받지 못한 자신에게 그런 가치는 없는 것이다.

† † †

미나즈키는 빌헬름이 남긴 메시지 카드에 기재되어 있던 주소에 도착한 뒤, 나무 뒤에서 거대한 건물을 살폈다.

폐공장 같다. 셔터가 내려간 건물에는 인기척이 없고, 부지는 높은 철책으로 빙 둘러싸여 있었다. 입구에는 낡은 자물쇠가 걸려 있고, 오랫동안 여닫은 적이 없는 듯했다. 하지만, 부지 바로 바깥에는 밴이 몇 대 세워져 있고, 바퀴 자국이 남아 있다.

부엌에 있던 카드에는 빌헬름이 카논의 신병을 맡고 있다는 것, 오늘 밤 안에 지정된 장소에 미나즈키가 혼자 오지 않으면 카논의 목숨은 없다고 적혀 있었다.

자신을 끌어내서 어쩔 생각이지? 라고 의아해했지만,

마스터인 카논이 인질로 잡힌 이상, 미나즈키가 할 일은 정해졌다.

적의 요구를 받아들이고, 재빨리 카논을 구출한다.

……카논의 명령을 잊은 게 아니다. 자신이 겉으로 나서서 움직이지 않을 방법도 모색하고, 대공가와 연결되어있는 마이어와 연락도 해봤다. 하지만 소용없었다. 카논의 생사가 걸려 있는데, 그는 군에 연락하라는 말밖에 하지 않았다.

민간인 소녀 하나가 잡힌 정도로 군이 신속하게 대응해 주리라는 보증은 없다. 그리고, 한번 군을 움직이게 되면, 미나즈키도 대흡혈귀 전투용 오토마타로서 움직이기 어렵게 된다. 카논의 구출을 최우선으로 고려한 결과 미나즈키는 직접 움직이는 것을 선택했다.

폐공장의 뒤편에는 깎아진 절벽이 있었다. 그것은 도저히, 인간이 내려올 수 없는 곳이다. 거기서부터 부지 안으로 침입하면 적의 의표를 찌를 수 있을 것이었다.

전략을 세운 미나즈키는 새카만 수림을 조용히 질주했다. 시각은 이미 한밤중에 가까웠다. 피부를 찌르는 것 같은 차가운 밤바람이 소녀의 검은 머리카락을 나부끼고, 거기 달린 은제의 머리핀이 별빛을 반사했다.

어둠에 섞여 칠흑의 꼭두각시 소녀는 절벽 위에 도착했다.

목표로 삼은 폐공장은 눈 아래에 보였다.

——싸우지 않고 살아가겠다고 결심하자마자, 이렇게 될 줄이야.

자조적인 생각을 뿌리치고, 발을 내디뎠을 때,

"윽!"

뭔가가 목을 스쳤다.

그 일격에 급소를 파괴당하지 않았던 것은 요행이라고 할 수 있었다.

돌아본 미나즈키의 눈에 번뜩하고 뭔가가 다가왔다.

반사적으로 어깨신 블레이드로 그것을 튕겨냈다. 날아온 것의 정체를 깨닫고, 미나즈키는 전율했다.

은색 바늘.

다음에는 다리 쪽으로 바늘이 기세 좋게 날아와서, 미나즈키는 절벽으로 몸을 던졌다.

——위험해! 이 공격은 무츠키다!

20센티 정도의 바늘에는 은이 발라져 있어서 흡혈귀라면 심장을 한번 찔린 것만으로 절명한다. 소리도 없이 날아오는 그 얇은 무기를 맨눈으로 포착한다는 것은 지극히 어려워, 많은 흡혈귀는 무슨 일을 당했는지도 모르고 숨이 끊어졌을 것이다.

——'적'을 인식. 전투 모드로 이행——

떨어지면서 프로그램의 목소리를 들었다.

어째서, 무츠키가 여기 있는 거지? 라고 생각한 미나즈키는 그게 어리석은 질문이라고 깨달았다.

자신이 생각해낸 전략을 같은 프로그램을 지닌 누나가 떠올리지 못할 리가 없는데.

거의 수직으로 깎아진 절벽을, 어쌔신 블레이드로 낙하속도를 줄이면서 내려갔다. 그 사이에도 바늘은 미나즈키의 몸을 스쳤다.

무츠키가 발견한 이상, 작전은 실패다. 적의 의표를 찌르기는커녕, 완전히 읽혔다는 이야기가 된다.

일단 철수해서, 태세를 재정비하는 게 옳다.

그렇게 이해했지만, 미나즈키는 폐공장으로 곧바로 이동하고 있었다. 무츠키의 공격으로 유도되고 있다.

절벽을 내려가면서 그녀의 모습을 찾았지만, 하얀 슈트는 발견되지 않았다. 순백이 어둠에 스며들 수 있을 리도 없는데, 미나즈키는 그녀를 눈으로 볼 수 없었다.

땅으로 내려온 미나즈키는 철수하기 위해서 재빨리 숲을 달렸다.

하지만 금색의 무언가가 눈앞에 나타났다.

금발을 휘날리며 무츠키가 자신의 머리 위에서 정면으로 내려선 것이다. 그것을 깨달았을 때, 필살의 긴 바늘이 미나즈키에게 날아왔다.

"크……!"

바늘을 아슬아슬하게 어쌔신 블레이드로 막았다.

차가운 미모의 여자와 사랑스러운 미소년이 대치했다.

남매의 재회, 라고 해야 할까? 하지만 시선을 나눈 것은, 감상에 잠기기에는 너무나도 짧은 시간이었다.

무츠키는 다른 한쪽 손을 고속으로 내뻗었다. 미나즈키는 뛰어 물러나면서 그것을 피했다. 그대로 도주 경로를 따라 달렸다.

바로 무츠키도 미나즈키를 쫓았다.

"어째서, 도망쳐?"

여자가 물었다.

오랜만에 들은 그녀의 목소리는 메모리에 있는 예리한 소프라노 그대로였다. 감정이 담기지 않은, 담담한 음색.

"어째서, 너는 공격하지 않고, 도망치기만 하지?"

힐이 높은 구두를 신고 있음에도, 무츠키는 건물의 지붕 위를 가볍게 달리며 쫓아왔다. 항상 자신이 유리한 위치를 확보하는 것을 잊지 않는다.

투척된 바늘의 맹공에서 도망치기 위해, 미나즈키는 늘어서 있는 드럼통 사이를 뛰었다. 바늘을 맞은 드럼통이 텅텅텅 하고 요란스러운 소리를 내는 것을 듣고, 미나즈키는 생각했다.

그런 건 뻔하지.

"형제니까 공격하지 않는 건가? 너는 그런 무른 인격이었나?"

아니야!

대답할 틈도 없이, 미나즈키는 지면을 강하게 박찼다. 무츠키의 사정권 바깥으로 도망치려고 했지만, 그것을 탐지한 그녀도 지붕을 박찼다.

돌아본 미나즈키는 4연장 권총을 공중의 하얀 슈트로 겨누었다.

소용없다고 알면서도, 발포.

예상대로, 인공 혈액으로 만들어진 탄환은 순백을 더럽히지도 못하고, 칼으로 쳐서 떨어져 나갔다.

이게 공격하지 않는 이유다.

무츠키 앞에서는 어떤 공격도 무의미로 끝난다. 전장에 하얀 슈트를 입고 가는 것은 괜한 짓이 아니다.

그녀는 적에게 일격도 허락하지 않고 전장을 누볐다. 그와 비교해서 자신은 전장에조차 나가지 못한 '부적합'.

맞서 싸울 수 있을 리가 없다.

알고 있으니까, 미나즈키는 필사적으로 도망쳤다.

기어는 이미 키라라기 것으로 교환되었는지, 무츠키의 움직임은 완벽했다. 이로써 자신에게 승산은 만에 하나도 없다.

갑자기 드르륵 하는 소리가 들렸다.

공장의 셔터가 열리고 나타난 인물에 미나즈키는 정신이 번쩍 들었다.

"카논?!"

밤의 어둠 속에서도 빛나는 은백색의 머리카락.

위태로운 발걸음으로 카논은 공장에서 나왔다. 큰 상처는 없는 듯하지만, 익숙한 작업복은 목깃이 무참하게 찢어져 있고, 가슴팍과 하얀 어깨가 춥게 드러나 있었다.

틀림없는 소녀의 모습에 미나즈키는 방향 전환했다.

카논을 회수해서 도망친다.

그렇게 작전을 변경한 미나즈키는 총알을 난사해서 무츠키를 견제했다. 무츠키가 건물 뒤로 숨은 타이밍에 미나즈키는 카논에게 달렸다.

은침이 몸의 곳곳을 꿰뚫었다. 인공 피부가 구멍투성이가 되고, 인공 혈액이 뿜어졌다. 그래도 꼭두각시 소년은 발걸음을 멈추지 않았다.

"카논!"

상처투성이가 되면서도 미나즈키는 은백색의 소녀에게 필사적으로 손을 뻗었다.

하지만, 도움을 기다리고 있었을 터인 소녀가 조용히 말했다.

"쉬도록 해, 미나즈키. 좋은 꿈을 꾸길."

어째서——?!

풀썩, 하고 무릎이 꺾인 미나즈키는 카논의 표정에 생기가 없다는 사실을 깨달았다. 눈동자에 초점이 맞지 않고, 미나즈키를 보고 있지 않다. 〈샤름〉당한 것이다.

마스터의 종료 명령에 따라, 미나즈키는 모든 프로그램 처리를 중단하고, 잠에 빠질 준비를 시작했다.

안 돼! 지금, 종료하면 안 돼, 카논……!

전신의 힘이 빠져나가는 것을 막을 수 없다.

저항도 헛되이 미나즈키는 늪 속으로 끌려갔다.

좁아져 가는 시야로 카논의 등 뒤에 빌헬름이 서 있는 모습을 확인한 것을 마지막으로, 미나즈키는 어둠 속에 삼켜졌다.

† † †

막대한 메모리의 바다에서 흔들렸다.

아직 인공두뇌는 미약하게 작동하는 모양이다.

종료된 직후나 기동하기 직전, 미나즈키는 인간으로 말하자면 꿈 같은 것을 꿀 때가 있었다. 축적된 과거의 기억 데이터 중 일부가 플래시백 하는 것이다. 어머니와의 이별은 이미 몇 번을 반복해서 봤는지 모르겠다.

10년 전의 그때, 미나즈키는 연구실에서 하루미의 반대쪽에 앉아 있었다.

실내에는 답답한 공기가 흐르고, 하루미의 표정도 왠지 모르게 초췌해 보였다.

"미나즈키, 얼마 전에 여기 침입한 병사들의 서모그래피 화상 색깔을 대답하도록 해."

하루미가 물었다. 그것은 심문이었다.

"전원, 붉은색으로 인식했습니다."

"붉은색, 이라는 것은 무엇을 의미하고 있지?"

"체온이 35도를 넘는 인간이라는 사실을 의미하고 있습니다."

"너에게 인간은 '적'?"

"아뇨, '적'이 아닙니다."

"너에게 인간을 공격하는 일이 허락되었어?"

"아뇨, 허락받지 못했습니다."

"정답이야. 그걸 고려해서, 얼마 전에 네가 병사들에게 취한 행동은?"

"……공격했습니다."

"어째서 인간을 공격했는지, 대답하도록 해."

"그렇지만, 어머니가 살해당한다고 생각했더니……."

"그건 대답으로서 인정할 수 없어. 네 안에서, 그때 어떤 프로그램이 작동했지? 인간을 공격해도 좋다고 판정한 프로그램은 무엇이었어?"

"어머니가 총에 맞는 게 싫다고 생각했습니다. 나는 어

머니를 지켜야만 한다는 생각에…….”

“아니야, 미나즈키. 그런 일을 묻고 있는 게 아니야.”

하루미는 크게 한숨을 쉬었다.

곤란해 하는 어머니의 모습에, 미나즈키 역시 미안한 기분이 들었다. 하지만, 그게 진실인 것이다. 다르게 대답할 방도가 없다.

“프로그램상, 너희들은 인간을 공격할 수 없는 거야. 그건 전투용 오토마타에게 금칙사항인 거지.”

금칙사항? 이라면서 고개를 갸웃하는 소년에게 하루미는 말했다.

“전투용 오토마타의 제작이 국가에 인가되었을 때, ‘인간에게 위해를 가하지 않는다’라는 제약이 그들에게 반드시 부여되게 되었어. 그건 물론 《뱌쿠단식》에게도 설정된 거야. 그런데, 미나즈키. 너는 어떻게 인간을 공격할 수 있었던 거지?”

모르겠습니다, 라고 대답한 미나즈키에게 하루미의 표정이 한층 더 험악해졌다.

――자신은 언제가 되어야 사랑하는 어머니를 미소 짓게 해드릴 수 있는 걸까?

그런 날은 영원히 오지 않는다는 것을 지금의 미나즈키는 알고 있다.

깊은 슬픔에 잠긴 기계장치 소년은, 기억을 덧칠해버리

려고 하는 새하얀 허무에 몸을 맡겼다——.

† † †

“잘 잤어? 미나즈키. 오늘도 멋진 날이야.”

마스터의 성문으로 기동명령을 인식하고, 미나즈키는 눈을 떴다.

어두침침한 방이었다. 점멸하는 형광등의 빛을 받으며, 미나즈키는 자신을 내려보는 마스터의 얼굴을 눈으로 확인했다.

빌헬름 루트비히.

서모그래피 화상은 붉은색. 인간이다.

몸을 일으킨 미나즈키는, 새로운 마스터에게 인사했다.

“처음 뵙겠습니다. 저는 대흡혈귀 전투용 오토마타. 기계장치 기사《뱌쿠단식》 제육호, 미나즈키입니다. 마스터, 기동해 주셔서 감사합니다.”

잿빛 머리카락을 지닌 청년이 음흉하게 입가를 일그러트린 의미 따위 생각하지 않고, 미나즈키는 미소지은 채 계속 말했다.

“뭐든지 명령해 주십시오. 빨리 마스터의 도움이 되도록 노력하겠습니다.”

빌헬름의 뒤에는 무츠키가 차가운 무표정으로 미나즈키

를 바라보았다.

빌헬름에게 따라오라는 말을 듣고, 미나즈키는 무츠키와 같이 낡은 건물 안을 걸었다. 천장이 높고 넓은 공간으로 나오자 사방에 컨테이너가 높이 쌓여 있었다. 이곳저곳에 전투복을 입고 무장한 인간이 있다.

그 중앙에 한 흡혈귀 소녀가 있었다.

작은 몸이 밧줄로 컨테이너에 고정된 소녀는 두 다리를 대충 뻗어 앉아 있었다. 눈을 뜨고 있는 것을 보아 깨어있는 모양이지만, 은백색의 머리카락을 축 늘어트린 채 미동도 하지 않았다. 그 모습은 인형 같았다.

빌헬름이 걸어서 다가가, 반응조차 하지 않는 소녀의 이마에 손가락을 댔다.

"〈일어나라〉"

그 직후, 소녀가 눈을 깜빡였다.

작은 신음을 흘리고 남색 눈동자가 초점을 되찾는다.

소녀는 멍하니 빌헬름을 올려보고, 그 뒤에 서 있는 미나즈키는 확인하더니 안색이 바뀌었다.

"미나즈키!"

——이 목소리는 안다.

그렇게 생각했지만, 미나즈키는 눈썹을 찌푸리기만 했

다. 흡혈귀가 어째서 자신의 이름을 알고 있는 거지?
미나즈키의 의아한 시선을 받고, 소녀는 당황했다.
"왜 그래, 미나즈키……? 어째서 아무런 말도 하지 않아……?"
"큭, 하하핫! 아무리 불러도 소용없어. 그 녀석은 지금, 나의 것이 되었으니까!"
빌헬름은 웃겨서 참을 수 없다는 듯이 조소했다.
"설마 네가, 닥터 뱌쿠단의 딸이고 《뱌쿠단식》을 숨겨서 소유하고 있었을 줄이야. 용케 신분을 속이고, 사람들 사이에 숨어들 수 있었구나."
"어떻게 그걸……?!"
"〈샤름〉을 걸면 가축의 입을 여는 것쯤은 식은 죽 먹기지. ……나의 〈샤름〉이 통하다니, 정말로 리타는 너를 먹지 않았던 모양이로군. 리타의 노예를 나도 맛보고 싶었는데, 기대에 어긋나고 말았어."
혀를 차는 빌헬름을 보며 흡혈귀 소녀가 몸을 떨었다.
……대화가 이상한데?
미나즈키는 빌헬름과 소녀의 대화에 위화감을 느끼고 대화의 내용을 반추했다.
닥터 뱌쿠단의 딸. 그 뱌쿠단이라는 것은 자신의 제작자인 뱌쿠단 하루미를 말하는 건가?
정보를 얻기 위해 미나즈키는 메모리를 뒤졌다. 그러

나, 메모리는 텅 비어 있었다. 빌헬름이 깨우기 전의 데이터가 없다. 초기 정보로서 제작자의 이름이 남겨져 있긴 하지만, 뱌쿠단 하루미가 어떤 인물인지 아무것도 떠올릴 수가 없다.

소녀가 미나즈키와 빌헬름을 번갈아 보면서 물었다.

"미나즈키에게 무슨 짓을 한 거야?"

"소유자 인식 칩을 바꿔, 초기화했을 뿐이야. 그리고, 증오스러운 서모그래피의 설정을 좀 건드렸던가."

"그런…… 무슨 짓을……!"

"전부, 네 손으로 한 짓이다. 종료된 프로그램을 건드리고, 기동명령이 되는 말을 알려줬다. 먹이에 불과한 가축이라고 생각했지만, 꽤 일을 잘 해내더군. 상으로 내가 직접 말 상대를 해주고 있다는 거다. 영광으로 생각해라."

소녀가 혐오로 얼굴을 일그러트리고 몸을 부르르 떨었다. 그 여파로 하얀 목이 엿보였다. 거기 생생한 두 개의 상처가 있었다.

"마스터, 어떻게 된 일입니까? 저의 서모그래피가 이상한 겁니까?"

자신도 모르게 한 걸음 나선 미나즈키에게 빌헬름은 명령했다.

"오더, 미나즈키, 움직이지 마. 너는 닥치고 나를 따르면 된다."

강제 명령을 받고, 미나즈키의 몸은 움직일 수 없게 되었다. 하지만, 엄연히 사고는 움직이고 있었다.

이상해.

기분 나쁜 위화감이 소용돌이친다. 조금 전부터 자신이 말도 안 되는 실수를 범하고 있다는 기분이 들어서 참을 수가 없다.

미나즈키는 과거의 기억 데이터 탐색을 개시했다.

"……네가 노리던 것은 미나즈키였구나. 미나즈키를 손에 넣어, 어떻게 할 작정이지?"

"《뱌쿠단식》을 모아서 할 일 따위, 하나밖에 없겠지. 학살이다."

소녀가 숨을 삼키는 소리가 들렸다.

빌헬름은 희열이 담긴 목소리로 계속 말했다.

"예젤 대학살을 일으키는 거다! 《뱌쿠단식》에게 예젤 안의 인간들을 모두 죽이라고 명하고, 로젠베르크 왕과 교섭하는 거지. 증오스러운 예젤 조약이 파기된다면, 리타와의 약혼도 원상 복귀될 터. 아아, 얼마 전에 리타를 만난 것은 정말 행운이었어! 안 본 사이에 그렇게 귀여워졌을 줄이야, 내 눈은 역시……!"

"하지 마! 그런 짓에 《뱌쿠단식》을 사용하지 마!"

흥분해서 떠들던 빌헬름의 대사를 끊어버렸다.

밧줄에 묶여, 전투복을 입은 남자들에게 둘러싸인 고립

무원의 소녀. 그래도 그녀는 과감하게 빌헬름을 노려보았다.

"《뱌쿠단식》은 학살 오토마타가 아니야! 그런 건 나는 인정할 수 없어. 미나즈키를 돌려줘. 학살을 꾸미는 너에게, 어머니가 만든 오토마타는 넘겨줄 수 없어!"

흥, 하고 빌헬름을 바보 취급하듯이 코웃음 쳤다.

"무슨 소리를 하는 건가? 원래부터 이 녀석들은 전투용 오토마타가 아닌가? 죽이기 위해 태어난 기계를, 그것을 위해 사용하는 게 뭐가 나쁘지? 과거에도 있었지 않나. 이 녀석들이 헬바이츠에서 학살을 일으킨 사건이."

"케르나의 비극. 그건 본래 일어날 수 없는 일이었어."

소녀는 꿋꿋하게 말을 자아냈다.

"폭주의 원인은 아직도 확실히 규명되지 않았지만, 기어의 노후에 의한 고장이라는 설이 가장 유력해. 그러니까, 어머니는 정비만 똑바로 했으면 100년은 버티는 하모니 기어를 사용한 거야. 그것만이 아니야. 기어의 문제가 아닌 경우를 가정해서, 인공두뇌에는 학습 기능을 탑재했지. 그것은 즉, 마스터가 같이 행동하면 자연스럽게 오토마타가 윤리적인 행동을 취사 선택할 수 있도록……."

"주절주절 시끄럽군."

텅, 하는 큰 소리가 났다.

짜증을 낸 빌헬름이 컨테이너를 걷어찬 것이다.

소녀의 얼굴 바로 옆에 부츠의 앞부분이 박히고, 금속 상자가 일그러졌다.

눈을 꼭 감고 몸을 움츠린 소녀였지만, 금방이라도 울음을 터트릴 것 같으면서도 그녀는 마지막으로 이렇게 말했다.

"——왜냐면, 《뱌쿠단식》의 진짜 콘셉트는 사랑이니까."

순간, 미나즈키의 검색이 히트되었다.

인공두뇌의 깊은 곳, 봉인된 영역에서 발견된 한 문장. 별처럼 머리 안에서 빛난 그것을 의지해서, 미나즈키는 검색의 손을 뻗었다.

소거된 폴더를 발견.

'카논 잔델호르츠'

——초기화로 파기된 기억 데이터를 메모리에 인스톨하겠나?——

프로그램의 질문에 미나즈키는 대답했다.

——문제없다(예스).

빌헬름은 참을 수 없다는 듯이 웃음을 터트렸다.

"《뱌쿠단식》의 콘셉트가 사랑? 웃기고 있네! 그것은 네 망상이다. 닥터 뱌쿠단의 딸이 이렇게 어리석은 계집일 줄이야."

"아니야. 망상이 아니야. 나는 어머니한테 분명히 들었어……!"

"그렇다면, 케르나의 비극은 어떻게 설명할 작정이지?"

빌헬름은 짓궂게 질문했다.

"결국 《뱌쿠단식》은 폭주했다. 폭주 때의 오토마타는 어떤 행동을 취하는가? 그것은 각각의 오토마타에 따라 달라. 공통된 것은, 프로그램된 언동을 제한 없이 반복한다는 것이다. 운전용이라면 목적지를 잃고 끝없이 계속 운전한다. 공사현장에 있는 녀석이라면 자재를 의미도 없이 계속 옮긴다든지 말이다."

"그 정도는 알아. 그것도 그런 게, 프로그램된 것 이외의 행동을 오토마타가 취할 수 있을 리가 없으니까."

"그렇다면 폭주한 《뱌쿠단식》이 학살을 한 것이 그 무엇보다 큰 증거겠지. 이 녀석은 죽이는 것밖에 머릿속에 없는 거다. 뭐가 사랑이냐? 《뱌쿠단식》은 틀림없이 학살 오토마타라고."

소녀는 입술을 꾹 깨물었다.

분한 듯이 얼굴을 일그러트렸지만, 항변할 말이 없었다.

빌헬름을 노려보며, 소녀는 입을 열었다.

"……너 같은 인간이 어머니가 만든 오토마타를 가지고 있다니, 불쾌해."

"나도 어리석은 가축과 대화하는 게 불쾌하군. 용케 리타는 이런 것과 대화를 할 수 있구나."

어이없다는 기색으로 빌헬름은 소녀에게서 몸을 돌렸다.

"미나즈키도 손에 들어왔으니, 너에게는 이미 용건은 없다. 대공의 손녀라면 이용할 방법이 있다고 생각했지만, 대공가는 닥터 뱌쿠단의 딸 따위 알 바 없는 모양이더군."

"대공가에 연락을 했어?"

"잡혀 있는 부하들의 해방을 요구했지만, 네 목숨으로는 교섭의 재료조차 되지 못한다더군. 아무래도 너는 그 정도의 가치인 모양이야."

소녀가 슬픈 듯이 고개를 숙이고, 은백색의 머리카락이 늘어졌다.

미나즈키에게 다가간 빌헬름은 소년의 어깨에 손을 올리고 말했다.

"오더, 미나즈키, 저 소녀의 목을 베라."

미나즈키는 강제 명령을 인식하고 몸을 움찔하고 떨었다.

——목을 베라——

프로그램의 명령의 수행을 강요했다.

소녀에게 발을 내딛자, 남색의 눈동자가 크게 떠졌다.

"……말도 안 돼. 하지 마, 미나즈키. 나는 흡혈귀가 아니야. 인간이라고! 너는 서모그래피의 설정이 조작되었을 뿐이고……!"

"소용없어. 오토마타가 마스터의 강제 명령에 거역할 수 있을 리가 없잖아. 지금, 그 녀석은 나의 충실한 장난감이다!"

빌헬름의 요란한 웃음소리를 등으로 들으면서, 미나즈키는 걸었다.

주위에 있는 '인간'이 히죽히죽 마치 재밌는 구경거리라도 보는 듯이 이쪽을 살피고 있는 것을 알 수 있었다.

묶여 있는 소녀에게 도망칠 방도는 없었다. 그녀는 미나즈키를 바라보고, 필사적으로 말을 자아냈다.

"조금 전까지 미나즈키의 마스터는 나였어. 거짓말이 아니야. 최근 몇 개월 동안, 너는 나와 같은 집에 살았었어! 같이 학교에 가고, 귀갓길에 같이 쇼핑을 하고, 쉬는 날에는 같이 외출하고……."

소녀의 말을 방증하는 기억 데이터가 흘러들어왔다.

하지만, 미나즈키의 다리는 멈추지 않았다. 멈출 수 없는 것이다.

——목을 베라——

프로그램이 이끄는 대로 어쌔신 블레이드를 꺼내자, 소녀가 힉, 하고 숨을 삼켰다.

"믿어줘, 미나즈키. 그에게 속아서는 안 돼! 그는 너를 무차별 살인에 이용하려고 하고 있어. 너에게 인간을 학살하게 만들려고 하는 거야. 그런 마스터를 미나즈키는 따르는 거야?!"

"아직도 아우성치는군. 오더, 미나즈키, 빨리 목을 베어서 침묵시켜라. 그 녀석의 목은 리타에게 선물하겠다고 결정했다. 얼굴에는 상처 입히지 마라."

——목을 베어라——

저주처럼 머릿속에서 명령이 반복되었다.

몸이 무거운데, 사지는 의사에 반해서 매끄럽게 움직였다.

프로그램에 조작된 미나즈키는 움직이지 못하는 소녀 앞으로 움직였다.

푸른 서모그래피 화상.

'적'이다, 라고 프로그램이 속삭였다.

미나즈키는 소녀를 내려다보며, 어쌔신 블레이드를 들어 올렸다.

진한 회색의 칼날이 형광등의 빛을 반사했다. 그 빛은 소녀를 공포에 빠트리기에 충분했다.

하지만, 소녀는 남색의 두 눈을 감지 않았다.

찢어진 옷을 입은 몸은 잘게 떨고 있고 두 눈에는 눈동자가 맺혀 있지만, 그녀는 올곧게 미나즈키를 바라보고 있었다.

그 눈동자에 의심은 없었다.
미나즈키를 전면적으로 믿고 있는 눈동자였다.
스읍 하고 숨을 들이마신 소녀가 힘껏 외쳤다.
"이런 명령에 미나즈키가 따를 리가 없어! 자, 눈을 떠. 나를 떠올리는 거야, 미나즈키!!"

"시끄러워."

선혈이 튀었다.
사방으로 튄 붉은색의 액체가 빌헬름과 전투복을 입은 남자들을 더럽혔다.
어쌔신 블레이드로 자신의 손목을 벤 미나즈키는, 주위에 인공 혈액을 흩뿌렸다. 무슨 일이 벌어졌는지 이해하지 못하고 멍하니 있는 일동.
그 틈에 미나즈키는 4연장 권총을 기동했다.
사정거리 안에 있는 '인간'을 향해 총알을 흩뿌렸다.
——둘, 셋…… 다섯…… 열하나, 열두 마리! 제길, 절반이나 빗나갔어!
심장이 꿰뚫린 숫자만큼의 전투복들이 쓰러졌다. 고통스러운 음성과 고함이 겹쳐지고, 공장 안은 단숨에 혼란의 소용돌이에 내동댕이쳐졌다.
그래도 미나즈키는 성과에 만족하지 못하고, 얼굴을 찌

푸렸다. 인간에게 총구를 겨눌 때 금칙사항을 나타내는 경고가 발동해서, 마음먹은 대로 발포하지 못한 것이다.

죽음을 면한 전투원들은, 도망치는 자들과 무기를 쥐는 자들이 교차했다.

고작 몇 초 만에 수하가 절반으로 줄어든 빌헬름이 당황해서 외쳤다.

"오더, 미나즈키, 멈춰!"

그 사이에도 미나즈키는 기관총을 겨눈 전투복들에게 뛰어들었다. 【금칙사항】이라고 경고가 울리는 것을 무시하고 어쌔신 블레이드로 '인간'의 심장을 찔러 꿰뚫었다.

"아니, 어째서, 강제 명령을 듣지 않는 거냐?! 오더, 미나즈키, 멈춰!"

――멈춰라――

빌헬름이 아우성쳤다.

머릿속의 프로그램이 외쳤다.

――멈춰라――――멈춰라――――멈춰라――――멈춰라――――멈춰라――

――멈춰라――――멈춰라――――멈춰라――――멈춰라멈춰라――멈춰멈춰멈춰멈멈멈멈멈멈멈멈멈춰――

"그러니까, 시끄럽다고!"

미나즈키는 충동이 이끄는 대로 어쌔신 블레이드를 자신의 목덜미에 박아넣었다.

그곳은, 소유자 인식 칩이 투입되어있는 장소다.

파직, 하는 소리가 들렸다.

그 순간 프로그램이 침묵했다.

강제 명령의 속박이 풀리고, 단숨에 몸이 가벼워졌다. 부서진 칩의 잔해가, 작은 소리를 내며 바닥에 떨어졌다.

"말도 안 돼! 마스터의 명령을 듣지 않는 오토마타라니……!"

"네 칩은 파괴했다. 너는 이미 나의 마스터가 아니야."

당황하는 빌헬름에게 미나즈키는 육박했다.

"내가 카논을 죽일 줄 알았나?! 프로그램을 조작한 정도로는 나를 조종할 수 없어. 흡혈귀의 장난감 따위 될까보냐!"

기억 데이터의 인스톨은 이미 완료했다.

카논과의 기억을 되찾은 미나즈키는, 누가 소중한 존재인지 확실하게 떠올렸다.

머릿속에서 성대한 불꽃이 튀었다.

당연하다. 본래 칩은 인공두뇌를 움직이기 위한 스위치도 겸하고 있어서, 그게 파괴되면 오토마타는 브레인을 잃고 무조건 정지하는 것이다.

하지만, 미나즈키는 멈추지 않았다.

칩을 파괴하는 것은 도박이었다.

《뱌쿠단식》의 머리 부분 모델. 하루미의 설계도를 봤을 때, 미나즈키는 《뱌쿠단식》에는 두 개의 인공두뇌가 들어가 있는 게 아닌가 하고 추측했다.

프로그램을 조율하는 종래의 인공두뇌와 학습과 대화가 가능한 특수한 인공두뇌.

만약 두 개가 들어가 있다면, 전자가 파괴되어도 후자만으로 움직일 수 있는 거 아닌가?

가설은 지금, 증명되었다.

프로그램으로부터 해방된 미나즈키는 빌헬름에게 주저 없이 어쌔신 블레이드를 들이댔다.

"——나의 '적'은 너다, 빌헬름!!"

잿빛의 청년에게 은의 칼날이 파고들기 직전, 무츠키가 사이에 끼어들었다.

손가락에 낀 바늘로 미나즈키의 칼을 막았다.

감정이 보이지 않는 코발트블루의 눈동자와 마주했다.

"이 실패작 녀석이! 오더, 무츠키, 그 녀석을 부수고 나서, 이쪽으로 합류해라!"

빌헬름이 증오스럽다는 듯이 지시를 내리고는 모습을 감추었다. 잠시 뒤에 "꺅!"하는 비명이 울려 퍼졌다.

"카논?!"

미나즈키가 돌아보자 빌헬름이 밧줄을 풀고 카논을 잡고 있었다.

"싫어, 이거 놔!"

"닥쳐라, 가축."

소녀의 머리카락을 잡고, 빌헬름은 그 눈동자를 들여다보았다.

"〈샤름〉 따라와."

그 순간 날뛰던 카논은 딱 하니 움직임이 멈추었다. 빌헬름에게 마음을 빼앗긴 듯이, 카논은 청년을 멍하니 올려보았다. 그 뺨은 살짝 붉어졌다.

얌전해진 카논은 창고를 후다닥 뛰쳐나가는 흡혈귀들의 뒤를 스스로 쫓아갔다. 빌헬름에게 〈샤름〉을 당해 조종을 받는 것이다.

으드득하고 이를 악문 미나즈키의 가슴에 바늘이 박혔다.

"윽?!"

카논 쪽에 신경을 빼앗겨서 완전히 방심했다.

태엽이 파괴되기 전에 4연장 권총을 무츠키에게 겨누었다.

발포한 순간, 무츠키는 거리를 벌린 뒤였다.

미나즈키가 노린 곳은 급소가 아닌 다리였지만, 무츠키는 회피 동작에 들어갔다. 역시 고집으로라도 슈트를 더럽히지 않을 작정인 모양이다.

흡혈귀들이 사라진 넓은 창고 안, 크게 열린 셔터 앞을 가로막듯이 무츠키가 물러나 섰다.

벽 앞에는 사방 수 미터 정도의 컨테이너가 주르륵 쌓아 올려져 있기에, 현재 뒷문 따위는 보이지 않았다.

미나즈키는 가슴에 박힌 바늘을 뽑고, 버렸다. 텅, 하는 경질의 소리가 울려 퍼진다. 상처 구멍에서 흘러나온 인공 혈액이 조금씩 셔츠를 적셨다.

이길 수 없는 상대라면 도망쳐야 한다.

다행히, 자신의 목표는 무츠키를 쓰러트리는 것이 아니다.

결단과 동시에 미나즈키는 지면을 박찼다. 옆에 있는 가장 가까운 컨테이너로 달렸다.

무츠키도 달리며 팔을 휘둘렀다.

날아온 바늘을 자세를 낮춰서 회피한 직후, 미나즈키는 뛰었다.

직사각형의 상자들을 하나씩 밟고 달렸다.

바늘이 미나즈키를 스치고, 일그러진 컨테이나가 날카로운 소리를 냈다. 땅에 있는 무츠키에게 총알을 뒤집어 씌우고, 미나즈키는 컨테이너 뒤로 몸을 던졌다.

――이제 출구를 찾으면…….

"또 도망치는 거냐?"

말과 동시에 파괴음.

낙하 중인 미나즈키는 옆에 쌓여 있던 직사각형의 물체가 찌부러져 내용물이 분출되는 모습을 봤다.

금속이 맞부딪치는 격렬한 소리가 청각을 막았다. 컨테이너에 잔뜩 채워졌던 것이 눈사태처럼 미나즈키를 덮쳤다.

"크……!"

내용물은 모두 오토마타의 부품이었다. 쏟아지는 막대한 인공 뼈에 얻어맞으면서, 미나즈키는 착지에 대비했다.

"어째서지. 어째서, 도망치지? 어째서 나와 싸우지 않아?"

그때, 관자놀이에 묵직한 충격이 왔다.

"크?!"

시야가 흔들리고, 머릿속이 비명을 질렀다.

무츠키가 투척한 바늘이 미나즈키의 관자놀이를 일그러트렸다. 오토마타의 부품들이 자신의 모습을 감추어 줬을 텐데, 말이다.

경이적인 컨트롤에 미나즈키를 혀를 내둘렀다.

낙하하는 막대한 부품들의 작은 틈을 읽은 공격. 그것을 통해 머리 부분을 정확히 노려서 타격하다니, 도저히 미나즈키의 전투 경험으로는 불가능하다.

대량의 인공 뼈와 함께 미나즈키는 넘어졌다. 거기다 더 위에서 덮친 부품들 때문에 온몸에 가차 없는 타격이 가해졌다.

……통각은 애초에 없다. 시각도 청각도 이상은 보이지 않는다. 하지만, 심각한 데미지를 입었다는 감각만은 있었다.

금속 파편의 산더미에 파묻혀, 미나즈키는 눈을 돌렸다.

10미터 정도 떨어진 정면에 하얀 슈트의 여성이 서 있었다.

희미한 형광등 빛 속에서도 그 순백은 눈부실 정도로 빛났다. 전장에서 이것을 본 흡혈귀들의 절망은 얼마나 컸을까?

무츠키의 힐이 또각또각 소리를 냈다.

"조금 전의 행동은 예상한 그대로였다. 미나즈키, 역시 너는 변하지 않았어. 하지만 나와 전투를 피하는 것은 예상 밖이다."

"……조금 전의 행동이라니, 대체 무슨 소리를 하는 겁니까?"

"마스터의 강제 명령에 거역했잖아."

무츠키가 쥔 두 손. 그 손가락 사이에 쑥 하고 바늘이 생겨났다.

암기를 번뜩이며 금발의 여성이 다가왔다.

"어머니가 습격을 받았을 때 너는 강제 명령을 바로 받아들이지 않았어. 어머니는 몇 번이고 스톱이라고 말했지만, 네가 멈춘 것은 병사들을 쓰러트린 이후였지. 게다가 그 병사는 우리가 공격할 수 있을 리가 없는 인간. 너는 프로그램에서 벗어난 '부적합'이다."

"그만두세요! 제가 '부적합'이라는 것은 잘 압니다. 언제부터 누나는 다른 사람의 트라우마를 후벼 파는 성격이 된 겁니까?"

"트라우마……?"

무츠키의 목소리에 의아하다는 빛이 섞였다.

"버려질 때 어머니한테도 들었다고요. 당신은 '부적합'하다고! 전장에 내보낼 수 없다고……!"

신경질 부리는 어린아이처럼 미나즈키는 관자놀이의 바늘을 뽑아 버려버렸다. 발끈한 것이다. 어째서 이렇게까지 궁지에 몰린 끝에, 더욱이 트라우마를 후벼 파져야 하는 건가?

감정을 웬만하면 드러내지 않는 무츠키의 눈썹이 찌푸려졌다.

"……네 말은 이해 불능이다. 그러나, 나는 너를 얼마나 부러워했는지 몰라. 아니, 우리라고 해야 하려나. 우리 형제는 모두, 너처럼 되기를 원했다."

"네?! 그럴 리가요. 어째서 전장에 나가지 못했던 나를 누나와 형들이 부러워한다는 겁니까?"

미나즈키가 인공 뼈의 산더미에서 빠져나온 순간, 무츠

키의 바늘이 던져졌다. 그것을 아크로바틱한 자세로 피한 미나즈키는 벽에 붙어서 도주했다.

무츠키의 바늘이 쫓아왔다.

"너는 어머니의 마지막을 모르겠지. 어머니를 죽인 것은 흡혈귀도, 우리 《뱌쿠단식》도 아니야. 인간이다. 《뱌쿠단식》의 양산을 바란, 군의 상층부에 거역한 어머니는 살해당하셨다."

"무슨, 그건 역사 수업에서 배운 것과 달라! 어머니는 폭주한 《뱌쿠단식》에 살해당했다고……."

"세간에는 그렇게 인식되었을 뿐이다. 역사를 쓰는 것은 승자다. 죽은 어머니가 역사를 자아낼 수는 없어."

갑자기, 미나즈키의 앞길에 있는 컨테이너가 파괴되었다. 무츠키의 바늘을 맞고 내용물이 분출된 것이다.

오토마타의 동체 프레임이 눈사태처럼 미나즈키의 진로를 막았다.

옆에는 컨테이너와 벽이다. 막다른 길에 몰린 미나즈키는 돌아보았다.

양손에 바늘을 든 하얀 슈트의 여성이 유유히 걸어오고 있었다. 코발트블루의 눈동자가 어딘지 아련해 보였다.

"네가 우리의 분한 마음을 알겠어? 눈앞에서 어머니를 잃었다. 상대가 인간이었기에, 나는 어머니를 죽이려고 하는 무리를 공격할 수 없었다. 내가 금칙사항을 깼다면,

어머니는 죽지 않을 수 있었을 텐데! 최강의 기계장치 기사 부대? 헬바이츠의 영웅? 그따위는 하찮아. 어머니 하나 지키지 못하고, 뭐가 영웅이라는 거냐!"

감정 표현이 적은 무츠키의 표정은 얼어붙은 그대로다.

하지만, 미나즈키는 그녀의 기분을 아플 정도로 알았다.

나라를 위해서도 인류를 위해서도 아니다.

어머니가 있으니까, 어머니가 그것을 바랐으니까, 미나즈키는 전장에 나가고 싶었다. 10년 전, 미나즈키를 움직인 것은 순수하게 어머니에 대한 사모하는 마음 하나였다.

그것은 미나즈키 만이 아니라, 형제들도 같았을 것이 분명했다.

"《뱌쿠단식》의 폭주도 말도 안 되는 트집이다. 우리는 폭주 따위 하지 않았어. 어머니가 죽으면서 우리의 칩은 군인들의 것으로 교체되었다. 하지만, 어머니를 죽인 녀석들을 적극적으로 따르는 《뱌쿠단식》 따위 없어. 싸우지 않게 된 우리의 프로그램을, 당황한 군인들이 바꿔 썼다. 그 결과가 이거다."

말하자마자 무츠키는 달렸다.

쫓아오는 여성에게 미나즈키는 어쌔신 블레이드를 겨누었다.

무츠키의 손에 있는 바늘에 눈에 보이지도 않는 속도로 찔러졌다.

"인간이 '적'으로 보인다. 오토마타가 '적'으로 보인다. 흡혈귀가 '적'으로 보인다. 사람의 모습을 한 모든 것이 '적'으로 보인다."

바늘과 칼이 몇 번이고 부딪치고 날카로운 소리가 울려 퍼졌다. 양자가 서로의 무기를 단검처럼 휘두르고 있었다.

고속으로 팔을 휘두르면서 무츠키는 무기질적인 목소리로 이어갔다.

"전투 모드 해제는 불가. 마스터에 의한 제어가 없으면, 모든 것을 죽여야, 죽여야, 죽여야……."

"그게 케르나의 비극의 진실……!"

카논이 케르나의 비극은 본래 일어날 수가 없었다고 말했던 것은 사실이었다.

《뱌쿠단식》은 폭주해서 학살을 일으킨 것이 아니다. 하루미가 모르는 곳에서 프로그램이 조작되고, 학살 오토마타로 만들어진 것이다.

카논이 바라던 진상이 여기 있다.

"그래. 나는 동력이 끊어질 때까지 프로그램에 학살을 강요받았어."

"어째서, 지금은 빌헬름에게……?"

"아마도, 녀석이 동력이 끊어진 나를 주운 거겠지. 칩이 있는 이상, 그게 흡혈귀라고 해도 마스터의 명령에는 거역할 수 없어. 너와 달리, 나는 프로그램의 노예니까."

망설임 없이 쏟아지는 무츠키의 공격은 멈추지 않는다.

도저히 다 처리할 수 없게 된 미나즈키에게서 초조함이 배어 나왔다.

왼손의 권총으로 견제. 하려고 한 순간, 여자는 품속 깊이 들어왔다.

강력한 힘을 담은 무거운 주먹이 미나즈키의 명치에 정확하게 들어왔다.

"크학……!"

그리고, 그 주먹은 당연히 바늘이 쥐여 있었다.

배에서 인공 혈액을 분출하며, 미나즈키는 튕겨 날아갔다. 요란한 소리를 내면서 부품의 산으로 추락했다.

――안 되겠어. 역시 '부적합'인 내가 이길 수 있는 상대가 아니야.

사지를 늘어트린 미나즈키는 금속 프레임에 파묻혀 있었다. 등에 감각이 없다. 지금 걸로 등의 신경 케이블이 망가진 모양이다.

또각또각, 하고 무츠키의 힐 소리가 울려 퍼졌다. 발소리가 다가온다.

미나즈키는 뒤로 누운 채로 그 소리를 들었다.

몸을 일으킬 마음조차 들지 않았다. 체념한 미나즈키가 각오하고 눈을 감았을 때, 무츠키는 왠지 개운하다는 듯한 목소리로 말했다.

“하지만, 지금이야말로 이 미친 프로그램한테서 자유로워질 때가 왔다. 미나즈키, 네가 하는 거다. 자, 나를 망가트려! 네 손으로 《뱌쿠단식》의 죄를 끝내는 거다!”

…….

자신도 모르게 눈을 뜨고 고개를 들었다.

무츠키는 한점 더러움이 없는 하얀 슈트를 입은 채 미나즈키를 진지한 표정으로 바라보았다.

“무슨 말을…… 아무리 생각해도 대사가 잘못되었잖아요! 어떻게 제가 누나를 쓰러트릴 수 있는 겁니까? 저는 어머니에게 버려진 ‘부적합’인데!”

“아무래도 너는 심각한 착각을 하는 모양이다.”

부품의 산 정상에 있는 미나즈키는 올려보고, 무츠키는 눈을 가늘게 떴다.

“어머니는 너를 전장에 보내기 아까운 ‘부적합(이레귤러)’이라고 말했어. 오토마타로서는 ‘부적합’한 것이야말로 목표로 삼았던 오토마타라고.”

순간 멍해졌다.

만신창이의 미나즈키는 고개를 저었다.

“……농담은 그만하시죠. 도저히 믿을 수 없는 이야기

입니다."

"거짓말이 아니다. 너는 프로그램대로 움직이지 않았어. 감정으로 프로그램을 억누르고, 자유의지로 행동했지. 그것은 오토마타의 모범적인 모습이라고는 말하기 어려워."

"그렇겠죠. 그러니까, 저는 버려졌습니다."

"그건 아니야. 적어도 어머니는 우리보다 너에게 가치를 뒀어. 인간처럼 감정으로 움직이는 너에게 말이지. ……그것은 결과를 봐도 확연하다. 프로그램에 얽매인 우리는 가장 소중한 어머니를 지키지 못했다."

《뱌쿠단식》은 계속 회한을 짊어져 왔다.

영웅으로서의 영광보다 무거운, 가장 사랑하는 어머니를 지키지 못했단 회한이다.

"어머니는 너의 인공두뇌를 계속 연구하셨어. 너의 그런 성질은 우발적으로 태어난 거다. 무엇이 작용해야 그렇게 되는지, 어머니는 해명하려고 하셨다."

"그럼, 어째서 저는 어머니에게 버려진 건가요?!"

"너는 버려진 게 아니라, 선물로 보내진 거다."

무츠키의 눈빛이 기분 탓인지 어이없다는 색을 띠기 시작했다.

"어머니는 전장만이 위험한 게 아니라고 깨달으셨다. 흡혈귀는 〈샤름〉으로 인간을 조종해서, 헬바이츠 안에서 혼란을 일으켰지. 그래서 어머니는 딸의 무사를 빌며, 몰래 《뱌쿠단식》의 하나를 선물한 거다. 무슨 일이 있어도, 누가 적이 되어도, 딸을 지킬 수 있도록."

처음부터 의문이라고 생각했다.

어째서, 버려졌던 자신이 하루미의 집에 있었던 거지.

그것 또한 미나즈키는 뭔가 실수로 짐이 잘못 배송되었다고 생각했지만.

"어머니가 너에게 가치를 본 것은 이 사실만 봐도 증명할 수 있다. 어머니가 친딸에게 선물한 것이 버려야 할 '부적합'이겠어?"

할 말이 없었다.

헤어질 때, 하루미는 미나즈키에게 말했다. 너는 여기 있어서는 안 된다고.

그것은 전장이 아니라 카논의 곁에서 임무를 다하라, 라는 의미였다.

——카논.

은백색의 소녀가 뇌리에 되살아났다.

미나즈키가 적의 강제 명령에 구속되어 있는데도 절대 눈을 피하지 않았던 소녀.

그녀의 칩은 이미 미나즈키에게 들어와 있지 않다. 마스터가 아닌, 그저 인간이라는 인식이다. 하지만, 그녀를 생각하면 가슴이 뜨거워졌다.

하루미가 맡겼는데, 자신은 이런 곳에서 뭘 하는 거지?

"……누나, 그곳을 비켜주실 수 없겠습니까? 저는 카논을 구하러 가야만 합니다."

결연한 음성으로 미나즈키는 말했다.

몸을 일으키고, 금속 파편의 산에서 땅으로 내려섰다. 옷이 대부분 새빨갛게 물든 미나즈키는 하얀 슈트를 올곧게 바라보았다.

무츠키가 살짝 입가를 들어 올리는 듯이 보였다.

"내가 '적'의 말을 들을 것처럼 보이나?"

"어리석은 질문이었습니다. 지금, 그 프로그램에 얽매인 몸을 파괴해드리죠."

"그래, 부탁할게, 미나즈키."

빌헬름에게 강제 명령을 받은 무츠키는 자신의 의지와는 관계없이 미나즈키를 죽이려 들었다. 행동 불능이 되지 않는 한 그녀는 멈추지 않는 것이다.

도망칠 수는 없다.

무츠키의 바람대로 그녀를 파괴한다.

자신의 형제와 대등 이상의 존재라면 할 수 있을 것이다.

10미터 정도 거리를 벌리고, 양자는 대치했다.

무츠키의 양손에 바늘이 나타났다.

미나즈키는 오른손의 어쌔신 블레이드를 겨누었다.

열어젖혀진 셔터에서 오렌지 빛의 아침 햇살이 쏟아져 들어오고, 날이 밝은 것을 알리는 새들의 지저귐이 울려 퍼졌다.

잔향.

그게 멈추고, 무음이 된 찰나. 두 기계장치 기사는 동시에, 소리도 없이 지면을 박찼다.

서로 일격 필살을 노렸다.

그게 암살자인 《뱌쿠단식》의 기본 방침이다.

긴장된 정적 속에서 거리는 순식간에 좁혀졌다.

그리고 양쪽은 서로의 생사를 걸고 암기를 휘둘렀다——.

미나즈키는 무츠키의 간격에 들어가기 직전, 전방으로 공중제비를 돌았다.

머리 위에서 거꾸로 뛴 미나즈키에게도 흔들리지 않고 무츠키는 바늘을 찔러 넣었다.

그때, 둘의 시선이 교차했다.

코발트블루의 눈동자를 보며, 미나즈키는 이별을 고한다는 느낌이 들었다. 10년 만의 재회와 영원한 이별. 가슴에 끓어오르는 아쉬움을 미나즈키는 끊어냈다.

미나즈키는 자신의 무기를 휘두르며 착지했다.

소년의 가벼운 발소리가 공장에 메아리쳤다.

아침놀을 받으며, 등을 마주하고 선, 두 기계장치 기사.

그중 하나가 무너지듯이 쓰러졌다.

털썩, 하는 무거운 소리가 들렸다.

"……누나가 어디를 노릴지, 저는 알고 있었습니다."

서 있는 미나즈키는 나지막이 혼잣말을 했다.

프로그램대로 행동하는 무츠키는 반사적으로 적의 심장을 노렸다. 미나즈키도 리타와 싸울 때 신경 쓰이던 일이다. 어떤 승부이든, 아무리 방어구가 단단하더라도, 그곳을 노리고 만다.

알고 있었으니까, 미나즈키는 왼손을 가슴에 대고 있었다. 무츠키의 바늘은 왼손에 있는 권총의 총신에 박혀, 가슴의 태엽에는 닿지 못했다.

미나즈키는 왼손에 박힌 바늘을 뽑고 돌아보았다.

어쌔신 블레이드의 베기를 목에 맞은 무츠키는 눈동자를 크게 뜬 채로 쓰러져 있었다. 움직일 기미가 안 보인다.

칩만 파괴하면, 어쩌면 자신과 마찬가지로 프로그램에게서 해방될지도 모른다고 생각했지만, 소용없었던 모양이다. 미나즈키의 공격이 좋지 않았는지, 미나즈키의 케이스가 특수한 건지, 판별할 수 없다.

망가지고도 여전히 순백의 슈트에는 한 점의 더러움도 없었다.

구멍투성이의 옷이 인공 혈액투성이가 되어 있는 미나

즈키와는 전혀 달랐다.

——이것이야말로, 기계장치 기사 《뱌쿠단식》 제일호.

경의를 담아, 미나즈키는 무츠키 옆에 무릎을 꿇었다.

하다못해 그 눈을 감겨주려고 그녀를 만졌을 때, 조금 전의 베기에 의해서 나사가 느슨해졌는지, 머리 부분의 프레임이 벗겨졌다. 수많은 케이블에 둘러싸인 인공두뇌가 드러났다.

순간, 미나즈키는 오한과도 비슷한 전율을 느꼈다.

"……뭐지, 이건……?!"

하루미의 설계도에 있던 블랙박스. 거기 파묻혀 있던 것은——.

† † †

현재 헬바이츠에는 모든 차의 운전석에 운전용 오토마타가 탑재되어, 인간이 운전할 일은 없었다. 운전용 오토마타는 반드시 안전운전을 하고 아무리 소유자가 재촉해도 법정속도를 준수한다.

폐공장을 나간 미나즈키는 차도 옆을 시속 200킬로로 달렸다. 법정속도의 약 3배가 되는 속도다.

새벽이라는 시간대, 달리는 것은 물류 트럭이 대부분이고, 미나즈키는 그것들을 순식간에 앞질러 갔다. 예상한 경로와 속도 계산이 잘못되지 않았다면, 슬슬 빌헬름 무리를 따라잡을 무렵이었다.

빌헬름이 어디로 갔는지 상상하기는 쉽다. 녀석은 예젤에서 인간을 학살할 작정이다.

무츠키에게 미나즈키를 파괴하게 한 뒤, 그녀를 이용해 대학살을 일으킨다. 공화국군이 무츠키에게 모조리 달려들고 있는 사이에, 로젠베르크 왕과 교섭하려고 생각하고 있을 것이다. 거기에 리타가 있다면, 카논도 인질로서 유용하다.

——녀석의 생각대로 일이 진행되게 두지 않을 거다.

미나즈키의 눈이 전방에 달리는 밴에 머물렀다.

메모리와 대조. 폐공장의 부지 근처에 있던 차종, 번호, 모두 일치.

만약을 위해서 나란히 달리며 안을 확인했다.

차창 너머 뒤쪽 좌석에 있던 빌헬름과 눈이 마주쳤다. 그 옆에, 좌석 구석에 카논에 축 늘어져 있었다.

파직, 하고 유리를 뚫고, 빌헬름이 블러디 소드를 찔렀다.

붉은 뱀처럼 쫓아오는 그것을 피하고 미나즈키는 도약했다. 밴의 위로 뛰어올라, 어쌔신 블레이드를 차의 지붕에 찔러넣었다.

투다다다다다다, 하고 기관총이 차 안에서 쏘아졌다.

납 구슬이 다리와 복부를 관통하지만, 꼭두각시 소녀은 쓰러지지 않는다.

아래에서 쏘는 기관총을 아랑곳하지 않고, 미나즈키는 균열이 간 차의 지붕에 손을 찔러넣었다. 우지끈하고 루프가 벗겨진다. 벗겨낸 루프를 미나즈키는 대충 옆으로 던졌다.

오픈카 상태가 된 밴에서, 빌헬름과 몇 명의 흡혈귀들은 주행 중인 차 프레임 위에 서 있는 미나즈키를 멍하니 올려보았다.

운전용의 오토마타만이 제대로 앞을 보며 운전하고 있다.

"……괴물이다."

전투복을 입은 흡혈귀 하나가 속삭였다.

그게 신호가 되었다.

〈네벨〉한 전투원의 모습이 사라졌다. 원래부터 미나즈키도 저런 잔챙이를 상대할 생각은 없었다.

미나즈키는 빌헬름과 카논 사이에 내려서서, 적에게 무기를 휘둘렀다.

빌헬름은 앉은 채로 검을 미나즈키에게 겨누었다.

블러디 소드와 어쌔신 브레이드가 부딪쳤다.

그 순간, 붉은 칼날이 둘로 갈라지고, 검 끝이 뒤쪽을 향했다. 번뜩 돌아본 미나즈키의 눈에 운전석에서 가슴이 꿰뚫린 오토마타가 보였다.
어째서? 라고 의문을 품은 것도 잠시.
밴이 급정거했다.
미나즈키의 몸은 자연스럽게 전방으로 던져지고, 카논도 앞에 있는 시트에 내동댕이쳐졌다.
당했다는 생각에 빌헬름을 보자, 녀석은 〈네벨〉해서 사라졌다.
뒤이어 빠아아아아앙——— 하고 요란한 클랙슨이 울렸다.
미나즈키의 눈에 다가오는 후속 대형 트럭이 들어왔다.
——카논을 데리고 탈출. 늦지 않을까?
아니 절대 늦게 두지 않을 거다.
즉시 의문을 버리고 미나즈키는 카논을 안았다.
트럭과 격돌하기 직전에, 차의 상부를 통해 탈출했다.
물류용의 거대 트럭과 충돌한 밴은 가볍게 날아갔다. 도로에 떨어진 차는 튕기며 굴렀다. 그리고, 굉음과 함께 폭발했다.
도로 옆에 착지한 미나즈키를 열풍이 휘감았다.
날아드는 불똥에서 지키려는 듯이, 미나즈키는 카논을 꽉 껴안았다.
"……미나즈, 키……?"
파직파직 불꽃이 튀는 소리에 섞여서, 품속에서 카논이

연약한 목소리를 냈다.

소녀의 숨결이, 고동이 전해졌다.

자신도 모르게 미나즈키는 은백색의 머리카락에 얼굴을 묻었다.

부드러운 감촉이 뺨을 쓰다듬었다. 처음 껴안은 소녀의 몸은 가슴이 조여올 정도로 따뜻하고, 어째서 인간이 포옹이라는 것을 하는지, 왠지 이해할 수 있을 것만 같았다.

그때 "어~이, 너희 괜찮아?"라는 목소리가 들렸다.

얼굴을 들자, 사고에 의해 발이 묶인 차에서 내린 사람이 이쪽을 걱정스러운 듯이 쳐다봤다. 미나즈키를 확인하자마자 그는 얼굴을 찌푸렸다.

"기다려. 지금, 도움을 요청하고 올 테니까!"

아무래도 그는 미나즈키와 카논이 상처를 입었다고 생각한 모양이다. 허둥지둥 달려갔다.

카논은 몸을 꿈틀거렸다.

그제야 겨우 미나즈키는 몸을 뗐다.

미나즈키를 올려보자마자, 소녀의 안색이 바뀌었다.

"지독한 상처네, 미나즈키…… 전신이 피투성이인데, 빨리 돌아가서 수복해야!"

"기다려. 그 전에 아직 할 일이 남아 있어."

카논을 만류한 뒤, 미나즈키는 방심하지 않고 주위로 시선을 돌렸다. 빌헬름도 부하 흡혈귀도 보이지 않지만, 이렇게 쉽게 그들이 물러가리라고 생각하기 어려웠다. 그리고, 조금 전부터 누군가가 보고 있는 듯한 느낌이 들었다.

그런 미나즈키를 보고 카논을 믿을 수 없다는 표정을 지었다.

"할 일이라니 뭐야? 설마 이렇게 넝마가 되어서, 아직도 싸운다고 하는 거야?!"

"문제없다. 암기의 손상은 거의 없어. 전투에 지장은 없다."

"문제 있어! 이런 상처투성이의 모습을 누군가가 보면, 미나즈키가 오토마타라는 사실을 금방 들킬 거잖아."

빌헬름에게 잡혀서 체력도 한계에 다다라 있을 소녀는 어디서 그런 힘이 났는지 의심스러울 정도로 강하게, 미나즈키의 팔을 움켜쥐었다.

"지금 바로 집으로 돌아가자. 빨리 가지 않으면 공화국군이 온다고. 사람들이 모이기 전에 이곳에서 도망쳐야 해! 이런 큰 상처를 입고 인간이 아무렇지도 않게 움직이면 이상해. 옷도 이렇게 찢어지고, 어떻게든 기계 몸을 감춰야……."

"도망칠 수는 없어. 녀석을 쓰러트리기 전에 나는 물러나지 않아."

"어째서! 어째서 또 그런 거야! 멋대로 행동하게 두지 않을 거야. 흡혈귀와 싸운다니 절대 안 돼! 부탁이니까,

내 말 좀 들어. 뱀파이어 혁명군은 분명히 공화국군이 어떻게든 할 거야. 미나즈키가 싸우지 않아도, 공화국군이…….”

“그 명령은 들을 수 없어. 이제 닥쳐.”

“싫어! 미나즈키가 말을 들을 때까지, 몇 번이고 말할 거야! 미나즈키는 싸울 필요 따위 없어. 나와 같이 일상생활을 보내주는 것만으로 충분해. 그리고 내가 미나즈키에게 바라지 않아. 미나즈키의 존재 의의는 그래서는 안 된다고 하는 거야?! 내 곁에 있어 주는 것만으로는…….”

“닥치라고 했잖아.”

갑작스럽게 카논의 말이 끊어졌다.

당연하다. 카논의 입은 미나즈키의 입술로 막혀 있었으니까.

소녀는 눈을 크게 뜬 채로 경직되었다.

겹쳐진 입술이 기분 좋다. 쾌감, 이라는 것을 미나즈키는 이때 처음 안 것 같은 기분이 들었다.

이윽고 미나즈키는 입을 떼고, 말했다.

“――나는 너를 지키기 위해 만들어졌어.”

“읏……!”

카논의 얼굴이 불타는 듯이 붉어졌다. 미나즈키는 상관하지 않고 계속 말했다.

“너를 지키는 게 나의 존재 이유야. 하루미도 그것을 바라고, 나 자신도 그것을 선택했어. 나에게 그 이상으로 우선해야 할 일은 없는 거야."

《뱌쿠단식》의 진짜 콘셉트는 사랑. 너무나도 막연해서, 미나즈키도 하루미가 말했을 때 이해하지 못하고 메모리 한구석에 묻어두었다.

하지만, 지금이라면 그 의미를 이해할 수 있을 것 같았다.

《뱌쿠단식》은 사랑하는 사람을 지키기 위해서 만들어진 것이다.

미나즈키는 조금 전에 보고 말았다. 무츠키에게 들어가 있는 두 개의 인공두뇌. 그중 하나는 진짜 뇌가 사용된 것이다.

대체, 하루미가 무슨 생각으로 그것을 사용했는지는 모르겠다.

하지만 《뱌쿠단식》에게 감정과 자유의사가 있는 것은 분명히 그것 때문일 것이다.

인간과 같은 뇌를 지닌 《뱌쿠단식》은, 프로그램에 얽매이지 않고 유연한 사고가 가능하다. '적'인가 '적' 이외인가, 그런 무기질적인 판정이 아니라, 자신의 감정으로 적인지 아군인지 판별할 수 있다.

그리고, 누군가를 진심으로 소중하게 생각할 수 있다. 소유자 인식 칩 따위 없어도 미나즈키가 카논을 지키고 싶다고 생각하듯이.

그게 《뱌쿠단식》의, 하루미가 바라던 오토마타의 진정한 모습이었다.

"너를 집요하게 노리는 무리를 그냥 풀어둘 수는 없어. 여기서 녀석을 해치워두지 않으면, 나는 분명히 후회하겠지. 너를 잃고 나서는 늦을 거야."

빌헬름은 카논을 흡혈했다. 녀석이 살아 있는 한, 빌헬름은 카논을 〈샤름〉으로 조종할 수 있는 것이다.

형제들은 어머니를 지키지 못한 후회를 품고 망가졌다. 그렇기에, 미나즈키는 더더욱 결의를 굳혔다.

——나는 형제들과 같은 전철을 밟지 않을 것이다.

미나즈키의 강한 의지가 전해졌는지, 카논은 입을 열지 못했다.

남색의 두 눈동자는 젖은 채, 소년을 올곧게 바라보았다.

새벽의 쌀쌀한 바람이 검은 연기를 싣고 불어, 소녀의 은발을 휘날렸다.

멀리 발소리가 들렸다. 공화국군의 군복을 입은 병사가 두 명, 이쪽으로 달려왔다.

적당한 때였다.

미나즈키는 카논의 어깨에서 손을 떼고 몸을 돌렸다.

뒤에서 카논이 숨을 들이마시는 기척이 느껴졌다.

"오더, 무사히 돌아와, 미나즈키!"

처음으로 카논의 입에서 강제 명령을 들었다.

지금까지 그녀는 절대 그것을 행사하려고 하지 않았다.

카논은 언제나 미나즈키를 오토마타로서가 아니라, 한 인간으로 대우한 것이었다.

그러니까, 이것은 명령이 아니라, 기도다.

명령을 받는 칩이 없다는 사실을 알고 있으면서도, 말하지 않을 수 없었던 카논의 기도.

돌아보자, 소녀는 거의 우는 얼굴이었다.

미나즈키는 눈물을 머금었지만, 그것을 필사적으로 억누르는 카논을 보고 미소를 지었다.

"그래. 녀석을 쓰러트리고, 금방 돌아올게."

카논의 옆으로 달려온 병사가, 미나즈키에게 "어이, 너?!"라고 말을 걸었다. 하지만, 미나즈키는 그 말을 무시하고 달려나갔다.

카논이 자신의 부상을 핑계로 병사들의 발을 묶고, 병사가 무전기로 응원군을 부르는 목소리가 등 뒤에서 들렸다.

그 말을 들으면서, 미나즈키는 수수께끼가 하나 풀린 것에 만족했다.

입술을 겹치는 행동의 의미.

영화를 보고 깨달은 것이다. 이 행위를 하면 말을 하지 않는구나, 라고.

해봤더니 카논도 갑자기 조용해졌다. 추측이 확신으로 바뀌었다.

입맞춤은 상대를 침묵시키는 수단의 하나다. 그것이, 기계장치 소년의 우수한 인공두뇌가 도출한 정말 유감스러운 결론이었다.

† † †

밴에 격돌한 대형 트럭은 2차선을 가리고 있다.

예젤의 중앙으로 향하는 길은 이것으로 완전히 통행 불가가 되었다. 그러나 사고가 있던 탓인지 반대쪽도 달리는 차가 없었다.

미나즈키는 도약해서 트럭 위에 올라타 주위를 둘러보았다.

마치 원형 투기장처럼 트인 공간이 있었다. 옆으로 구른 차량에 의해서, 차의 흐름이 꽉 틀어막혔다.

잿빛 머리카락을 바람에 나부끼는 청년은, 원형 투기장의 구석에 있었다. 옆으로 구른 트럭의 컨테이너에 기댄 그는 미나즈키를 확인하고 입을 열었다.

"이제 왔나. 그 가축과의 이별은 끝내고 온 건가?"

"아니, 금방 돌아간다고 말하고 왔다. 어디 복병이 있을

지도 모르니까.”

미나즈키는 말을 하면서 주위를 살폈다. 전투복의 무리는 보이지 않았지만, 아직 어딘가에서 강한 시선을 느꼈다.

경계하는 미나즈키를 보고 빌헬름은 어깨를 으쓱하고 고개를 저었다.

“그 걱정이라면 필요 없어. 수하들은 전원 이 자리에서 이탈하고 있으니.”

“뭐야, 버려진 건가. 정말 너한테는 인망이 없는 듯 보이는군.”

“정말, 일일이 짜증나는 오토마타로군! 나는 왕족이라고. 왕족이 싸울 때는 백성은 멀리 떨어지는 법이지. 괜히 말려들지 않도록 말이야.”

단정한 얼굴을 일그러트린 빌헬름은 손을 내밀었다.

피처럼 붉은 그의 눈동자가 번뜩였다.

“적어도 대흡혈귀 전투용 오토마타라면 알고 있겠지? 우리 뱀파이어 왕족이 자랑하는 블러드 소드를.”

그 직후, 미나즈키는 채찍 같은 것의 공격을 받았다.

――빠르다!

어느샌가 빌헬름의 손에는 진홍의 무기가 나타났다. 자루는 검의 것이었지만, 칼날은 길게 뻗어 낭창거리고 있다.

도약해서 공격을 피한 미나즈키는, 붉은 칼날 끝에 맞은 트럭이 무참히 파괴되는 모습을 봤다. 요란한 소리를 내며 유리창과 프레임, 찢어진 운전용 오토마타의 상반신이 지면으로 떨어졌다.

"그러고 보니, 무츠키는 어떻게 했지?"

빌헬름이 블러디 소드를 휘두르며 물었다.

바람을 가르며 일직선으로 날아드는 그것을, 공중의 미나즈키는 어쌔신 블레이드로 튕겨냈다. 하지만, 붉은 칼날의 끝이 네 개로 갈라졌다.

생물이 입을 벌리듯이. 사방에서 삼키려고 드는 칼날 중 하나를 걷어차서 미나즈키는 그 공격에서 몸을 피했다.

그것을 빌헬름은 재밌다는 듯이 바라보았다.

"네가 여기 있다는 것은 망가트렸나? 그런 거겠지."

착지한 미나즈키는 대답하지 않고 잿빛의 청년에게 달려들었다.

그때 옆에서 붉은 칼날이 날아들었다.

도약해서 그것을 피한 미나즈키의 다리에 뭔가가 갑자기 걸렸다. 내려보자, 발목에 블러디 소드가 감겨 있었다.

빌헬름은 블러디 소드로 미나즈키를 던지며, 탄식했다.

"네 탓에 내 계획이 엉망이 되었어. 기어를 바꿔도 실패작한테 망가질 정도라면, 무츠키도 그리 대단할 것 없었군. 어차피 무츠키도 폭주한 고물이었다는 이야기인가."

"닥쳐라."

미나즈키는 4연장 권총을 발목의 블러디 소드에 겨누었다.

휘감은 부위를 쏴버렸다. 수은이 포함된 인공 혈액을 뒤집어쓴 블러디 소드가 몸을 움츠리듯이 물러가는 것을 봤다.

총격으로 움츠러든 블러디 소드를 미나즈키는 억지로 끊어냈다.

"뭘 화내는 거지? 무츠키를 모욕해서? 아니면 자신이 실패작으로 불려서?"

"누나는 기계장치 기사의 이름에 어울리게 강했다! 고물 따위가 아니야!"

《뱌쿠단식》은 폭주한 게 아니다. 프로그램이 조작되었을 뿐이다.

자유의사가 있는 만큼 그것은 잔혹했다.

뜻과는 다른 일을 계속해서 강제되었다. 인간을 대량 학살한 끝에, 흡혈귀를 따르게 되었다. 무츠키의 심정을 생각하면, 미나즈키는 분노가 끓어올랐다.

블러디 소드의 속박에서 도망쳐, 미나즈키는 잿빛 흡혈귀에게 돌진했다.

종횡무진으로 공격해오는 검을 빠져나가 틈을 봐서 왼손의 권총으로 빌헬름을 겨누었다.

발포.

총알은 붉은 칼날에 막혔지만, 인공 혈액은 녀석에게 묻었다.

이것으로 〈네벨〉은 사용할 수 없다.

미나즈키는 빌헬름과 간격을 잡았다.

"누나를 모욕하게 두지 않아. 누나의 원통함, 여기서 풀어주마!"

전력의 힘으로 미나즈키는 어쌔신 블레이드를 흡혈귀의 가슴에 찔러 넣었다――.

오른팔의 움직임이 덜컹하고 멈추었다.

강한 바람이 휘몰아치고, 둘의 머리카락을 흩날렸다.

문뜩 가까운 거리에서 청년이 후후하고 웃었다.

"……장난감의 기분 따위 내가 알 바 아니지."

빌헬름은 여전히 컨테이너에 기대고 있었다.

어쌔신 블레이드는 청년의 가슴에 닿지 못하고 멈추었다. 미나즈키의 왼팔을 붉은 칼날이 휘감아, 구속한 것이다. 밀어 넣지도 당기지도 못한다.

크, 신음하고 미나즈키는 권총을 오른팔에 겨누었다.

발포하고 안색이 바뀌었다.

총알이 다 떨어졌다.

총구에서 공기밖에 나오지 않는다. 무츠키와의 전투에서 몸에 구멍이 난 것이 뼈아팠다. 미나즈키의 몸 안에 인공 혈액은 한 방울도 남아 있지 않다.

"조금 전의 기세는 어떻게 된 거지? 빈틈투성이인데."

희열을 품은 속삭이는 목소리. 다음 순간, 빌헬름의 강렬한 발차기가 미나즈키의 복부로 파고들었다. 몸 안에서 뭔가가 부서지는 소리가 들렸다.

"크헉……!"

가볍게 날려간 미나즈키는 낙법도 취하지 못하고 지면으로 떨어졌다. 온몸이 산산조각이 날 것 같은 충격을 받고, 파직, 하는 소리가 들렸다.

——최악이다. 암기 중의 하나가 봉인되다니.

이걸로 미나즈키의 무기는 오른손에 있는 어쌔신 블레이드 하나가 되었다. 빌헬름의 블러디 소드와 맞서 싸우기에는 은제 칼날만으로는 너무 불리했다.

거기에 더해서 몸 이곳저곳에 이상이 있었다. 여러 신경 케이블이 단선되었다. 인공 장기가 깨지고, 몸 안에 위화감이 있다. 일부의 인공 근육은 이미 파손되고, 기능하지 않는다. 그 이외에는 프레임의 일그러짐, 왼쪽 청각의 이상…….

자기의 상태를 진단하고 있자, 긴장감이 없는 목소리가 들렸다.

"어라, 조금 너무 세게 찼나? 어이, 망가졌냐?"

막대한 이상을 검출한 미나즈키는 대답하지 않았다.

쓰러진 채로 있는 미나즈키에게 빌헬름은 고개를 저으

며 블러디 소드를 없앴다.

"잘 만져주면 무츠키의 대용이 되리라고 봤는데, 역시 실패작은 실패작인가. 기대에 어긋났군."

"……아니야. 나는 실패작이 아니다."

미나즈키의 나지막한 속삭임에 떠나려던 빌헬름이 발을 멈추었다.

인공 혈액과 기름투성이가 된 기계장치 소년은 거의 감각이 없는 손놀림으로, 몸을 일으켰다. 그때 입에서 흘러넘친 인공 장기의 파편을 토했다.

인공 근육을 총동원해서 일어서자, 그는 칠흑의 눈동자로 흡혈귀를 보았다. 그 두 눈에 강인한 빛이 깃들었다.

빌헬름이 "호오."라며 감탄했다.

"과연 세계에 명성을 떨친《뱌쿠단식》이야. 그렇게 망가져도 아직 움직일 줄이야. 더더욱 내 것으로 만들고 싶어졌어."

미나즈키는 기침하며 목에 걸려 있던 금속 파편을 토해낸 다음 말했다.

"하여간 흡혈귀들은 하나같이 나를 원하는군. 이전에 리타도 같은 소리를 했었지."

"뭐라고?"

리타의 이름이 나온 순간, 빌헬름의 표정이 바뀌었다.

"리타는 너를 인간이라고 생각하지 않았나? 어째서 너

를 원했다는 거냐?"

"아아, 직접 흡혈하고 싶었던 모양이야. 인간이라고 생각하고 교제를 신청 받았다."

"……."

"당연히 바로 거절했다. 그랬더니 결투를 하자고 해서, 내가 이겼으니까 리타는 나의 것이 되었다."

"……."

"지금도 사이좋게 지내고 있어. 어제는 리타가 우리 집에 와서 나의 침대에서 같이 보냈고 말이야. ……왜 그러지? 어째서 그렇게 떨고 있는 거지?"

빌헬름을 고개를 숙이고, 부들부들 온몸을 떨었다.

연애 감정을 이해하지 못하는 미나즈키는 정말 진심으로 의아한 표정이었다. 자신이 빌헬름에게 지뢰가 되는 부분을 힘껏 밟았다는 사실을 눈치채지 못했다.

이윽고 빌헬름이 손을 들어 올렸다.

"……그런 중요한 일은 말이지, 처음부터 말하라고. 그랬다면 나도, 처음부터 봐주지 않았을 텐데."

그 순간, 그 손에서 폭발적인 붉은 빛이 용솟음쳤다.

"큭!"

반사적으로 시야를 가린 미나즈키의 귀에, 빌헬름의 목소리만이 닿았다.

"의문이라고 생각들지 않았나? 뱀파이어 왕족의 힘을

상징한다고 할 수 있는 블러디 소드가 고작 물리 공격밖에 할 수 없을 리가 없잖아."

왕족만이 사용할 수 있는 마술. 흡혈귀를 다스리는 힘. 천재지변에 대적하는 위력을 자랑하는 것이 블러디 소드다.

실제로 리타의 〈토네이도 로제〉는 '바람'을 만들어냈다. 빌헬름의 것도, 뭔가 특성이 있다고 보는 게 타당할 것이다.

"《뱌쿠단식》에게 예젤 대학살을 일으키게 하는 계획은 실패했지만, 어차피 나의 블러디 소드라도 그 정도는 일으킬 수 있어. 로젠베르크 왕의 기분을 지나치게 상하게 만들고 싶지 않았으니, 직접 손대려고 하지 않았을 뿐이지."

빛이 가라앉고, 미나즈키는 눈을 떴다.

"이건……?!"

하늘에 거대한 붉은 원반이 떠있었다.

압도적인 질량으로 하늘에 펼쳐져, 햇빛을 가로막고 있다. 피의 색을 띤 원반은 아무래도 빌헬름의 손에 있는 검의 집합체 같았다. 전체가 꿈틀거리는 듯이 무시무시하게 움직였다. 불길한 검의 무리가 내려 보는 듯해서 미나즈키는 몸을 움츠렸다.

빌헬름은 자신이 만들어낸 것을 만족스럽게 올려보았다.

"하지만 약혼자를 빼앗긴다면, 충분히 정당한 이유겠지. 예젤은 내가 폐허로 만들겠다. 나의 블러디 소드 〈달을 먹는 뱀(힘멜 슐랑게)〉으로 말이지."

그리고 빌헬름은 자신의 손에 들린 검을 미나즈키에게 겨누었다.

하늘을 뒤덮은 붉은 색을 이끌고 잿빛 흡혈귀는 적의를 드러냈다.

"——너는 내가 망가트리겠다. 이 몸이 직접 상대해주겠다는 거다. 영광으로 생각해라, 실패작."

한기와 비슷한 직감이 느껴졌다.

도약했다.

빌헬름의 손에서 뻗어온 수많은 붉고 거대한 뱀들이, 조금 전까지 미나즈키가 서 있던 장소를 습격했다.

미나즈키가 회피하자 등 뒤의 트럭이 그 공격에 말려들었다. 세찬 물줄기를 떠올리게 하는 붉은 색의 뭔가에 트럭이 삼켜진 순간, 금속의 파편은 강산을 뒤집어쓴 것처럼 녹아들었다.

눈을 크게 떴다.

"놀랐나? 이게 적당히 봐주던 이유야. 나의 블러디 소드는 폭식이라서 말이야. 닿는 것은 모조리 공격해서 먹어치워 버리지. 녹여버리면 이용할 수가 없으니까 제어했지만, 이제 그럴 필요는 없겠어! 리타를 건드린 네 몸을 한 조각도 남기지 않고 먹어치워 주마."

'폭식'. 닿는 것만으로 녹이는 귀찮은 특성이었다.

미나즈키는 빌헬름의 손만이 아니라 하늘에도 방심하지 않고 신경을 쓰면서 물었다.

"하늘에 저건 뭐냐? 저것도 네 블러디 소드인가?"

"그래. 저쪽이 본체라고 할까. 내 손에 있는 건 저곳에서 조금 불러들인 것에 불과해."

공중에 있는 미나즈키를 해치우려고, 붉은 칼날은 자신의 의지를 가진 것처럼 육박했다. 그것을 어쌔신 블레이드로 튕겨내고, 미나즈키는 블러디 소드에게서 도망쳤다.

은의 칼날은 붉은색을 뿌리치고, 길을 열었다.

"나는 앞으로 〈힘멜 슐랑게〉를 강림시켜서 예젤을 파괴할 거다. 살아남는 것은 흡혈귀 왕족 정도겠지. 하지만, 상관없어. 나는 리타만 손에 넣으면 되니까."

"그렇게 두지 않겠다!"

마치 꿈틀대는 붉은 가시덤불 숲이다. 가는 곳을 막는 블러디 소드의 틈을 누비며 미나즈키는 빌헬름에게 달려들었다.

기계의 몸이 일그러진다. 한계는 이미 넘어섰다. 한 걸음 앞으로 내디딜 때마다 동체의 내부에서는 부품의 파편이 불쾌한 소리를 내고, 전신의 인공 근육은 비명을 질렀다.

제대로 피하지 못한 붉은 칼날이 몸을 스쳤다. 옷과 인공 피부 일부가 무참하게 녹고, 투박한 기계부품이 드러났다.

그래도, 기계장치 소년은 동력이 멈추지 않는 한 움직였다.

대흡혈귀 전투용 오토마타의 긍지를 걸고, 미나즈키는 청년의 품으로 뛰어들어 어쌔신 블레이드로 흡혈귀의 심장을 노렸다.

하지만, 단단한 충격이 팔에 와 닿았다.

빌헬름에게서 고작 수 센티 앞에서 은의 칼날은 멈췄다. 방사 형태로 퍼진 블러디 소드가 미나즈키의 찌르기를 막고 있다.

얼굴을 일그러트린 미나즈키를 보며 빌헬름은 웃었다.

"소용없어. 가축의 장난감 따위가 뱀파이어 왕족을 쓰러트릴 수 있겠어?"

금속을 녹이는 듯한 취이익 하는 소리가 들리고, 번뜩 미나즈키는 어쌔신 블레이들 살폈다. 남은 유일한 암기가 녹아내린다.

미나즈키의 경악을 비웃는 듯이 빌헬름은 말했다.

"나의 블러디 소드는 살아 있다고. 먹으려고 하면 은도 먹을 수 있어. 너도, 저 어리석은 가축도, 예젤의 인간들과 같이, 전부 모조리, 나의 〈힘멜 슐랑게〉로 집어삼켜 주겠다!"

——카논.

절망적인 상황에 몰리자, 미나즈키의 뇌리에는 은백색의 소녀가 떠올랐다.

3개월 동안 같이 살았던 소녀.

오로지 홀로 세상과 맞서 싸웠던 소녀.

흐느껴 울고 있는 그녀를 봤을 때, 끌어안고 싶다고 생각했다. 자신이 지키고 싶다고 생각했다.

단순히 기뻤다. 자신의 사랑하는 어머니와 형제《뱌쿠단식》의 무고를, 순수하게 계속 믿어주었다는 사실에.

그녀의 뜻이 여기서 짓밟히게 둘 수는 없다.

미나즈키는 지금은 풍전등화가 된 어쌔신 블레이드를 봤다.

먹어치운다고 해도 역시 은에는 약한 모양인지, 블러디 소드는 어쌔신 블레이드와 상쇄하듯이 희미해져 갔다. 하지만 빌헬름의 심장에 도달하기 전에 은의 칼날은 무너져 내릴 것이다.

심장까지 닿을 은이 필요했다.

빌헬름은 자신의 절대적인 승리를 의심하지 않는지 크게 웃으면서 말했다.

"자, 실패작이라면 실패작답게, 나의 블러디 소드의 먹이가……!"

“닥쳐. 조금 전부터, 네놈은 실수하고 있어.”

빌헬름의 말을 가로막은 미나즈키는 감각이 없는 왼손으로 머리카락 일부를 쥐어뜯었다. 정확하게는 거기 달려 있든 은제 머리핀을.

소년의 검은 머리카락이 바람에 날려 흐트러졌다.

블러디 소드는 빌헬름을 쓰러트리면 사라질 것이다.

그리고 남은 은은 이것밖에 없다.

모든 것을 녹이는 붉은색 앞에서, 미나즈키는 머릿속은 살짝 노이즈가 꼈다. 그것은 본래, 프로그램이 속삭여야 하는 대사.

『이걸로 너는 재기불능이 될 텐데, 괜찮겠어?』

그 질문을 미나즈키는 순식간에 잘라냈다.

훗! 하고 웃었다.

——문제없다.

설령 이 몸이 부서진다고 해도, 나는 카논을 지킬 것이다.

그것이야말로 나의 존재 이유니까.

자신의 삶조차 집착하지 않는 기계장치 소년은 왼손 주먹을 꽉 움켜쥐었다.

“실패작, 실패작하는데 시끄럽다고! 나는 실패작이 아니야! ‘부적합(이레귤러)’이다!!”

어쌔신 블레이드가 모두 녹은 순간, 미나즈키는 전력을

다해 주먹을 빌헬름의 심장에 내리꽂았다.

변화는 갑작스러웠다.

하늘에 있던 붉은 색들이, 미나즈키와 빌헬름 사이에 있던 붉은 색이 소실되었다.

미나즈키의 녹은 왼팔은 예리한 인공 뼈만 남긴 채, 청년의 가슴을 꿰뚫고 있었다.

주먹에 쥐고 있던 은제 머리핀이 흡혈귀의 심장을 정지시켰다.

빌헬름은 자신의 가슴을 내려보고, 무슨 일이 벌어졌는지 모르겠다는 표정을 지었다.

"……마, 말도 안 돼. 뱀파이어의 왕족인, 내, 가……."

잿빛의 청년은 그대로 무너지듯 쓰러졌다.

털썩하는 무거운 소리가 들리고 원형 투기장에 메마른 바람이 불었다. 청년의 검은 옷이 나부끼고, 날아드는 모래 먼지로 더럽혀졌다.

미나즈키는 지면으로 쓰러진 그 몸을 내려다보고 한숨을 쉬었다.

끝났다.

그렇게 안도했을 때,

"미나즈키?!"

잘 아는 소녀의 목소리가 뒤에서 들렸다.

목을 돌렸다.

옆으로 쓰러진 트럭 뒤에 군복 차림의 리타가 있었다. 그녀의 뒤에는 ≪스칼렛 메이든≫의 멤버들이 대기하고 있었다.

"거짓말…… 그게 뭐야, 미나즈키……."

리타가 떨리는 목소리로 속삭였다.

그녀는 쓰러진 빌헬름이 아니라 미나즈키를 보고 전율하는 것이다.

지독한 꼴이라는 것은 자각하고 있다.

의복은 대부분 찢어져서 사라졌다. 바깥 공기에 드러난 몸에는 금속적인 프레임이 엿보이고, 인간으로는 불가능한 일그러짐과 치명상을 입고 있다. 오른팔은 손목 앞부분이 사라지고, 왼팔에 와서는 인공 피부가 모조리 녹아 인공 뼈와 인공 근육이 노출되었다.

지금 미나즈키는 누가 봐도 오토마타였다.

한동안 멍하니 있던 리타는 카논을 돌아보았다.

"이게 어떻게 된 일이야?!"라고 카논을 추궁했다.

그러는 사이에도 ≪스칼렛 메이든≫이 임무를 완수하기 위해서 앞으로 나섰다. 미나즈키를 포위하듯이 그녀들은 훈련된 움직임으로 진형을 전개했다.

쭉 늘어선 기관총의 총구가 미나즈키를 조준했다.

"……로젠베르크 소장. 저기, 지휘를."

붉은 휘장을 단 여성 병사 중의 하나가 말하자, 리타는 "뭐?!"라고 얼빠진 목소리를 냈다. 카논을 일단 두고 리타는 미나즈키를 돌아보았다.

하지만, 그녀의 입에서는 좀처럼 적절한 말이 나오지 않았다.

"아, 그런, 그렇지만, 미나즈키는…… 어떻게 된 거야?! 나도 뭐가 뭔지 모르겠어!"

자포자기한 듯이 리타는 외쳤다.

분명히 모두 처음 맞이하는 상황일 것이다. 현존하는 오토마타가 흡혈귀를 죽이다니, 불가능하다. 하지만, 그것을 이룬 오토마타가 눈앞에 있다.

혼란에 빠진 리타를 대신해서, 여성 병사가 소리를 질렀다.

"당신의 제품명과 마스터를 대답하세요! 움직이면 쏩니다!"

미나즈키는 마른침을 삼키며 대답을 기다리는 병사들의 주목을 받으며 코웃음 쳤다.

"나에게 마스터 따위 없다."

목소리로는 내지 않았지만, 인간과 전혀 다르지 않은 미나즈키의 말과 동작에 주위에 있는 병사들이 당혹해하는 것을 알 수 있었다.

수많은 병사가 죽 늘어선 것을 둘러보고, 이때란 듯이 미나즈키는 소리 높여 외쳤다.

"——나는 대흡혈귀 전투용 오토마타, 기계장치 기사 《뱌쿠단식》 제육호, 미나즈키다!!"

총성이 울려 퍼졌다.

수많은 총알이 자신을 꿰뚫는 동안, 카논이 뭔가 외치면서 이쪽으로 달려오려는 것이 보였다. 하지만 리타가 안아서 막았다.

빌헬름은 쓰러트렸으니까, 이제 카논은 괜찮을 것이다.

미나즈키는 가슴의 태엽이 부서지는 것을 자각하면서 만족스럽게 웃었다.

카논을 지킨 일로, 겨우 자신도 《뱌쿠단식》을 자처할 수 있는 자격을 손에 넣었다는 기분이 들었다.

10년에 걸쳐 겨우 형제들을 따라잡고, 뛰어넘은 것이다.

성취감밖에 없었다.

태엽이 파괴되고, 동력 공급이 중지된다. 몸이 기울고, 머리가 바닥에 떨어지는 무거운 소리가 들렸다. 모든 감각이 멀어진다.

시야 가득 푸르스름한 하늘이 펼쳐졌다.

그곳에 환각인지, 문득 하루미의 얼굴이 떠올랐다.

울고 있는지 웃고 있는지, 이미 초점이 잡히지 않는 시각으로 구별할 수 없었다.

하늘로 올라간 하루미는 우리를 지켜봐 주고 있었던 건가? 보고 있었다면 뭐라고 생각했을까?

환상 속의 하루미가 손을 뻗었다. 머리에 손이 닿은 것 같은 기분이 들어서, 미나즈키는 아아- 라며 행복한 기분에 빠졌다.

칭찬해 주시는 거군요, 어머니——.

에필로그

푸른 하늘을 배경으로 한 소녀의 엉망이 된 우는 얼굴이 뚝, 하고 사라지고 화면이 암전되었다.

"……이상이 남아 있던 미나즈키의 메모리야."

미나즈키의 방에 있는 TV를 통해, 미나즈키의 기억 데이터를 재생하던 카논은 새카맣게 변한 화면을 껐다. 미나즈키의 지각, 사고, 감정이 전부 담겨 있는 데이터다. 주요 부분만 간추려서 봤지만, 그래도 반나절 이상이 걸렸다.

옆에 있는 리타는 무척 충격이 컸는지 조금 전부터 침묵하고 있었다.

그도 그럴 게, 설마 사랑하던 상대가 연애 감정을 전혀 이해하지 못하는 오토마타였다니, 누구라도 믿고 싶지 않을 거다.

키스의 의미를 오해한 채로 자신의 첫 키스를 빼앗았다는 사실도 충격이었다. 그때 미나즈키는 진짜 멋있었던 만큼 충격도 두 배였다.

"그러니까, 보지 않는 게 낫다고 내가 말했는데……."

"흑, 너무해, 미나즈키! 그렇게 의미심장하게 말했으면서, 아무렇지도 않게 생각했다니. 전부 나의 착각이라니, 대체 어떻게 된 거야?!"

리타는 분한 듯이 말하고는, 카논을 날카롭게 노려보았다.

"카논도 카논이야. 어째서 더 빨리 미나즈키의 정체와 카논의 출신을 알려주지 않았던 거야? 내가 《뱌쿠단식》을 나쁘게 생각하지 않는다는 걸 알았을 때, 사실을 말해줘도 좋았잖아?"

"미안해. 하지만 이런 일이 벌어지지 않았다면, 나는 분명히 평생 밝히지 않았을 거야."

리타는 쌀쌀맞게 말하는 카논을 보고 "휴."하고 한숨을 쉬며 어깨를 축 늘어트렸다.

"비밀로 해야만 했던 사정은 알겠지만, 친구로서 의지해줬으면 했어. 아아~, 나도 그런 미나즈키를 보기 전까지 깨닫지 못하다니. 힌트는 잔뜩 있었는데 어째서 그런 발상을 하지 못했던 걸까!"

고정관념에 사로잡혀 있으면 그럴 수 있다고 생각했지만, 카논은 침묵했다.

"하지만, 이걸로 확실해졌네. 어째서 카논이 오토마타 컨테스트에서 '가족'을 콘셉트로 삼았는지."

득의양양하게 하는 말을 듣고 카논은 쑥스러워졌다.

"미나즈키를 보다 보니까, 가족처럼 함께 일상을 보낼

수 있는 오토마타가 있으면 좋겠다고 생각했어. 나는 계속 미나즈키를 가족이라고 생각했고, 미나즈키가 곁에 있어 주는 것만으로 많은 구원을 받았어. 그 이야기를 본인한테 하면 부끄러우니까, 비밀로 했지만."

이런 일이 벌어질 줄 알았다면 미나즈키에게 처음부터 말해둘 걸 그랬다고 생각했다.

"미나즈키한테는 감사하고 있어. 처음에는 전혀 말을 들어주지 않아서 고생했지만, 오해가 풀리고 나서는 솔직하고 착한 아이가 되어주었으니까. ……가끔 엉뚱한 일도 벌였지만."

심부름에 양동작전을 실행한 미나즈키를 떠올리고, 두 소녀의 입가가 풀어졌다.

"미나즈키는 차가운 외모를 지녔으면서도 의외로 어린아이 같았지. 삐지기도 하고, 금방 싸우고 싶어 하고."

"제대로 말하지 않았던 나도 잘못했어. 지금 시대에서 미나즈키가 새로운 삶의 방식을 찾아줬으면 해서 학교도 끌고 갔지만, 처음에는 의도가 전해지지 않았던 모양이야."

서로의 진심이 맞부딪힌 그 날 밤까지, 계속 서로 어긋났었다.

마치 인간과 인간의 관계 같다고 생각했다.

"그 뒤로, 나도 미나즈키를 배려하지 못했다고 반성했

어. 예를 들자면, 식사. 미나즈키는 맛을 인식할 수 없으니까 식사가 즐겁지 못한 것도 당연해."

"그러니까, 설계도의 '가족'에는 미각 기능이 달린 거구나?"

카논은 고개를 끄덕였다.

그렇다. 미각 기능은 무엇보다 빨리 완성해서 미나즈키에게 달아줄 예정이었다.

모처럼 같이 식사를 해주는 것이다. 그만 맛을 모른다는 것은 카논도 답답했다.

"나는 미각치인 미나즈키를 비꼬기 위한 기능이라고만 생각했는데."

리타의 말에 카논이 쓴웃음 지었다.

그 뒤로 카논은 진지한 표정으로 바뀌더니 리타를 돌아보았다.

"정말 고마워, 리타 씨. 미나즈키의 일로 여러모로 손을 써줘서."

"갑자기 왜그래? 나는 아버님에게 사실을 말했을 뿐인걸. 미나즈키는 내 동급생이라고 말이지."

본래는 전투용 오토마타를 소지하고 있던 카논은 체포당했어야 했다.

하지만, 미나즈키의 목덜미에 칩이 삽입되어 있지 않았기에, 마스터의 부재로 취급되었다. 미나즈키의 기억 데이터를 보면 카논이 마스터라는 사실은 명백했지만, 칩이 투입되지 않은 이상 카논에게 책임을 물을 수는 없다.

법률로 그렇게 정해져 있는 것이다. 미나즈키는 분명 그것을 알고 있었을 것이다.

"그리고 이번 예셀의 평화에 가장 많이 헌신한 건 틀림없이 미나즈키야. 박물관 인질 사건도 그렇고, 예셀 대학살 미수사건도 그렇고, 공화국군은 거의 아무것도 하지 못했는걸."

"그러고 보니, 뱀파이어 혁명군은 어떻게 됐어? 최근에 뉴스에서 듣지 못하게 됐는데."

"빌헬름이 죽고 나서는 해산되었어. 그들은 루트비히 왕의 정규군이 아니라, 빌헬름이 개인적으로 만든 무장 조직인걸. 목적이 나와의 약혼을 복구하기 위해서라니, 웃기지도 않아."

어이없어하는 리타에게 카논은 머뭇머뭇 물어보았다.

"그러면, 미나즈키가 빌헬름을 쓰러트렸으니 흡혈귀왕 루트비히가 보복으로 헬바이츠를 공격해온다든지 하는 건……."

"그럴 일은 없어. 흡혈귀왕끼리 직접 싸우면, 피해가 너무 커서 아무도 이득을 볼 수 없으니까. 루트비히 왕도 그건 잘 알고 있을 거야."

하지만, 리타의 시선이 내려갔다.

"빌헬름이 예셀에서 소란을 일으킨 일로, 헬바이츠 국내에서는 뱀파이어와 인간의 골이 깊어지고 말았어. 도시의 분위기가 흉흉한 것은 그 탓일 거야."

아아, 라며 카논은 이해하고 고개를 끄덕였다.

"뭐, 만약 미나즈키가 빌헬름을 쓰러트리지 않았다면 더 큰 일이 벌어졌을 테지만. 〈힘멜 슐랑게〉가 예셀에 떨어져 내렸다고 생각하면 오싹한다니까. 아버님도 미나즈키에게는 감사하고 있어."

"그래서, 로젠베르크 왕은 회수한 미나즈키를 폐기하지 않은 거야?"

"아버님은 예전부터 《뱌쿠단식》의 팬이었는걸. 폐기 따위 아까워서 할 수 없겠지."

"하지만, 예셀 조약에서는……."

"그래요, 맞아. 예셀 조약에서는 전투용 오토마타의 제작 및 소지는 금지하고 있어. 하지만, 미나즈키는 전투용 오토마타라고 말할 수 있을까? 소녀와 같이 살면서, 학교에 다니고, 식사하고, 영화를 보는 오토마타가 전투용? 그런 거 누가 들어도 이상해."

세상에 알려지지 않았던 여섯 번째의 《뱌쿠단식》에, 로젠베르크 왕은 무척 깊은 흥미를 표했다. 리타의 지원사격도 효과를 발휘했을 것이다.

형식상, 누구의 소유물도 아닌 미나즈키는 로젠베르크

왕의 수중에 건네졌었다. 그리고 모처럼이니까 수복하고 싶다는 흡혈귀왕의 명령을 받은 종자가 카논을 찾아온 것이, 2주일 전.

그것은 카논으로서도 기쁜 요청이었다. 다른 사람에게 넘어가더라도 미나즈키가 되살아날 수 있다면 전면적으로 협력할 작정이었다.

카논은 하루미가 남겨준 《뱌쿠단식》에 관련된 자료를 긁어모아, 미나즈키의 예비 부품과 합쳐서 종자에게 건넸다. 거기에 미각 기능의 설계도도 몰래 섞어 넣는 것도 잊지 않고서.

언젠가 어딘가에서 다시 미나즈키와 만날 수 있을지도 모른다. 가능하다면 유리 케이스 안이 아니라, 움직이는 모습이면 좋겠다. 제멋대로의 생각일지도 모르지만, 미나즈키는 역시 건강하게 움직여줬으면 싶었다.

그렇게 생각했는데——.

"하지만 설마 이런 일이 벌어지리라고는 생각지 못했어. 어째서 이렇게 된 거야?"

"그런 거 뻔한 일이죠. 메모리를 보면, 누구라도 이렇게 할 수밖에 없다고 봐. 아버님이 보낸 전언도 있어. '나라를 구한 기사를 공주님에게 돌려보낸다.'라고 말이야."

리타는 분한 듯이 말하고 빨리하라고 재촉하는 눈빛으로 카논을 봤다.

재촉을 받은 카논은 침대를 내려 보았다.

거기에는 눈을 감고 잠들어 있는 사랑스러운 미소녀이 있었다.

마지막으로 본 너덜너덜한 모습은 어디에도 남아 있지 않다. 일류 기사의 손에 의해 고쳐졌는지, 모든 것이 완벽하게 수복되어서 원래의 모습을 되찾았다. 한 가지 다른 점이 있다고 한다면, 미각을 인식할 수 있는 기능이 덧붙여져 있다는 것이려나?

처음 그를 발견했을 때처럼 가슴이 설렜다.

얼굴을 붉히고, 카논은 그의 머리맡에 무릎을 꿇고 앉았다. 소녀들이 소년의 얼굴을 들여다보았다.

"잘 잤어? 미나즈키. 오늘도 멋진 날이야."

COMMAND

"WAKE UP"

search voice type 03...Kanon

update gustatory function

STARTING UP

Loading anti-Vampire Fighter System Version 6.00

KNMdrive Version 6.00- Jan. 1970

Copyright © 1967-1970 Harumi Byakudan.

All rights reserved.

Memory testing: 18801022K OK

Searching for KNM drive...

Entering setup

☆후기

처음 뵙겠습니다. 제25회 전격대상에서 은상을 받은 미사키 나기입니다.

여러분 중에 수상작의 발표와 동시에 확인해보고 '어라? 이런 제목의 작품은 없었는데.'라고 생각하신 분도 계시겠죠. 정답입니다. 상을 받았을 때, 이 작품은 '미나즈키 메모리'라는 제목이었습니다.

어째서, 이 작품이 '미나즈키 메모리'였는지, 본편을 다 읽으신 분이라면 이해하셨으리라고 생각합니다. 그러나! 이대로라면 일본풍의 감동계열 이야기라고 착각할 것 같다는 말에, 출판에 앞서서 이름을 바꾸게 된 것입니다.

그 결과 '리베리오 마키나'라는 확실히 배틀판타지다운, 멋진 제목이 되었습니다. 참고로 '리베리오'는 라틴어로 '반항' '반역'이라는 뜻. '마키나'는 마찬가지로 라틴어로 '기계'라는 의미입니다.

생각해주신 담당 편집자님에게는 정말 큰 감사를 드립니다. 아, 작가가 한 일이 뭐냐고요? 작가는 여러 후보 중에서 '이거! 이게 가장 멋져!!'라고 말했을 뿐입니다.

……제목만으로 너무 길게 이야기를 했네요.

작가로서 이 작품을 읽어 주신 여러분이 웃고 울고, 조금이라도 마음에 남는 게 있었다면 좋겠다고 생각합니다.

이하, 감사의 말씀입니다.

이 책의 출판에 연관된 많은 분에게 이 자리를 빌려 진심으로 감사의 말씀 올립니다.

담당 편집자이신 쿠로카와 씨. 항상 세심하게 협의해주셔서, 감사합니다. 여러모로 손이 가는 신인이라고 생각합니다만, 앞으로도 잘 부탁드립니다.

미려한 일러스트를 그려주신, 레이아 씨. 미나즈키와 캐릭터들에게 생명을 불어넣어 주셔서, 감격했습니다. 정말 감사드립니다.

학교 관계 여러분. 특히 에노모토 선생님, 꽤 오랫동안 신세를 졌습니다. 반항적인 학생이었습니다만, 선생님에게는 감사하고 있습니다. 진짜라고요.

'에비스원'의 여러분. 술집에서 플롯을 교환하며 대화를 나눈 그 시간이 있었기에, 여기까지 올 수 있었습니다. 빨리 따라와 주세요.

또 라이트 노벨에 관해 전혀 모르면서도, 오지랖 넓게

소제를 계속 주셨던 TAN 씨한테도, 이 자리에서 몰래 감사의 말을 해두겠습니다.

마지막으로, 이 책을 손에 들어주신 독자 여러분에게 최대급의 감사를. 감사했습니다.

미사키 나기

리베리오·마키나 –《뱌쿠단식》미나즈키의 재기동–

초판 1쇄 I 2020년 05월 25일

지은이 미사키 나기 I **일러스트** 레이아 I **옮긴이** 구자용
펴낸이 서인석 I **펴낸곳** 제우미디어 I **출판등록** 제 3-429호
등록일자 1992년 8월 17일 I **주소** 서울시 마포구 독막로 76-1 한주빌딩 5층
전화 02-3142-6845 I **팩스** 02-3142-0075 I **홈페이지** www.jeumedia.com

ISBN 978-89-5952-872-1
978-89-5952-877-6 (set)
*파본은 구입하신 서점에서 교환해 드립니다.

| **JM노벨 트위터** twitter.com/JMBOOKNOVEL

만든 사람들
출판사업부 총괄 손대현 I **편집장** 전태준
책임편집 서민성 I **기획** 박건우, 안재욱, 양서경, 이주오
디자인 총괄 디자인그룹 헌드레드 I **제작, 영업** 김금남, 권혁진